Karin Alvtegen, 1965 geboren, ist die Großnichte von Astrid Lindgren. Sie lebt mit ihrer Familie in Stockholm und arbeitete zunächst als Drehbuchautorin, bevor sie mit «Schuld» ihren ersten Kriminalroman schrieb. Spätestens seit ihrem zweiten Roman «Die Flüchtige» (rororo 23251) wird sie von den Kritikern in ihrem Heimatland zur Spitzenriege der schwedischen Kriminalautoren gezählt. Im Wunderlich Verlag ist 2004 ihr Buch «Der Seitensprung» erschienen.

Karin Alvtegen

Schuld

Kriminalroman

Deutsch von
Katrin Frey

Wunderlich Taschenbuch

Neuausgabe Juli 2004

Deutsche Erstausgabe
Veröffentlicht im Rowohlt Taschenbuch Verlag,
Reinbek bei Hamburg, Juni 2001

Published by agreement with Agentur Literatur, Berlin, Germany
Umschlaggestaltung any.way, Barbara Hanke / Cordula Schmidt
(Foto: Fratelli, Inc. / Corbis)

Satz Sabon und Syntax
von Pinkuin Satz und Datentechnik, Berlin
Druck und Bindung Clausen & Bosse, Leck
Printed in Germany
ISBN 3 499 26499 4

Dieses Buch widme ich
meinem großen Bruder
Magnus Alvtegen
1. Januar 1963–21. Juni 1993

1.

Eine Million und dreihundertzweiundfünfzigtausend Kronen. Das war die Summe. Schwarz auf weiß stand sein Scheitern geschrieben, ordentlich zusammengerechnet von einem fleißigen Bankangestellten. Der Kaffee war schon lange kalt. Es schien ihm unmöglich, die Hand auszustrecken und die Tasse zu heben.

In der hintersten Ecke saßen zwei Mädchen und kicherten. Sie rauchten. Worüber die beiden redeten, konnte er nicht verstehen, aber mit Sicherheit war nicht er das Gesprächsthema.

Zigarettenrauch hatte er schon immer gehasst.

Sein Tisch stand ganz nah am Fenster. Aus Angst, sich in den Tiefen des Raumes zu verlieren, war er nicht weiter in das schwach beleuchtete Lokal vorgedrungen. Er hatte zum ersten Mal seit elf Tagen die Wohnung verlassen. Die Überwindung hatte ihn ausgelaugt.

Er war unendlich müde.

Sein Platz bot ihm gute Sicht auf die Tür. Um jederzeit hinausstürzen zu können, hatte er das Geld für den Kaffee genau abgezählt und auf den Tisch gelegt. Trinkgeld konnte er sich nicht leisten.

Den Kaffee hatte er sowieso nicht probiert.

Das Glöckchen über der Eingangstür klingelte, und mit großen Schritten kam eine dunkel gekleidete Person herein. Da er den Blick seit einiger Zeit fest auf die Glastür geheftet hatte, trat die Frau genau in sein Blickfeld. Ihr brauner Mantel und die tiefschwarzen Haare waren weiß übertupft von den Schneeflocken, die draußen fielen, und ihre viel zu große Sonnenbrille beschlug, als sie die Tür hinter sich schloss. Sie nahm die Sonnenbrille ab und betrachtete die kichernden Mädchen hinten im Raum, ließ den Blick dann aber weiterwandern. Als sie ihn entdeckte, deutete ein leichtes Zucken in den Augenwinkeln an, dass sie gefunden hatte, was sie suchte. Unter ihrem entschlossenen Blick hätte er sich am liebsten in Luft aufgelöst. Sie wischte die beschlagene Sonnenbrille mit einem Taschentuch ab, setzte sie wieder auf und machte vier energische Schritte bis vor seinen Tisch.

Obwohl er ihre Augen nicht erkennen konnte, bestand kein Zweifel daran, dass sie ihn direkt ansah. Einen Moment lang überkam ihn die Wahnvorstellung, auf seiner Stirn stünde in leuchtenden Ziffern die Zahl 1 352 000.

Sie atmete kurz durch.

– Per Wilander I presume?

Sie begleitete diese Worte mit der Spur eines zufriedenen Lächelns, das ihren Stolz über den offenbar lange geübten Satz auszudrücken schien.

– Entschuldigen Sie meine kleine Verspätung, aber Sie wissen ja, wie das mit Frauen in meinen Umständen ist.

Sie klopfte sich leicht auf den Bauch und schob den Mantel beiseite, sodass eine kleine Rundung sichtbar wurde. Sprachlos saß er da. Er versuchte, die Kontrolle über die Situation zu gewinnen, aber es gelang ihm nicht. Vielleicht hatte sich die Lähmung jetzt über seinen ganzen Körper ausgebreitet?

– Sie müssen wissen, dass ich gezögert habe, Sie anzurufen. Wilander ist doch auch der Name dieses Tennisspielers, und was das für Leute sind, ist ja bekannt. Reisen um die Welt, dreschen mit einem Schläger auf kleine Bälle ein und kassieren dafür Millionen, während unsereins sich für sein bescheidenes Auskommen ein Bein ausreißt. Was ist dabei, auf kleine Bälle einzudreschen? Das kann jeder. Aber bezahlt bekommen wir das nicht.

Er starrte sie an, als ob ein Dämon zur Tür hereingekommen wäre. Sein Puls raste.

Er bezweifelte, dass er dieser Situation gewachsen war. Bis zur Tür waren es zwar nur vier Schritte, aber er war gelähmt, und ein Dämon stand ihm im Weg.

– O je, hier stehe ich und rede Unsinn. Hallo Sie, kann ich bitte einen Silbertee bekommen?

Die Kellnerin hinter dem Tresen nickte.

– In meinem Zustand ist langes Stehen sehr anstrengend, müssen Sie wissen. Die Beine leiden unter dem zusätzlichen Gewicht, und Kaffee tut auch nicht gut.

Ohne ihre Handschuhe und den Mantel abzulegen, ließ sie sich ächzend ihm gegenüber nieder. Sie verzog leicht das Gesicht, als sie ihre riesige Handtasche auf den Boden stellte.

– Der Rücken leidet ebenfalls. Aber ein Privatdetektiv kann natürlich nichts dafür, wenn er den Nachnamen mit einem Tennisspieler teilt. Deswegen habe ich mich letztendlich auch überwunden und Sie angerufen. Danke, Herzchen.

Das war an die Kellnerin gerichtet, die eine dampfende Tasse voll heißem Wasser mit einer kleinen Zitronenscheibe brachte.

Er war gelähmt. Jetzt war er sicher. Der Körper gehorchte ihm nicht mehr. Sein Gesichtsfeld verengte sich, das Lokal um ihn herum verschwand, und er sah die Dämonin wie durch einen Tunnel. In den Ohren rauschte es, und sein Herz polterte schwer und heftig in der Brust.

Er brachte keinen Ton heraus.

– Dieser kleine Auftrag ist sicherlich nicht so spannend, wie Sie es gewohnt sind, aber für mich ist er ungeheuer wichtig. Verstehen Sie, mein Mann und ich haben die Angewohnheit, uns gegenseitig die unterschiedlichsten Überraschungen zu bereiten. Aufgrund der Schwangerschaft war ich aber in der letzten Zeit so erschöpft, dass ich befürchte, ihn vollkommen vernachlässigt zu haben.

Sie sah aus, als wäre sie deutlich über vierzig. Ein schwarz angemaltes Augenbrauenpaar überragte die Sonnenbrille, das übrige Gesicht war gerötet und etwas rau. Das Haar war unnatürlich schwarz und zu einem Pagenkopf geschnitten. Durch seinen Tunnel konnte er erkennen, dass der Schnee auf dem Mantel geschmolzen war, der auf den Haaren aber nicht. Das überzeugte ihn. Dies war kein echter Mensch. Nun war er wirklich verrückt geworden.

– Ihr kleiner unkomplizierter Auftrag besteht darin, zu seinem Arbeitsplatz zu fahren und ihm dieses Geschenk zu übergeben.

Wieder verzog sie das Gesicht, als sie sich zu der Tasche hinunterbeugte und ein kleines Päckchen herauszog. Er senkte den Kopf, um seinen Tunnelblick auf die Tischplatte zu richten. Das Päckchen war etwas größer als die, die man in einem gewöhnlichen Schmuckgeschäft bekommt. Das Geschenkpapier war dicht mit Rosen bedruckt, und unter dem roten Bändchen steckte eine getrocknete Rose.

– Sie brauchen es ihm nur zu überreichen, der Rest erledigt sich von selbst. Sie begreifen hoffentlich, wie dankbar ich Ihnen bin. Decken tausend Kronen Ihre Unkosten? O je, wie die Zeit vergeht. Ich habe gleich einen Termin bei meinem Gynäkologen.

Ohne größere Anstrengung erhob sie sich, legte zwei Fünfhundertkronenscheine auf den Tisch und ging in Richtung Tür.

Ihren Silbertee hatte sie nicht angerührt.

– Möglicherweise lasse ich wieder von mir hören, sagte sie lächelnd und verschwand durch die Tür, über der das Glöckchen munter klingelte.

Er verstand das als Drohung.

Langsam weitete sich der Tunnel, und er nahm wieder den ganzen Raum wahr. Das Rauschen in den Ohren klang ab, und aus der Ecke war das Kichern der Mädchen zu hören. Er versuchte ruhig zu atmen.

Er war vollkommen verwirrt. Was ging hier vor? Er sah auf den Tisch hinunter und begriff, dass er sich die Frau nicht eingebildet hatte. Das Päckchen war zu greifbar, als dass es sich um einen Albtraum hätte handeln können. Vorsichtig versuchte er, seinen Arm zu bewegen, und stellte fest, dass er nicht mehr gelähmt war. Er nahm den Zettel, den sie auf dem Tisch hinterlassen hatte, und las:

Olof Lundberg
Lundberg & Co Werbeagentur
Karlavägen 56

Der Ärmste, dachte er.

Er spürte, dass ihm sein Körper wieder gehorchte. Der Anfall war vorüber. Die seltsame Situation half ihm, sich zusammenzureißen, und lenkte ihn von seinen 1 Million 351 tausend 999 wirklichen Problemen ab. Er spürte, dass er bis nach Kuala Lumpur gehen würde, um ein Päckchen abzugeben, wenn er dadurch vermeiden konnte, dieser Frau noch einmal zu begegnen.

Er wollte den Silbertee der Dämonin bezahlen und rief nach der Kellnerin. Sie warf einen Blick auf die unberührten Tassen.

– Ach was, das ist heute gratis. Großen Zuspruch scheint unser Angebot ja sowieso nicht gefunden zu haben.

Zögerlich lächelte er sie an. Er war nicht sicher, ob er seine Mimik wieder unter Kontrolle hatte. Die Kellnerin nahm die Tassen und ging. Er versuchte aufzustehen. Die Beine waren immer noch etwas zittrig, aber er nahm an, dass er durch die Tür kommen würde, ohne übermäßige Aufmerksamkeit auf sich zu ziehen.

Draußen auf der Straße fiel unaufhörlich Schnee. Es war eiskalt, aber die frische Luft wirkte befreiend. Er wandte sein Gesicht den Schneeflocken zu und schloss die Augen. Vorsichtig tastete er nach dem Päckchen in seiner Tasche. Die trockene Rose zerbröselte im Innenfutter, und er legte schützend seine Hand um sie.

Wie in Ermangelung einer Alternative begann er, in Richtung Karlavägen zu gehen. Er wollte das Päckchen so schnell wie möglich loswerden und die aufdringliche Frau vergessen. Sie hatte ihn in seinem Unglück gestört, und er war dagegen nicht gewappnet gewesen. Als sein Blick auf einen Papierkorb fiel, hatte er kurzzeitig die Eingebung, das Päckchen einfach wegzuwerfen. Aber er schob diese Idee beiseite und beschleunigte zielbewusst seinen Schritt.

Was ihn am meisten störte, war eigentlich nicht das Päckchen. Wirklich irritierend war die Tatsache, dass er Peter Brolin hieß und sich in seinen 39 Lebensjahren niemals, nicht einmal in frühester Jugend, ausgemalt hatte, Privatdetektiv zu sein.

2

Der Eingang des Hauses Karlavägen 56 war groß und protzig und wurde darin nur noch vom Treppenhaus übertroffen. Ein Messingschild mit dem Schriftzug von Lundberg & Co teilte mit, dass sich die Agentur im fünften Stock befand. Er öffnete eine verschnörkelte Eisentür und landete in einem winzigen Aufzug, der angeblich für drei Personen zugelassen war, aber geradezu klaustrophobische Gefühle weckte. Er entschied sich für die imposante Marmortreppe. Sein Hausarzt hatte ihm für alle Fälle einen Zettel mit der Nummer des psychologischen Notdienstes zugesteckt. Er traute sich allerdings nie, dort anzurufen. Als einzig wirksames Mittel gegen die heftigen Panikattacken hatte der Arzt ihm Bewegung empfohlen. Daraufhin war er tatsächlich einige Kilometer in der Woche gejoggt. Gegen seine Angst half das zwar nicht, aber immerhin hatte er den Wechsel der Jahreszeiten im Vitabergspark erlebt und seine Kondition so weit verbessert, dass er die fünf Stockwerke ohne größere Mühe bewältigen konnte.

Im fünften Stock gab es zwei Türen, von denen eine nicht beschildert war, was bedeutete, dass die Werbeagentur Lundberg & Co tatsächlich auf der gesamten Etage logierte. An der anderen Tür war ein Schild aus spiegelblankem Messing. Er betrachtete sich darin und strich mit den Fingern durch sein Haar. Sofort wurde ihm klar, dass dies seine Nervosität nur noch verschlimmerte. Bevor sein Mut ihn wieder verlassen konnte, zog er rasch das Päckchen aus der Tasche. Die Rose hatte einige Blütenblätter verloren, aber sie hatte ja auch schon vorher keinen besonders glücklichen Eindruck gemacht.

Da es im Treppenhaus keine Klingel gab, holte er tief Luft, öffnete die Tür und trat ein.

Die junge Frau hinter dem Empfangstisch telefonierte und warf ihm nur kurz einen zerstreuten Blick zu. Der Raum, in dem er sich befand, war nahezu kreisrund. Er ähnelte einer großen Halle, von der zwar mehrere Türen abgingen, aber kein einziges Fenster. Durch die offenen Türen strömte der Klang von Stimmen und die Musik eines Privatsenders. Ringsumher hingen ungefähr zwanzig Bilder mit großen Eiern in silberner und goldener Farbe. Unter jedem Ei stand etwas geschrieben, aber die Schrift war so klein, dass man entweder unnatürlich weitsichtig oder krankhaft neugierig hätte sein müssen, um sie entziffern zu können.

Er hasste Räume ohne Fenster.

Die junge Frau hinter dem Empfangstisch war hübsch und trug einen engen schwarzen Pulli. Sie schien sehr beschäftigt, blätterte in einem Stapel wichtig aussehender Papiere und beendete das Telefongespräch, indem sie mit freundlicher Stimme versprach, sie würde die Nummer von Patricks Handy ganz bestimmt herausfinden.

– Hallo, kann ich Ihnen helfen?, fragte sie, ohne von den Papieren aufzublicken.

– Ich suche Olof Lundberg.

– Aha. Wen darf ich melden?, fragte sie lächelnd und nahm Stift und Papier zur Hand.

Er begriff, dass es außerordentlich wichtig war, wen sie melden durfte. Wahrscheinlich war Olof Lundberg nur für bedeutende Personen zu sprechen, und ihm war bewusst, dass er nicht zu dieser Art von Leuten gehörte.

– Bestellen Sie Grüße von seiner Frau.

Ihr Lächeln verschwand so plötzlich, als habe er ihr ein unanständiges Angebot gemacht. Wortlos drehte sie sich um und ging zu der einzigen Tür, die, außer der zum Treppenhaus, geschlossen war. Nachdem sie dreimal kurz angeklopft hatte, trat sie ein, ohne auf eine Antwort zu warten, und schloss die Tür hinter sich.

Er war allein in der Halle.

Er und das Päckchen.

Und unendlich viele Türen.

Nur eine führte ins Freie, zu Schnee und kalter Winterluft.

Er musste sich nur noch einen Moment zusammenreißen, dann würde er mit reinem Gewissen und tausend Kronen weniger Schulden diese ganze Geschichte hinter sich lassen können.

Nach kurzer Zeit wurde die Tür von einem Mann geöffnet, der Olof Lundberg persönlich sein musste. Das Mädchen vom Empfang schlängelte sich an ihm vorbei und warf Peter einen ängstlichen Blick zu, als ob sie gehofft hätte, er habe sich inzwischen in Luft aufgelöst.

– Kommen Sie herein, sagte Olof Lundberg mit einer Stimme, in der seine gesamte Karriere bis an die Spitze einer eigenen, höchst erfolgreichen Firma mitschwang.

Peter hätte nicht gewagt zu widersprechen. Dennoch machte ihn der arrogante Tonfall des anderen so wütend, als kündigte sich ein neuer Anfall an. Sein Zorn gab ihm ein Gefühl von Stärke.

– Danke, sehr freundlich, antwortete er und nahm befriedigt wahr, dass sein Tonfall das Gegenteil ausdrückte.

Dass Olof Lundbergs Zimmer Fenster hatte, war das Erste, was er wahrnahm. Sie waren an der hinteren Wand, genau gegenüber der Tür, und man hatte eine ausgezeichnete Aussicht auf die Baumspitzen der Karlavägenallee. Die beiden übrigen Wände waren aus Glas und boten einen ungehinderten Blick über eine Bürolandschaft ohne Trennwände, die offenbar in einem Halbkreis um die fensterlose Halle angeordnet war. Er konnte sich nicht erinnern, dass das Haus von außen rund ausgesehen hatte, ließ den Gedanken aber wieder fallen.

Olof Lundberg hatte sich hinter seinen Schreibtisch gesetzt. Das ganze Büro machte einen modernen Eindruck, und es war für jeden Besucher offensichtlich, dass man hier über alle neuen Megabytes und Cyberspaces bestens unterrichtet war. Allein Lundberg selbst erinnerte daran, dass es Dinge gab, die schon vor mehr als drei Monaten existierten. Peter schätzte ihn auf knapp sechzig. Damit war er sicher doppelt so alt wie die meisten Angestellten in der Bürolandschaft jenseits der Glaswand. Auch wenn er jugendlich gekleidet war und seine Bewegungen sportliche Lässigkeit ausstrahlten, ließ sich die Müdigkeit in seinen Augen nicht verbergen.

Lundberg griff nach der Fernbedienung und drückte eine der Tasten. Automatisch wurden weiße Vorhänge vor die zwei Glaswände gezogen und schlossen die beiden Männer vollständig von der Außenwelt ab.

Peter empfand noch immer Wut darüber, wie man ihn behandelte, und er genoss die Energie, die von diesem Gefühl ausging. Trotzdem war er erleichtert, dass die Vorhänge vor den Fenstern zurückgezogen blieben.

– Wer sind Sie, und was haben Sie mit meiner Frau zu tun?, fragte Lundberg und betrachtete misstrauisch das Päckchen, das Peter in der Hand hielt.

Einen Moment lang glaubte Peter, Lundberg sei eifersüchtig, aber die Erinnerung an das eigene Spiegelbild brachte ihn wieder davon ab. Er fühlte sich in dieser Umgebung unwohl und kam sich vor wie ein Relikt aus der Steinzeit. Schlagartig fiel ihm ein, dass seine Haare geschnitten werden mussten.

– Ich heiße Peter Brolin, und ich versichere Ihnen, dass

ich nichts mit Ihrer Frau zu tun habe. Aber vor kurzem hat sie mich gebeten, ihr einen Dienst zu erweisen und Ihnen dieses Päckchen zu überbringen.

Er beschloss, die zwei Fünfhundertkronenscheine nicht zu erwähnen. Es schien zwar nicht so, als müsse ein um tausend Kronen ärmerer Olof Lundberg wochenlang Spaghetti mit Knäckebrot essen, aber Peter hatte das Gefühl, dass ihm das Geld inzwischen zustand.

Lundberg stand auf, kam näher und betrachtete das Päckchen, machte aber keine Anstalten, es an sich zu nehmen.

– Wo haben Sie sie getroffen?

– In Nyléns Konditorei in der Surbrunnsgatan.

– Wissen Sie, wo sie jetzt ist?

Er versuchte vergeblich, sich die Frau aus dem Café und den Mann ihm gegenüber zusammen vorzustellen. In diesem Raum wäre sie ebenso fehl am Platz wie ein Mammut im Technischen Museum.

– Nein, das weiß ich nicht.

Er war unschlüssig, welcher Teil des Ehepaares, mit dem er unfreiwillig Bekanntschaft geschlossen hatte, ihn mehr abstieß.

Plötzlich konnte er sich an etwas erinnern.

– Ich glaube, sie hat erwähnt, dass sie zu ihrem Gynäkologen wollte.

Er spürte, wie er bei diesen Worten rot wurde. Lundberg machte ein Gesicht, als habe Peter die Untersuchung selbst ausgeführt. Nun wurde er von neuem wütend. Er hatte verdammt nochmal nicht darum gebeten, in Intimitäten eingeweiht zu werden. Er hatte um überhaupt nichts gebeten und war es langsam leid, dass ihn dieser Werbemogul, der sich anscheinend für den lieben Gott persönlich hielt, wie eine verdächtige Person behandelte.

Er stand auf, um sich zu verabschieden, und legte das Päckchen auf den Schreibtisch.

Sein Auftrag war mehr als beendet.

Lundberg hatte sich wieder gesetzt und betrachtete voller Abscheu die rosengeschmückte Schachtel.

– Sie wissen wahrscheinlich nicht, zu welchem Gynäkologen sie wollte?, fragte er vorsichtig.

In Peters Gehirn explodierte eine Bombe.

– Ich bin hier, weil Ihre Frau mich gebeten hat, Ihnen ein bedeutungsvolles Päckchen zu überbringen. Ich kann nicht behaupten, dass ich über ihre Bitte sonderlich erfreut gewesen wäre. Aber da es mir aus verschiedenen Gründen, die nichts mit Ihnen zu tun haben, nicht gelungen ist, nein zu sagen, bevor sie verschwand und das verdammte Päckchen auf meinem Tisch hinterließ, beschloss ich, dass ich keine andere Wahl hatte, als hierher zu kommen und es abzugeben. Ich bitte tausendmal um Verzeihung, dass ich die wertvolle Zeit des Herrn Direktor in Anspruch genommen habe und bitte Sie, Ihrer Frau auszurichten, dass sie aufhören sollte, sich an einsamen Männern in der Stadt zu vergreifen. Auf jeden Fall an mir!

Peter war selbst verblüfft. Er konnte sich nicht erinnern, wann er zuletzt so viele Worte auf einmal gesagt hatte.

Während der gesamten Tirade, die er mit lauter Stimme vorgetragen hatte, hatte sein Gegenüber ihn mit einer Art von neu erwachtem Respekt angesehen. Nun hielt Lundberg den Blick wieder gesenkt und starrte das Päckchen an. Er war es nicht gewohnt, abgekanzelt zu werden. Peters Ausbruch war eine seelische Wohltat gewesen, und er fühlte sich ruhiger als in den neun Tagen zuvor, seitdem die Bank angerufen und mitgeteilt hatte, dass seine Firma Konkurs anmelden könnte.

Lundberg atmete tief durch. Dann begann er das Päckchen zu öffnen. Er nahm die getrocknete Rose zwischen Daumen und Zeigefinger und spreizte die anderen Finger zur Seite, damit so wenig Haut wie möglich mit ihr in Berührung kam. Dann warf er sie in den Papierkorb.

Peter hob die Augenbrauen und sah ihn erstaunt an.

– Es ist nicht so, wie Sie denken, sagte Lundberg mit müder Stimme.

Er hielt inne und ließ die Arme hängen. Seine ganze Autorität war auf einmal wie weggeblasen, und einen Augenblick lang hatte Peter das Gefühl, die Situation in der Hand zu haben.

– Meine Frau ist vor drei Jahren von mir gegangen.

Ein Blitzschlag traf Peter, sein Gehirn war plötzlich vollkommen leer. Was war hier eigentlich los? Hatte er nur geträumt? War er wirklich vollkommen verrückt?

– Aber Ihre Frau ist doch schwanger!

Lundberg kniff Augen und Mund zusammen, als ob ihm übel wäre. Danach begann er achtlos, das Päckchen zu öffnen. Er schleuderte das Bändchen und das zerrissene Geschenkpapier beiseite, und eine rote Samtschachtel kam zum Vorschein. Ein Kärtchen, auf dem ein Strauß roter Rosen abgebildet war, klebte auf dem Deckel. «Liebe erträgt alles», stand da mit roter Tinte in übertrieben verschnörkelter Handschrift geschrieben. Lundberg öffnete den Deckel vorsichtig einen Spalt.

– Verdammte Scheiße.

Mit einem Ruck warf er sich zurück in seinen Stuhl und bedeckte das Gesicht mit der rechten Hand.

Peter sah ihn an. Lundberg schien seine Umwelt nicht wahrzunehmen.

Peter tat einen kleinen Schritt auf den Schreibtisch zu,

und der geplagte Mann dahinter machte ihm mit der linken Hand ein Zeichen, dass er die Schachtel gern öffnen dürfe. Peter zögerte nur eine Sekunde. Die Neugier auf das, was er während seines Spazierganges in der Tasche getragen hatte, war inzwischen stärker als er. Aus sicherem Abstand stocherte er so lange mit dem rechten Zeigefinger an dem Verschluss herum, bis die Schachtel aufsprang. Er musste nicht näher herankommen, um zu sehen, was dort auf der weißen Watte in der Schachtel lag.

Es war ein Zeh.

3

Zehn Minuten später wusste er, dass Olof Lundberg ein Mann war, der sein Dasein bis jetzt immer voll unter Kontrolle gehabt hatte. Nun sah sich Lundberg zum ersten Mal in seinem Leben in einer Lage, deren er nicht Herr wurde. Diese Erfahrung hatte natürlich ihre Spuren hinterlassen, denn jetzt, da seine natürliche Autorität abgebröckelt war, ähnelte er einem frühreifen Fünfjährigen, der seine Mutter auf dem Hauptbahnhof verloren hat.

Im Angesicht der geöffneten Schachtel sagte lange Zeit keiner der beiden ein Wort. Nur ihre Atemzüge waren zu hören. Inmitten seines inneren Chaos wurde Peter plötzlich bewusst, wie still es war. Der Raum musste gegen Geräusche aus den übrigen Büroräumen isoliert sein.

Lundberg nahm einen schwarzen Bleistift, schloss die Schachtel und schob sie auf die gegenüberliegende Seite des Tisches.

Peter hatte sich ein Stück zurückgezogen und auf einem Stuhl an der Tür niedergelassen. Er konnte sich weder überwinden, etwas zu sagen, noch aufzustehen und zu gehen.

Lundberg bereitete dem Schweigen schließlich ein Ende.

– So geht das jetzt seit einem guten halben Jahr. Es begann mit einigen Briefen, die hier ins Büro geschickt wurden. Ich habe mich nicht sonderlich darum gekümmert, aber nach einer Weile wurden sie sehr persönlich, beinahe widerlich. Ungefähr zu der Zeit muss es angefangen haben, dass Dinge an meine private Adresse geschickt wurden. Von großen Teddybären bis zu aufdringlicher Reizwäsche in anonymen Päckchen, die angeblich ich bestellt hatte.

Er machte eine kleine Pause.

– Als die Briefe begannen, private Details zu zitieren, zum Beispiel eine detaillierte Beschreibung der Kleidung, die ich in der vorigen Woche getragen hatte oder meines Mittagessens oder handschriftliche Notizen von mir, die jemand aus meinem privaten Mülleimer gefischt haben muss, machte ich eine Anzeige. Die Polizei ließ jedoch keinen Zweifel daran, dass sie nichts unternehmen würde, solange die Person keine strafbaren Handlungen unternahm. Danach hörte das Ganze für zwei Monate auf, und alles war wie immer. Aber vor acht Tagen ging es wieder los. Mit diesem Brief.

Er zog eine Tüte vom Supermarkt aus der untersten Schreibtischschublade, entnahm ihr zwei identische rosa Umschläge und legte sie auf die gegenüberliegende Seite des Tisches, wo bereits die vorerst letzte Sendung stand.

Peter stand auf und trat an den Tisch. Er griff nach

dem oberen Umschlag und nahm sofort den starken Parfümgeruch wahr. Instinktiv rümpfte er die Nase und zog den Brief heraus.

«*Mein Liebster*», stand da in derselben verschnörkelten Schrift wie auf der Samtschachtel. «*Kannst du mir jemals verzeihen, dass meine Briefe ausgeblieben sind? Leider war es mir unmöglich, dir zu schreiben. Aber meine Liebe ist dennoch nicht erkaltet. Dein Name klingt in meinen Ohren, und deine Stimme folgt mir wie ein Schutzengel, wohin ich mich auch wende. Gestern, als du mich quer durch den Raum ansahst, blieb die Zeit stehen, und ich sah unsere gesamte gemeinsame Zukunft vor meinem inneren Auge. Die Tische zwischen uns lösten sich auf und bildeten einen rosafarbenen Weg voll Glück und strahlender Liebe. Ich zähle die Minuten, bis ich dich in meinen Armen halte.*

Vergeudet ist alle Zeit, die nicht in Liebe vergangen ist. Für immer dein.»

Peter steckte den Brief zurück in den Umschlag und versuchte sich vorzustellen, wie die schwatzhafte Dämonin aus Nyléns Konditorei einen solchen Brief schrieb. Das war schwierig.

Er öffnete den anderen Umschlag und entfaltete ein Blatt Papier. Es war die Fotokopie einer Todesanzeige.

– Von meiner Frau, sagte Lundberg. Also, von meiner richtigen. Sie hatte vor drei Jahren einen Schlaganfall. Man nennt das Stroke. Eine Woche lang war sie bewusstlos. Dann entschied ich auf Rat des Arztes, dass das Beatmungsgerät abgeschaltet werden sollte.

Peter betrachtete das Blatt Papier, das er in der Hand hielt. Es war eine große zweispaltige Anzeige, über der eine Taube abgebildet war.

Unsere geliebte
INGRID LUNDBERG
* 3. Mai 1944
† 17. Februar 1994

OLOF
Agneta und Börje
Kerstin
Davis und Klas
Verwandte und viele Freunde

Darauf folgte die Einladung zur Bestattungsfeier mit anschließendem Empfang, Zeitangaben und die Aufforderung, an den Krebsfonds zu denken.

Peter fiel auf, dass die Anzeige kein Gedicht enthielt. Er las gern die Gedichte, wenn er Zeit hatte, sich ausgiebig der Morgenzeitung zu widmen. Dies war letzthin häufig der Fall gewesen. Todesanzeigen ohne Gedichte waren ihm immer etwas unpersönlich vorgekommen. Sie schienen auf mangelndes Engagement gegenüber dem Verstorbenen hinzudeuten. Als ob niemand es geschafft hätte, wenigstens einige passende Worte als letzten Gruß herauszusuchen.

Peter drehte den Brief um, als wollte er sich vergewissern, dass die Rückseite leer war.

– Im Umschlag liegt noch ein Zettel, sagte Lundberg und zeigte mit dem Bleistift darauf.

Der Zettel war eine mit Buchstaben voll gekritzelte halbe DIN-A4-Seite aus einem karierten Kollegblock. Die Wörter waren unleserlich und zusammenhangslos, einige waren dick durchgestrichen. «*... verdammter Fotzenkerl ... die Nutte in der roten Jacke ... ficken, du ekelhaftes Luder ... du ekelhaftes Fickluder ... ich werde* *dich und deine kleine Rotkäppchennutte umbringen …»*, war zu entziffern.

Er begann zu begreifen, dass es auf dieser Welt die unterschiedlichsten Probleme gab und dass er mit seinen eigenen zur Abwechslung vergleichsweise zufrieden sein konnte.

– Dieser Brief kam vorgestern. Am Tag davor hatte ich mit einer unserer Kundinnen zu Mittag gegessen. Da ich in Bezug auf Kleidung ein schlechtes Gedächtnis habe, rief ich sie an, als ich den Brief bekam, und fragte, welche Farbe ihre Jacke hatte. Sie war rot. Die Dame vertritt einen der wichtigsten Kunden unserer Agentur, und ich befürchte, dass sie den Eindruck hatte, ich wäre verrückt geworden. Die Frage war ja nicht so einfach zu erklären, seufzte Lundberg, sank in seinem Stuhl zusammen und sah Peter ins Gesicht. Er schien einen Entschluss zu fassen.

– Wissen Sie, fuhr er fort, diese Geschichte treibt mich noch in den Wahnsinn. Zum ersten Mal, seitdem ich erwachsen bin, empfinde ich Todesangst. Ich kann nicht erklären, warum ich so heftig reagiere. Nachts fürchte ich mich sogar vor der Dunkelheit in meinem eigenen Haus. Ich habe die Alarmanlage so eingestellt, dass sie auch nachts, wenn ich schlafe, in Betrieb ist. Ich habe Angst davor, morgens hinauszugehen und die Zeitung zu holen. Sie könnte ja im Garten stehen und auf mich warten. Bei Geschäftsessen konzentriere ich mich mehr auf die anderen Gäste im Restaurant als auf meine Kunden. Wir haben meinetwegen bereits zwei wichtige Deadlines verpasst.

Er nahm Anlauf.

– Mein Lieber, du musst mir helfen! Du bist der Einzige, der sie gesehen hat.

Peter sah ihn verdutzt an. Schlagartig wurde ihm bewusst, dass er seit Monaten nicht so entspannt gewesen war. Der Druck auf der Brust war verschwunden, und sein Herz machte schöne gleichmäßige Schläge. Er bildete sich ein, dass Olof Lundbergs Stärke sich irgendwie quer durch den Raum bewegt und nun in seinem Körper ausgebreitet hatte.

– Was soll ich Ihrer Ansicht nach unternehmen?

– Mach sie ausfindig und sorge dafür, dass sie aufhört.

Zum zweiten Mal an diesem Tag kam ihm der Gedanke, dass er dem Bild, das die meisten sich von einem typischen Privatdetektiv machten, ziemlich ähnlich sein musste.

Er war sich fast sicher, dass das kein Kompliment war.

Er schüttelte den Kopf.

– Ich habe keine Ahnung, wie ich das anstellen sollte. Ich habe sie nur einen kurzen Augenblick gesehen und das, um ehrlich zu sein, nicht besonders deutlich.

Ihn schauderte bei dem Gedanken, sie wieder zu treffen, und die Ereignisse der letzten halben Stunde hatten seinen Widerwillen um keinen Deut gemildert.

– Wie sieht sie aus? Lundbergs Stimme klang, als hätte er seinen Arzt nach dem Ergebnis eines Krebstests gefragt.

Peter versuchte, sie so gut es ging zu beschreiben.

Lundberg setzte sich aufrecht hin und sagte mit einem Hauch seiner alten Autorität in der Stimme:

– Du bekommst, was du willst, wenn du es schaffst, sie zu finden.

Peter wand sich auf seinem Stuhl und begann, die verchromte Deckenverkleidung zu studieren. Es war mucksmäuschenstill. Dann hörte er sich selbst sagen:

– Wie wäre es mit einer Million dreihundertzweiundfünfzigtausend Kronen?

4

Als er hinaus auf den Karlavägen trat, hatte es aufgehört zu schneien. Es wurde allmählich dunkel. Eine riesige Digitaluhr mit roten Ziffern im Foyer von Lundberg & Co hatte ihn darüber aufgeklärt, dass die genaue Zeit 16:42:34 war.

Lundberg hatte ihn überrascht angesehen, nachdem er mit seiner neu erwachten Kraft den Vorschlag vorgebracht hatte. Er war nicht sicher, ob das an der Höhe seines Gebotes oder an der genauen Summe lag. Lundberg hatte nur wenige Sekunden überlegt, bevor er antwortete, dass Peter das Geld haben könne, falls er die Frau dazu bringen würde aufzuhören.

Zuerst fühlte es sich an wie ein Lottogewinn. Sein dringlichstes Problem schien gelöst. Erst hier unten auf der Straße begann sein Mut ihn zu verlassen.

Er hatte darum gebeten, das Samtkästchen mitnehmen zu dürfen, ohne zu wissen, was er eigentlich damit wollte. Aber Lundberg schien nicht unglücklich darüber zu sein, dass er es loswurde. Vielleicht konnte man sich wie Aschenputtels Prinz auf die Reise durch das Königreich machen, um herauszufinden, zu wem der Zeh passte? Dies war seine beste und in diesem Moment einzige Idee, was ihn nicht direkt aufmunterte.

Er atmete tief durch und hustete leicht, als die kühle Luft in seine Lungen drang. Er ging in Richtung U-Bahnhof Karlaplan. Schon der Gedanke, U-Bahn zu fahren, war in den letzten Monaten vollkommen unerträglich gewesen, aber ein neues Feuer brannte in ihm, und er war bereit, es zu versuchen. Allein das war ein gutes Zeichen.

Es ging gut. Sogar besser, als er zu hoffen gewagt hatte.

Zwanzig Minuten später trat er durch die Tür seiner Wohnung in der Åsögatan. Auf dem Teppich im Flur lag Reklame vom Supermarkt und ein Brief der SE-Bank. Sie schrieben, dass sie ihn so bald wie möglich treffen wollten, um einen Rückzahlungsplan mit ihm zu besprechen.

Der leichte Dauerschmerz in der Brust meldete sich wieder, aber er legte den Brief beiseite und griff nach dem Telefonbuch.

Unter «Detektivbüros» gab es in den Gelben Seiten keinen Wilander, und bei der Auskunft konnte man ihm auch nicht weiterhelfen. Unbehagen überkam ihn, als ihm bewusst wurde, dass sich die Frau mit kalter Berechnung gerade ihn ausgesucht hatte, um ihren Plan durchzuführen. Sie hatte sich keinesfalls in der Person geirrt, sondern ihn sorgfältig ausgewählt.

Er versuchte den Gedanken abzuschütteln, und nahm eine Kanne mit Orangensaft aus dem Kühlschrank. Sein Blick fiel auf den mit Tesafilm an die Kühlschranktür geklebten Zettel mit der Telefonnummer des Steuerberaters. Jan Bengtsson saß wahrscheinlich gerade mit einem kühlen Drink unter einer Palme auf irgendeiner Insel in der Karibik. Er hatte die Verantwortung für die Buchführung von Brolins Gitter & Sicherheitstüren gehabt, acht Jahre lang, bis vor elf Tagen ein Brief des Finanzamtes auf dem Fußboden des Eingangs lag. Darin stand, dass die Umsatzsteuererklärung der Firma seit vier Jahren fehlte und die Summe sich inklusive Sonder- und Strafabgaben sowie einem Kredit bei der SE-Bank auf 1 352 000 schwedische Kronen belief.

Die Nummer des Steuerberaters Bengtsson war von einem Tag auf den anderen nicht mehr vergeben. Bevor die große Lähmung ausgebrochen war, konnte er noch einige Anrufe tätigen und fand heraus, dass Bengtsson ein häufiger Besucher der Galopprennbahnen Solvalla und Täby war. Der Kundenberater der SE-Bank hatte ihn mitleidig angesehen und gesagt, er könne gut verstehen, wie belastend die Sache für ihn sein müsse, aber da sei nichts zu machen. Vorschriften seien eben Vorschriften.

Seitdem waren die Dämonin und Olof Lundberg die einzigen Personen, mit denen er gesprochen hatte.

In Erwartung einer Eingebung sah er sich im Zimmer um. Sein Blick blieb an einem schwarzweißen Familienporträt aus der vergangenen Tagen hängen. Die Fotografie steckte in einem schmalen Rahmen, von dem die goldene Farbe abblätterte.

Eva lachte breit in die Kamera, er selbst sah ein bisschen zurückhaltend aus. Die eine Hand seines Vaters ruhte auf seiner Schulter, die andere verschwand hinter dem Rücken seiner Mutter, die ihrerseits ihre Hand auf Evas rechten Arm gelegt hatte.

Die vereinte Familie.

Mit jedem Tag, der verging, entfernte er sich weiter. Entfernte sich von dem, was seit langem vorbei war, was sein Verstand aber nicht als verloren akzeptieren konnte. Vorbei. Vergangenheit. Unwiederbringlich. Verschwunden. Nie mehr wieder.

Er hatte es nie geschafft loszulassen. Wie ein bis zum Äußersten gedehntes Gummiband hielt er sich krampfhaft an der Vergangenheit fest. In der nichts erklärt werden musste. Als der Lauf der Zeit selbstverständlich und nicht bedrohlich war. Als er noch Hoffnungen hatte.

Die Zeit Davor und die Zeit Danach.

Er konnte im Kalender auf das Datum zeigen, an dem die Grenze überschritten worden war, aber in seinem Inneren war der Übergang diffuser und breiter und erstreckte sich über einen längeren Zeitraum. Sein Mut war langsam, Tag für Tag, aus ihm herausgetropft und durch die Erkenntnis ersetzt worden, dass alles verloren war. Dass nichts ihm jemals so viel bedeuten würde, dass er bereit wäre, sein Schicksal herauszufordern und dafür zu kämpfen. Denn er wusste, dass sowieso alles zu spät war.

Das Traurigste war, dass ihm nur Bruchstücke der Vergangenheit im Gedächtnis geblieben waren. Er konnte über seinen Schmerz nicht hinwegkommen, weil die Zeit Davor in ihm nur undeutliche Erinnerungssplitter hinterlassen hatte. Die Zeit Danach hatte alles getan, um die Abwesenheit dieser Erinnerungen bedeutungslos werden zu lassen.

Er wusste nicht einmal mehr, was ihm fehlte.

Er betrachtete sein Leben in Farben. Die Zeit Davor war hellgelb und orange und in permanentes Sonnenlicht getaucht. Alle scharfen Kanten und beunruhigenden Schatten, die es sicher auch damals gegeben hatte, waren inzwischen abgeschliffen und weggewischt. In der Zeit Davor war alles selbstverständlich und sorglos und duftete nach gewachstem Leder und 4711. Als Erwachsener hatte er das Parfüm zufällig im Kaufhaus in einer Reihe von Fläschchen entdeckt. Das Geruchserlebnis hatte ihn fast in einen Rausch versetzt. Zu Beginn hatte er den Deckel oft feierlich abgeschraubt und eine Reise durch die Zeit angetreten. Wenn er die Augen schloss, glückte es ihm beinahe, den Klang von Stimmen aus der Küche in der Faktorigatan und das Radio zu hören, das bei Gustavssons in der Wohnung über ihnen plärrte. Der Duft war seine geheime Zeitmaschine, und die Sehnsucht für eine Weile erträglicher gewesen.

Doch es zeigte sich, dass die magische Wirkung der

Flasche nicht von Dauer war. Mit jedem Mal wurde das Erlebnis schwächer, und zum Schluss blieb es ganz aus. Der Duft hatte sich in der Zeit Danach sesshaft gemacht. Die Erkenntnis, dass er seine magische Verbindung zur Vergangenheit verloren hatte, schmetterte ihn vollkommen nieder. Enttäuscht hatte er die Flasche mit einem ungeheuren Gefühl von Verlust und Wehmut in den Müll geworfen.

Noch einen Schritt weiter weg.

Die Zeit Danach war geruchlos und olivgrün. Mit Ausnahme einiger kurzer Phasen war sie mit den Jahren immer farbloser geworden.

In der Zeit Davor wohnte er in einem dreistöckigen Haus in der Faktorigatan in Huskvarna.

Sein Vater, von Beruf Feuerwehrmann, war 1965 bei einem Großbrand verunglückt.

Das war die Bruchstelle, die sich nicht ausradieren ließ. Da verlief die Trennlinie im Kalender. Aber er war erst sieben Jahre alt. Was wusste er vom Niemals, das ihn für den Rest seines Lebens begleiten würde? Konnte denn etwas so Selbstverständliches von einer Sekunde auf die andere verschwinden, als ob es nie existiert hätte? Papas Schuhe standen doch immer noch da, wo er sie abgestellt hatte. Seine Zahnbürste wartete im Badezimmer auf ihn. Das Buch, das sie gemeinsam zu lesen angefangen hatten, lag aufgeschlagen auf dem Nachttisch. Es war doch klar, dass es ihn geben musste. Er war nur jetzt in diesem Moment tot, aber er würde gleich wiederkommen.

Doch die Jahre vergingen, und alles war und blieb zu spät.

Aber den kleinen Jungen gab es immer noch.

Vergeblich darauf wartend, dass alles wieder werden würde wie früher.

Seine Mutter war Hausfrau gewesen. Bis zu ihrem Tod vor sechs Jahren hatte sie darauf gewartet, dass Peter den Heldenglanz seines Vaters übernehmen würde.

Bemüht, ihre Traumvorstellungen zu erfüllen, hatte er nach der neunten Klasse noch zwei Jahre das Technische Gymnasium besucht, um sich bei der feuerwehrtechnischen Fachhochschule in Rosersberg bewerben zu können.

Sie wollten ihn nicht haben.

Sein «allgemeiner Gesundheitszustand» wurde als zu schlecht beurteilt.

Die Demütigung war total.

Um seine Mutter nicht zu enttäuschen, hatte er ihr nie davon erzählt. Zwölf Jahre lang verdiente er seinen Lebensunterhalt als Busfahrer in Stockholm. Wenn er zu Hause in Huskvarna anrief, gab er reißerische Geschichten von seiner Arbeit bei der Feuerwehr zum Besten. Seine zwei Jahre ältere Schwester hatte ihn sofort durchschaut, aber aus Rücksicht auf ihre Mutter verriet sie ihn zum Glück nicht.

Seine große Schwester Eva hatte das Elternhaus schon mit siebzehn verlassen. Voller Entschlossenheit absolvierte sie einen Intensivkurs und wurde Reiseleiterin auf Gran Canaria. Während der sieben Jahre, in denen sie dort arbeitete, pinnte ihre Mutter all ihre Ansichtskarten stolz an die Küchenwand. Dort hingen sie jahrelang und erinnerten Peter ständig an die Entschlusskraft seiner Schwester und an seine eigene Alltäglichkeit.

Am Ende war sie ihren Job leid und sehnte sich zurück nach Schweden. Doch anstatt in ihre Heimatstadt zurückzukehren, zog sie nach Göteborg. Ab und zu rief sie ihn an und versuchte, ihn dorthin zu locken, aber er war nie interessiert.

Dann heiratete sie zur großen Freude ihrer Mutter einen Oberarzt und schaffte sich schnell drei Kinder in ebenso vielen Jahren an. Peter ließ selten von sich hören, und sie selbst war vollauf mit ihren drei Jungs beschäftigt. Als sie alt genug für den Kindergarten waren, beschloss sie ohne Umschweife, ganz wie es ihre Art war, sich zur Laborassistentin ausbilden zu lassen. Seitdem war sie fest bei Hässle-Arzneimittel angestellt.

Er hatte sich immer gefragt, wie zwei Geschwister so verschieden sein konnten wie er und Eva.

Er konnte sich nicht erinnern, jemals mit ihr über seinen Vater gesprochen zu haben. Nicht einmal direkt nach dessen Tod. Es herrschte ein ungeschriebenes Gesetz in der Familie, ihn nicht zu erwähnen. Die wenigen Male, da er es versucht hatte, verschloss sich seine Mutter wie eine Muschel, begann zu weinen und schickte ihn auf sein Zimmer.

Er hasste es, seine Mutter weinen zu sehen. Wenn sie die Kontrolle verlor, stürzte die letzte Verteidigungsmauer gegen die Außenwelt ein, und er war vollkommen schutzlos. Er wollte sie so gerne trösten, hatte aber keine Ahnung, wie er das anstellen sollte. Ihre Distanziertheit umschloss sie wie eine Membran. Wenn sie weinte, war diese Hülle fast sichtbar. Sie legte sich wie eine Rüstung um sie und signalisierte deutlich, dass hinter ihr niemand willkommen war. Also hatte er nicht länger versucht, über seinen Vater zu sprechen. Um sie nicht weinen sehen zu müssen und um nicht wieder abgewiesen zu werden. So hatte er keine Ahnung, wie Eva sich gefühlt haben musste und wie es ihr gelungen war, sich von der

Vergangenheit zu lösen und sich ein eigenes Leben aufzubauen.

Etwas, was er selbst niemals geschafft hatte.

Seitdem er denken konnte, fürchtete er sich vor großen Veränderungen und Aufbrüchen. Schon früh hatte er sich über das menschliche Streben nach ständiger Erneuerung und Entwicklung gewundert. Seit langem hatte er sich hinter der Überzeugung verschanzt, dass die Lebensform der Tiere im Grunde auch für den Menschen am besten geeignet war. Tiere ließen die Jahre vorbeiziehen, ohne sich nach Fortschritt und Veränderung zu sehnen. Man musste nur die Anzahl der Selbstmorde in der Menschheit zusammenzählen und mit der im Tierreich vergleichen, um die Theorie zu stützen. In der heutigen Gesellschaft war aber jeder gezwungen, sich immer wieder an neue Technik und an neue Arbeitsabläufe zu gewöhnen, nur um ein Buch in der Bibliothek auszuleihen oder seine Bankangelegenheiten zu erledigen. Und all die Informationen über das Elend und die Verzweiflung der Welt strömten unterscheidungslos auf jeden Einzelnen ein, suchten sich ihren Weg bis in die hintersten Ecken und Winkel und erfüllten jeden mit noch mehr Unruhe und Hoffnungslosigkeit. Nirgendwo hatte man seinen Frieden. Alles, was jahrhundertelang gegolten hatte, war auf den Kopf gestellt. Er fragte sich, ob es überhaupt jemanden gab, der die Übersicht behielt und abschätzen konnte, wohin die Menschheit unterwegs war. Und er stellte sich die Frage, ob es außer ihm noch jemanden gab, der manchmal eine ungeheure Lust verspürte, einfach abzuspringen.

Das Ganze einfach hinter sich lassen für ein bisschen Ruhe und Frieden.

Nichts blieb mehr unberührt. Alles musste der permanenten Jagd nach Weiterentwicklung weichen. Die Mächtigen schienen alle ungeheure Angst davor zu haben, auch nur das kleinste Fleckchen Erde ungeplant und ungeregelt zu belassen. Jeder Quadratmeter der Stadt und ihrer Umgebung musste sich entwickeln und in die Stadtplanung eingliedern. Es schien der Traum eines jeden Politikers zu sein, ein altes Industriegelände abzureißen und sich mit einem Wolkenkratzer ein Denkmal zu setzen. Er war überzeugt, dass die Eigenschaft, die an Politikern am meisten geschätzt wurde, die gänzliche Abwesenheit von Sentimentalität und ein totales Desinteresse an der Vergangenheit war.

Er selbst konnte von plötzlicher Trennungsangst ergriffen werden, wenn in der Stadt ein Haus abgerissen wurde. Das Verschwinden aller Erinnerungen, die sich über die Jahre in den Wänden angesammelt hatten, wurde beinahe zu einem persönlichen Verlust. Wenn alte Häuser dem Erdboden gleich gemacht wurden, in denen fremde Menschen ihr Leben gelebt, ihre Träume geträumt und ihre Abdrücke hinterlassen hatten, erschien es ihm, als würde ein Teil der Geschichte eingeebnet. Als wäre ihr Leben so vollkommen bedeutungslos, dass man all ihre Spuren völlig selbstverständlich verwischen konnte. Mit welchem Recht löschte man das Lebenswerk derjenigen aus, die es nicht geschafft hatten, sich durch ein großartiges Buch oder irgendeine revolutionäre Erfindung unsterblich zu machen? Die, die ihr Leben in der Stille lebten und nicht damit rechnen konnten, eine Gedenktafel gesetzt zu bekommen. Als ob sie nie eine Rolle gespielt hätten. Vielleicht hatte in genau diesem Haus ein Mensch den glücklichsten Moment seines Lebens erlebt. Vielleicht saß das Gefühl noch in den Wänden wie ein

Gruß an die, die nach ihm kommen würden. Vielleicht konnte es sie etwas lehren.

Er war ständig aufgebracht über neue Bauprojekte oder Stadtsanierungspläne, über die er in der Zeitung las. Aber es wäre ihm nie eingefallen, etwas gegen sie zu unternehmen. Er war absolut überzeugt, dass nichts, was er oder jemand anderes empfand, auch nur die geringste Auswirkung auf einen Politiker haben könnte, der sich einmal für etwas entschieden hatte. Mit dieser Überzeugung war er untätig sitzen geblieben und hatte ein enormes Misstrauen gegenüber der Zukunft und ein starkes Gefühl der eigenen Bedeutungslosigkeit entwickelt.

Vor acht Jahren hatte ihn ein Kollege bei den Stockholmer Verkehrsbetrieben überredet, seine feste Stelle als Busfahrer aufzugeben und eine Fenstergitterfirma zu gründen. Der Freund hatte die nötigen Fähigkeiten, und Peter ließ sich nach langem Zögern überzeugen. Sie erhielten Aufträge en masse und hatten mit der Fertigung und Montierung der Gitter und Sicherheitstüren alle Hände voll zu tun. Sie nahmen einen Kredit bei der SE-Bank auf und schafften sich glänzende neue Maschinen an, um die anstehenden Verpflichtungen zu erfüllen. Das Leben wirkte plötzlich ein bisschen heller. Dennoch wagte er es nicht, seiner Mutter von seinen Erfolgen zu berichten. Er rief weiterhin zu Hause in Huskvarna an und erzählte von seiner gefährlichen Arbeit bei der Feuerwehr, und sie hörte seinen Geschichten schweigend zu.

Nur eineinhalb Jahre später, als die Firma immer noch prächtig gedieh, erwähnte sein Kollege eines Tages, seiner Frau sei eine gute Stelle in Östersund angeboten worden, die sie sich nicht entgehen lassen wolle. Er fragte Peter, ob er sich vorstellen könnte, ihm seine Hälfte der

Firma abzukaufen. Angesichts ihres Erfolgs schien das risikolos. Peter bezahlte ihn aus und übernahm gleichzeitig seinen Teil des Kredits.

Die Jahre vergingen, und eines Morgens vor sechs Jahren rief Gustavsson an, der in der Faktorigatan die Wohnung über ihnen bewohnt hatte, und teilte ihm mit, dass seine Mutter in der Nacht verstorben war.

Er fühlte sich entwurzelt und leer, obwohl er sie zu dem Zeitpunkt schon seit langem verloren hatte. All die Jahre der Lügen hatten sie noch weiter voneinander entfernt. Sie hatte ihn niemals einen Blick hinter ihre Rüstung werfen lassen. Als sie starb, trauerte er am meisten darüber, dass er nun niemals erfahren würde, was dahinter war. Sein größter Traum war unwiederbringlich verloren. Er konnte ihn dort beerdigen, wo schon alle anderen begrabenen Hoffnungen lagen.

Wieder vergrößerte sich die Entfernung um einen Schritt.

Er redete sich ein, dass es richtig gewesen war, sie all die Jahre anzulügen. Wenn sein Gewissen ihn zu sehr quälte, versuchte er, sich damit zu beruhigen, dass er es für sie getan hatte.

Aber tief in seinem Inneren wusste er, dass er auch um seiner selbst willen gelogen hatte.

Um die Enttäuschung seiner Mutter nicht sehen zu müssen, dass er es nie so weit gebracht hatte wie sein Vater.

Manchmal waren seine Geschichten so lebendig geworden, dass er sie beinahe selbst glaubte. Es hatte ihm auf eine gewisse Weise geholfen, sich den Erinnerungen aus der Zeit Davor zu nähern. Manchmal konnte er sich einreden, dass sein Vater durch ihn sprach, und das gewährte ihm eine kleine Flucht vor der Wirklichkeit und war der Beweis dafür, dass er in einen Zusammenhang gehörte.

In den letzten drei Jahren war die Firma schlechter gelaufen. Er wusste nicht, ob das an den schlechteren Zeiten lag oder ob der Markt ganz einfach gesättigt war. Es wurde immer schwerer, den Kredit abzubezahlen, und während das Telefon immer seltener klingelte, überkamen ihn immer häufiger Anfälle von Herzklopfen und Brustschmerzen. Zu Beginn hatte er versucht, sie zu ignorieren, aber nach und nach waren sie so auffällig geworden, dass er Angst bekam. Er ging in sein Behandlungszentrum. Ein Arzt hörte sein Herz ab und beruhigte ihn, aber er bekam zur Sicherheit eine Überweisung ins Söderkrankenhaus für ein EKG. Es zeigte sich, dass er kerngesund war, und der Arzt meinte grinsend, dass Millionen an Steuergeldern übrig bleiben würden, wenn alle so gesund wären wie er.

Da niemand etwas bei ihm feststellen konnte, wurde ihm Bewegung verschrieben und empfohlen, bei Bedarf den psychologischen Notdienst anzurufen.

Die Beschwerden waren immer schlimmer geworden, und im letzten halben Jahr hatten sie ihn beinahe vollständig isoliert.

Jederzeit konnte ihn ein Unbehagen überkommen, das so stark war, dass er es beinahe körperlich spürte. Die kleinste Abweichung von der geraden Linie der Vorhersagbarkeit, nach der er sein Leben ausrichtete, konnte den Prozess in Gang setzen. Je mehr er davon überrumpelt wurde, desto stärker war der Anfall. Es war, als ob er plötzlich und ohne Vorwarnung vollkommen hautlos würde, als hätten alle äußeren Eindrücke direkten Zugang ins Innere seines Körpers. Er war plötzlich einer furchtbaren Bedrohung ausgesetzt, ohne erkennen zu können, aus welcher Richtung sie kam. Eine unerklärliche Ohnmacht ergriff ihn und höhlte ihn von innen aus. Er hatte ihr nichts entgegenzusetzen.

Er bekam eine ungeheure Lust, einfach aufzugeben.

Darum herumzukommen, überhaupt zu versuchen, sein Leben in den Griff zu bekommen.

Zuerst kam das Herzklopfen. Es war so heftig, dass seine Brust vor Anstrengung schmerzte. Während es sich verstärkte, wurde es gleichzeitig immer schwieriger, die Atmung zu kontrollieren. Der Körper schien zu glauben, dass keine Luft mehr bis zum Kehlkopf gelangte, obwohl er doppelt so stark atmete wie sonst und tiefe Atemzüge nahm. Er zwang ihn, noch stärker zu atmen, und trotzdem fühlte er sich, als ob er ersticken müsse. Er bekam ganz einfach keinen Sauerstoff.

Dann kamen die Stiche. Sie begannen an Händen und Füßen und setzten ihren Weg fort durch Arme und Beine. Es wurde immer schwerer, sich zu bewegen.

Das Gehör veränderte sich. Jeder kleine Mucks hörte sich wie ein Pistolenschuss an, und alle Geräusche drangen ungefiltert in ihn ein. Ein ohrenbetäubendes Rauschen hallte zwischen den Ohren wider. Wenn es so weit gekommen war, hatte die Angst vollständig Besitz von ihm ergriffen. Nun ging es ums nackte Überleben. In dieser teuflischen letzten Phase ließ ihn auch seine Sehkraft im Stich. Das Gesichtsfeld verengte sich zu einem Tunnel, und das kleine Loch, das übrig blieb, war trübe wie eine verschmierte Glasscheibe, mit dem einzigen Unterschied, dass diese Schlieren in Bewegung waren. Sie krochen wie Tausende von kleinen Ameisen umher, die alles taten, was in ihrer Macht stand, um ihn in den Wahnsinn zu treiben.

Der Verlust des Sehvermögens war in dieser Lage grauenhaft. Die normale Körperkontrolle schien außer Kraft gesetzt, und etwas anderes übernahm das Ruder. Eine gewaltige Dunkelheit strebte danach, in ihm zu detonieren, und sein Körper versuchte, es um jeden Preis zu verhindern.

Er wusste, dass er verloren hatte, wenn er nachgab.

Eine alles durchdringende Traurigkeit überwältigte ihn. Sie zog ein in jede Zelle seines Körpers und wollte ihn mit Gewalt davon überzeugen, dass es sinnlos war, gegen sie anzukämpfen. Lass mich los, schrie sie. Gib auf! Was hast du zu verlieren?

Der Schmerz war unbeschreiblich. Nach jedem Anfall war er von neuem erstaunt, dass er keine sichtbaren Blessuren hinterlassen hatte. Oder wenigstens blaue Flecken.

Er hatte einige Medizinbücher gelesen, um herauszufinden, an welcher Krankheit er litt. Nach mehreren Besuchen in der Bibliothek und vielen gründlich studierten Seiten hatte er in einem Buch ein Kapitel über Angstneurosen gefunden. Er hatte gefunden, was er suchte. Die Beschreibung war so treffend, dass er das Kapitel selbst hätte geschrieben haben können. Aber allein das Wort Neurose ließ ihn das Buch zuschlagen. Die Scham über seinen totalen Mangel an Selbstkontrolle machte es ihm unmöglich, Hilfe zu suchen.

Den psychologischen Notdienst anzurufen, erschien ihm keine gute Alternative. Nicht einmal in seinen wildesten Phantasien konnte er sich ausmalen, wie er das Gespräch beginnen sollte. Er wünschte, der Arzt im Behandlungszimmer hätte begriffen, was ihm fehlte, aber er sah selbst ein, dass er zu undeutliche Signale gegeben hatte.

Auf diese Weise war er mit jedem Tag ängstlicher und unsicherer geworden; durch den Bescheid über die fehlende Umsatzsteuer schließlich geriet er in eine akute Krise.

Er war vollkommen handlungsunfähig.

Das Telefon klingelte. Er zögerte. In letzter Zeit war es ihm schwer gefallen, den Hörer abzunehmen. Er hatte überlegt, sich ein Gerät anzuschaffen, das die Nummer des Anrufers anzeigte, aber wie aus allem anderen war auch aus diesem Plan nichts geworden. Er sah auf die Uhr. Es war fast halb sieben die Bank konnte es also nicht sein. Er holte tief Luft und hob ab.

– Hallo.

– Ist da Peter Dahlin?

Er erkannte Olof Lundbergs Stimme sofort wieder. Sie klang aufgeregt.

– Im Grunde ja, antwortete er und fühlte sich nicht in der Lage, ihn wegen des Namens zu korrigieren. Er hatte langsam eine gewisse Übung darin, anderen zu gehorchen.

– Du musst hierher kommen. Zu mir nach Hause. Ich spendiere dir ein Taxi. Sie ist hier gewesen. In meinem Haus!

5

Eine Viertelstunde später saß Peter in einem herangewunkenen Taxi auf dem Weg zu Lundbergs eilig hingekritzelter Adresse in Saltsjö-Duvnäs.

Das Taxi bog in eine Straße, in der zu beiden Seiten große Kaufmannsvillen standen. Hier wohnten nicht irgendwelche Svenssons, das war vollkommen klar. Die

Fahrbahn war gesäumt von Säcken für eine bevorstehende Altpapiersammlung. Geschickt lenkte der Fahrer an den schneebedeckten Haufen vorbei.

Am Ende der Sackgasse begann ein kleinerer Weg hinauf durch das Gebüsch. Ein Schild zeigte an, dass dies Privatgelände war und dass Unbefugte keinen Zutritt hatten. Der Weg war beunruhigend steil, wenn man die Jahreszeit bedachte, aber der Untergrund war gründlich geräumt und gestreut.

Das Auto hielt bei einem Haus auf dem höchsten Punkt des kleinen Hügels an. Die Haustür wurde geöffnet, und Lundberg machte einen großen Schritt hinaus auf die Treppe. Er sah sich um und ging dann, wie versprochen, zum Taxifahrer und bezahlte.

Das Haus hatte einen ganz anderen Charakter als die prächtigen Kaufmannsvillen am unteren Ende der Straße. Es war niedrig und langgestreckt wie ein kleinerer Kuhstall, aber in der Mitte des Gebäudes war das Haus auf die doppelte Höhe aufgestockt. Es wirkte irgendwie bewusst unscheinbar, und der Architekt dieses Hauses hatte zweifelsohne jedes Detail sorgfältig geplant, damit jeder Betrachter genau das empfand.

– Danke, dass du so schnell kommen konntest, sagte Lundberg und sah in den Garten, als ob er sich seiner Unselbständigkeit schämte.

Peter nickte.

Ohne jegliche weitere Konversation traten sie ins Haus. Wenn das Haus von außen wenig ansprechend aussah, so wirkte es im Inneren dafür umso exklusiver. Der Eingangsbereich öffnete sich zu einem riesigen Wohnraum mit doppelter Deckenhöhe, und das enorme Panoramafenster bot einen Blick auf den größten Teil der Duvnäsbucht und vieles andere, was im Dunkeln nicht zu erkennen war. Zur Rechten lag eine Küche, die nur durch einen Tresen vom Wohnzimmer abgetrennt war.

Lundberg ging zu einem Schrank, der Peters Einschätzung nach eine chinesische Antiquität sein musste. Er enthielt fast alle alkoholischen Getränke, die man sich wünschen konnte. Ohne zu fragen, schenkte er zwei große Whiskey ohne Eis ein und reichte Peter einen. Peter war nie ein besonderer Freund von Hochprozentigem gewesen, aber zu einem guten Whiskey sagte er nicht nein.

Lundberg setzte sich auf das Sofa. Er selbst trat ans Fenster, verblüfft über die Aussicht. Es waren keine Häuser zu sehen, die es zwischen Lundbergs Grundstück und dem Wasser aber doch mit Sicherheit geben musste. Der Blick vermittelte dem Betrachter vielmehr das Gefühl, ganz allein mit dem Meer zu sein. Er wunderte sich, dass Lundberg keine Gardinen angebracht hatte, die man bei Bedarf zuziehen konnte, denn der Einblick musste mindestens genauso gut sein wie der Ausblick. Der Vergleich mit einem Fisch, der in seinem Aquarium den Blicken ausgesetzt ist, drängte sich auf.

Erneut spürte er die innere Ruhe, die das Zusammensein mit Lundberg in ihm auslöste. Es war lange her, seit er sich mit einem anderen Menschen in einem Raum vollkommen unbeschwert gefühlt hatte. Vielleicht war Peter so stark, wie ihr Zusammensein es erforderte, weil Lundberg durch seine bedrückende Lage sichtlich aus dem Gleichgewicht geraten und seine Furcht nahezu greifbar war. Zwischen ihnen gab es eine unausgesprochene Übereinkunft, dass er die Führung übernehmen musste, wenn Lundberg das nicht konnte, und Peter begrüßte die unerwartete Autorität, die diese Anforderung beinhaltete.

Er verzog das Gesicht, als er am Whiskey nippte.

– Dreißig Jahre alter Malt, sagte Lundberg, der die Grimasse gesehen hatte. Wenn schon, denn schon. Schmeckt wie eine alte geteerte Brücke, aber man gewöhnt sich daran.

Peter begriff, dass das der Versuch war, selbstironisch zu sein. Er nahm an, dass Lundberg in der letzten Zeit Seiten an sich selbst entdeckt hatte, von deren Existenz er bis dahin nichts geahnt hatte.

– Ich habe die Polizei angerufen. Sie sind hierher gekommen und haben das Haus durchsucht. Ein Fenster, das nicht durch die Alarmanlage gesichert war, stand einen Spalt offen.

Er nickte in Richtung des Korridors, der zum linken Teil des Gebäudes führte.

– Da das Fenster nicht aufgebrochen war, kann sie nicht auf diesem Weg ins Haus eingedrungen sein, aber sie schlossen daraus, dass sie so hinausgekommen sein muss.

– Aber dann müssen sie die Anzeige doch jetzt ernst nehmen. Gibt es nicht so etwas wie Hausfriedensbruch?, fragte Peter.

Lundberg schnaubte verächtlich.

– Soweit ich sehen kann, ist nichts gestohlen worden. Was meinst du wohl, wie viel Gewicht die Polizei einem offen stehenden Fenster beimisst, wenn die Hälfte aller Bewohner dieser Stadt unter zwanzig es als ihre Lebensaufgabe betrachtet, sich jeden Freitagabend die Köpfe einzuschlagen?

Peter verzog sein Gesicht zu einem schiefen Lächeln.

– Woher weißt du dann, dass sie hier war?

Lundberg nahm einen großen Schluck Whiskey und seufzte.

– Weil meine gesamte Unterwäsche im Schlafzimmer

verstreut war und alle Fotoalben von meiner Geburt bis zum heutigen Tag mit einem Gruß auf meinem Schreibtisch lagen:

«Wer dich innig liebt, wird dich zum Weinen bringen.»

6

Lundberg hatte seinen Whiskey ausgetrunken, Peter seinen nur probiert. Nach diesem Erlebnis war er zu der Überzeugung gelangt, dass es geeignetere Anwendungsgebiete für frisch geteerte alte Brücken gab.

In der Zwischenzeit waren nicht viele Worte gefallen. Er hatte sich die Unordnung im Schlafzimmer angesehen. Eigentlich hatte es dort auch nicht schlimmer ausgesehen als bei ihm zu Hause, aber er hatte Lundberg diesen Kommentar erspart. Als er wohlbehalten ins Wohnzimmer zurückgekehrt war, hatte er sich Lundberg direkt gegenüber in einen Sessel gesetzt, das Panoramafenster im Rücken.

Die Kunst an den Wänden war geschmackvoll und vermutlich liebevoll ausgewählt. Man konnte sehen, dass derjenige, der die Bilder aufgehängt hatte, für jedes sorgfältig einen Platz gewählt hatte, um jedem einzelnen Gemälde gerecht zu werden. Peter interessierte sich für Kunst, ohne sich deswegen auf diesem Gebiet besonders auszukennen, aber er schätzte Räume, in denen die Bilder an der Wand ihr eigenes Leben führen durften und nicht auf Teufel komm raus mit der Farbe des Sofas harmonieren mussten. Das Zimmer war sparsam möbliert, sah aber dennoch alles andere als ärmlich aus. Alle Möbelstücke und Accessoires strahlten Geschmack und Eleganz aus, und zusammen machten sie den Eindruck, als seien sie hergestellt worden, um genau da zu stehen, wo sie sich befanden.

Hier wohnte ein Ästhet.

An der einen Wand, genau gegenüber der Küche, hing ein schwarzweißes Hochzeitsfoto im DIN-A4-Format. Lundberg sah sich ziemlich ähnlich, wenn man ungefähr zehn Kilo abrechnete, und die Frau, bei der es sich wohl um Ingrid Lundberg handelte, war schön und blond und lachte strahlend in die Kamera. Das Bild strahlte den Geist der siebziger Jahre aus. Das Brautkleid war schlicht und wahrscheinlich nicht weiß, wenn man es mit der Nuance von Lundbergs weißem Hemd verglich.

Irgendetwas an der Platzierung des Bildes stimmte nicht.

Alles andere im Raum passte in einen Gesamteindruck, aber das Foto und seine Hängung zwischen zwei Aquarellen stellte einen Stilbruch dar, der diesen Eindruck ins Wanken brachte. Es war offensichtlich, dass das Foto lange nach den anderen Bildern aufgehängt worden war.

Lundberg folgte Peters Blick.

– Ingrid und ich. Sommer siebenundsechzig. Draußen in Ulrikdals Gasthaus.

Lundberg schien in seiner Erinnerung zu verharren. Einige Minuten vergingen. Er seufzte.

– In den ersten Jahren ging es uns verdammt gut. Die Firma lief immer besser, wir reisten viel und hatten in jeder Hinsicht ein gutes Leben.

Er senkte den Blick und sah in sein Glas.

– Dann kam der Gedanke an Kinder. Vor allem Ingrid spürte, dass ihr die Zeit davonlief. Sie war schon Mitte dreißig, und das ist für Frauen ja die Grenze. Wir hörten auf zu verhüten, aber es passierte nichts.

Peter hatte das Gefühl, durch das private Schlüsselloch eines Menschen zu schauen. Er war es nicht eben gewöhnt, dass andere Leute ihm persönliche Dinge mitteilten. Wenn man nie von sich erzählte, vertraute sich einem wohl auch niemand an, und er hatte nur ein einziges Mal im Leben jemandem so nahe gestanden, dass er es gewagt hatte, einen Einblick in sein Seelenleben zu gewähren.

Lundberg sprach weiter.

– Ein paar Jahre vergingen. Ingrid wurde immer verbissener, und zum Schluss schliefen wir nach einem Stundenplan miteinander, den Ingrid mit Hilfe des Fieberthermometers aufgestellt hatte. Manchmal rief sie mich im Büro während eines wichtigen Meetings an und sagte, dass es Zeit sei. So etwas heizt das Liebesleben nicht gerade an, und inzwischen ist mir klar, dass wir uns damals auseinander lebten.

Lundberg schüttelte den Kopf, als wolle er die Erinnerung loswerden.

– Ja, verdammt. Zum Schluss sorgte Ingrid dafür, dass wir in eine bestimmte Untersuchung kamen, die zeigen sollte, was bei uns nicht stimmte. Das war schrecklich erniedrigend. Mehrmals musste ich Spermaproben in kleine Behälter abgeben, die Ingrid in ihrer Handtasche zum Sophiahemmet mitnahm.

Peter wurde rot.

– Es zeigte sich, dass der Fehler bei mir lag. Meine Spermien schwammen offensichtlich nicht kraftvoll genug, um bis ans Ziel zu kommen. So etwas hört man nicht gerne. Meine Männlichkeit bekam einen ziemlichen Knacks, und in den Monaten danach versteifte ich mich genauso wie sie darauf, Kinder zu bekommen. Wir ließen mehrere künstliche Befruchtungen vornehmen, die immense Summen verschlangen und allesamt misslangen.

Am Ende verließ uns der Mut. Die Leidenschaft war restlos erloschen, nachdem alles, was mit Körperflüssigkeiten zu tun hatte, mit dem Gedanken an Reagenzgläser und Spermabehälter verknüpft war. Nach dieser Zeit war unsere Ehe im Grunde beendet.

– Ich schämte mich, weil ich ihr nicht geben konnte, was sie sich am allermeisten wünschte. Ich arbeitete immer mehr. Ingrid unternahm auf eigene Faust Auslandsreisen, während ich mein Strohwitwerdasein auskostete. Ich gebe gerne zu, dass ich bei meinen Bettgefährtinnen nicht besonders wählerisch war. Ich glaube, dass Ingrid es wusste, aber das Schlimmste war, dass es sie nicht störte. Ich glaube, dass sie mich stillschweigend für den großen Verlust verantwortlich machte, den sie erlitten hatte. Eine Art von Verachtung, die sich überhaupt nicht mit Liebe vereinbaren ließ.

Lundberg erhob sich und schenkte sich einen neuen Whiskey ein. Er registrierte, dass Peters Glas nicht ausgetrunken war, und setzte sich wieder.

– So vergingen die Jahre. Ingrid sprach nie von Scheidung, und mir passte es ebenfalls ganz gut in den Kram, dass sich zu Hause jemand um den Haushalt kümmerte, der keine Forderungen stellte. Und dann klingelte eines Tages das Telefon, und man teilte mir mit, dass Ingrid auf der Intensivstation lag. Eine Woche später war sie tot.

Er sah hinunter in sein Glas und ließ den Whiskey in einer Kreisbewegung über den Boden des Glases schwappen.

– Ich war selbst erstaunt über meine Reaktion. Ich lag zu Hause und weinte mehrere Tage lang. Ich hatte nicht geahnt, wie viel sie mir bedeutete und wie sehr ich sie vermissen würde. Es dauerte mehrere Monate, bis ich wieder leidlich funktionierte.

Es war einen Moment still, dann erhob sich Lundberg und trat zu dem Hochzeitsfoto.

– Aber eins sollst du wissen, sagte er.

Ob er mit dem Bild oder mit Peter sprach, war schwer zu entscheiden.

– Aus einer Art von rückwirkendem Respekt habe ich seitdem keine Frau mehr angeguckt.

Peter betrachtete seinen Rücken. Er wusste nicht, was er sagen sollte. Am liebsten hätte er jetzt auch sein Herz ausgeschüttet, um das Gleichgewicht zwischen ihnen wiederherzustellen, aber sein Kopf war leer. Er war nie ein Meister der Worte gewesen.

– Du hast ein phantastisches Haus, war das Einzige, was ihm einfiel.

Lundberg sah sich achselzuckend um und wandte sich ihm zu.

– Mir ist gerade eingefallen, dass meine Haushaltshilfe heute hier war. Es wäre interessant zu hören, was sie zu erzählen hat.

Er holte sein Notizbuch und zog eine Visitenkarte heraus. Er drehte die Karte um und tippte die auf der Rückseite handschriftlich notierte Telefonnummer in sein schnurloses Telefon.

– Ist da Katerina?, fragte er nach einer Weile.

Stille.

– Mein Name ist Olof Lundberg, und Katerina hat angegeben, sie sei unter dieser Nummer zu erreichen.

Wieder Stille.

– Ja, danke.

Er leerte mit verzogenem Gesicht seinen Whiskey.

– Ja, hallo, hier ist Olof Lundberg in Saltsjö-Duvnäs. Ich würde gern ein paar Fragen stellen, möchte dich aber lieber persönlich treffen. Wo wohnst du?

Peter konnte an Lundbergs Gesichtsausdruck ablesen, dass diese Katerina erschrocken war, und das wunderte ihn nicht.

– Immer mit der Ruhe. Wir können in einer halben Stunde da sein.

Er legte auf und sah Peter an.

– Ich hoffe, du hast einen Führerschein, sagte er. Ich sollte wohl nicht mehr fahren.

Fünf Minuten später saß Peter am Steuer von Lundbergs schwarzem Audi Quattro. Peter hatte ihn vorsichtig aus der Garage herausgefahren, wo er neben einem Wagen stand, bei dem es sich offenbar um einen Jaguar E-Type handelte. Lundberg war solange auf die Toilette gegangen. Die Eingangstür wurde geöffnet, und Lundberg schaltete die Alarmanlage ein, bevor er sich neben ihn ins Auto setzte.

– Fahr so schnell du kannst, sagte er und schnallte sich an. Peter verspürte ein ungutes Gefühl in der Magengegend. Es hatte ihn in der Garage überkommen. Im Dunkeln hatte er nicht gleich den richtigen Autoschlüssel gefunden, und während er dagestanden und gefummelt hatte, war ihm plötzlich unwohl geworden.

Vielleicht war es nur die Dunkelheit, die ihn plötzlich erschreckt hatte, aber er war sich fast sicher.

Er war nicht allein in der Garage gewesen.

7

Sie brauchten fast eine Dreiviertelstunde für die dreißig Kilometer lange Strecke in die Hauptstadt. Das lag am allerwenigsten am Auto. Das Gefühl des Unwohlseins hatte ihn einfach nicht losgelassen. Natürlich hatte er die Türen verriegelt, als er sicher im Wagen saß, und versucht, sich im Licht der Scheinwerfer umzusehen. Doch ihm war vollkommen bewusst, dass er etwas genauer hätte suchen können, wenn er nicht so ängstlich gewesen wäre.

Er hätte wenigstens Lundberg die Chance geben sollen, selbst nachzusehen.

Außerdem war es eine Weile her, dass er hinterm Steuer gesessen hatte.

Katerinas Wohnung lag mitten in einer Hochhaussiedlung und sah aus, als ob sie für das ganze Millionenprojekt Modell gestanden hätte. Sie mussten das Auto ein Stück entfernt auf einem Parkplatz abstellen und hatten dann gewisse Schwierigkeiten, die richtige Hausnummer zu finden.

Die Eingangstür war nicht verschlossen. Das Treppenhaus sah genauso aus, wie es zu erwarten gewesen war. Es machte einen abgenutzten Eindruck und war voller Schmierereien, zum Teil halbherzig weggewischt, sodass die Wände noch dreckiger aussahen.

Lundberg blieb vor einer Tür im zweiten Stock stehen. Es stand Radkowitz auf dem Namenschild, neben einer handgeschriebenen Mitteilung, dass der Wohnungsinhaber keine Werbung wünschte.

Lundberg drückte die Klingel. Er hatte den Arm kaum fallen lassen, da öffnete sich die Tür. Eine Sicherheitskette verhinderte, dass sie sich mehr als zehn Zentimeter öffnen ließ, und Lundberg rückte ein wenig zur Seite, um durch den Spalt sehen zu können.

– Olof Lundberg. Ich suche Katerina.

Die Tür wurde geschlossen und sofort wieder geöffnet.

– Komm rein.

Eine ungefähr siebzigjährige Frau winkte sie in den Flur.

– Warte, ich hole sie, setzte sie in gebrochenem Schwedisch fort.

Der Flur war nicht besonders groß. Vor allem nicht für zwei Männer in Winterjacken.

Es gab keine Fenster.

Peter versuchte sich zu konzentrieren.

Eine dunkelhaarige Frau in den Dreißigern erschien. Sie sah ängstlich aus.

– Ich bedaure, dass wir hier so hereinplatzen, aber ich muss ein paar Fragen stellen, begann Lundberg.

Die Frau machte keine Anstalten, die beiden weiter in die Wohnung zu bitten, und Peter spürte, wie sein Herz zu klopfen begann.

– Ist in Ordnung, antwortete sie.

Lundberg trat von einem Fuß auf den anderen.

– Ich möchte dich auf keinen Fall irgendwie beschuldigen, aber es gibt Hinweise, dass heute jemand in meinem Haus gewesen ist.

– Ja, ich bin da gewesen, sagte die Frau verwirrt. Ich komme ja immer montags.

Peter merkte, dass sich sogar Lundberg in dem engen Raum unwohl fühlte.

– Meinst du nicht, dass wir für einen Moment hereinkommen können?, fragte er eine Spur gereizt.

Die Frau zögerte. Dann drehte sie sich um und ging in das Zimmer.

Lundberg folgte ihr. Peter bückte sich und zog seine Schuhe aus.

Es war das Wohnzimmer. Eine dritte Frau saß auf einem der über Eck stehenden Sofas und sah fern. Sie stand sofort auf und verließ, eine Begrüßung murmelnd, den Raum.

Das Wohnzimmer hatte zwei Fenster und eine Glastür, die auf den Balkon führte. Peter setzte sich auf einen Stuhl in der Nähe der Balkontür, während Lundberg und die Frau auf jeweils einem der beiden Sofas Platz nahmen. Peter sah, dass Lundbergs Schuhe nasse Spuren auf dem Fußboden hinterlassen hatten.

– War noch jemand außer dir heute bei mir zu Hause?

Lundberg saß vornübergebeugt und hatte die Ellbogen auf die Knie gestützt.

– Nein, ich habe heute alleine geputzt.

– Und du hast niemanden draußen im Garten oder sonst irgendwo gesehen?

– Nein, antwortete die Frau zögerlich.

– Hast du irgendwann das Haus verlassen, ohne die Alarmanlage einzuschalten?

Es sah aus, als ob sie überlegte. Sie stand auf, ging zum Fernseher und schaltete ihn ab. Sie blieb mitten im Raum stehen und schüttelte den Kopf.

– Was ist denn passiert? Ist etwas gestohlen worden?

Ohne die Antwort abzuwarten, sprach sie weiter.

– Ich schwöre, dass ich niemals … ich meine, ich habe nie etwas weggenommen. Das habe ich nicht gemacht. So eine bin ich nicht.

Es sah aus, als würde sie anfangen zu weinen.

– Nein, das glaube ich doch auch nicht, sagte Lundberg in besänftigendem Ton. Ich wollte vor allem wissen, ob du eine andere Person in der Nähe des Hauses gesehen hast.

Sie wischte sich mit den Zeigefingern über die Augen und setzte sich wieder auf das Sofa.

Lundberg seufzte. Er schlug die Handflächen auf die Knie und stand auf. Dann hielt er inne.

– Wir haben ein paar Fußabdrücke gefunden, und du würdest uns wirklich weiterhelfen, wenn wir einen kurzen Blick auf deine Füße werfen dürften. Ich meine natürlich, um auszuschließen, dass die Fußabdrücke von dir sind.

Katerina sah ganz durcheinander aus. Peter versuchte, Lundberg mit Blicken zu signalisieren, dass dies eine vollkommen überflüssige Maßnahme war. Diese Frau war nicht die Dämonin, da war er absolut sicher. Sie war mindestens dreißig Zentimeter kleiner und außerdem nicht schwanger. Katerina hatte sich bereits die Strümpfe ausgezogen. Er fragte sich, ob sich diese Frau jemals hiervon erholen würde.

Wie immer, wenn ihn etwas genierte, sah er an die Decke.

– Vielen Dank, sagte Lundberg, und Peter wusste, dass Katerina keine Zehen fehlten.

– Wenn dir etwas einfällt, das erklären kann, wie jemand ins Haus eindringen konnte, ohne dass die Alarmanlage losging, kannst du vielleicht anrufen. Entweder zu Hause oder auf dem Handy. Du hast doch beide Nummern?

Katerina nickte.

Einige Minuten später saßen sie wieder im Auto.

– Wenn diese Frau lügt, werde ich in meinem ganzen Leben keinem Menschen mehr vertrauen, sagte Lundberg.

Sein Handy klingelte. Als er abgenommen und gehört hatte, wer dran war, schaltete er die Freisprechanlage ein, und Katerinas Stimme füllte den Wagen.

– Mir ist doch noch eine Sache eingefallen. Als ich am

Schlafzimmerfenster das Bettzeug gelüftet habe, fiel mir ein Kissen runter. Ich musste hinaus und um das Haus herum gehen, um es zu holen. Ich habe wohl leider die Tür in der Minute offen stehen lassen, fürchte ich. Aber es sind keine Flecken auf den Kopfkissenbezug gekommen, das schwöre ich.

Lundberg und Peter sahen einander an. Lundberg bedankte sich bei Katerina und beendete das Gespräch.

– Ach, es ist doch einfach verdammt schön zu hören, dass die Person immerhin nicht durch Wände gehen kann, sagte Lundberg. Wo wohnst du eigentlich?

– In der Åsögatan, antwortete er. Und außerdem heiße ich Brolin.

– Jedenfalls war es was mit Fußball, sagte Lundberg lachend. An welchem Ende der Åsögatan wohnst du?

– Fast ganz unten bei der Götgatan.

– Dann kannst du mich und das Auto vielleicht zum Hotel Malmen am Medborgarplatsen fahren? Ich habe keine Lust, heute Nacht zu Hause zu schlafen.

Das schien Peter eine gute Idee.

8

Am nächsten Tag wachte er wie immer früh auf. Er hatte sich angewöhnt, vorm Schlafengehen eine Schlaftablette zu nehmen. Die hatte ihm der EKG-Arzt im Söderkrankenhaus freundlicherweise in einer Atempause zwischen zwei unerhört komplizierten Sätzen verschrieben, mit denen er ihm die Budgetpolitik der Regierung erklären wollte. Die Tabletten wirkten nur wenige Stunden, aber in denen schlief er meistens tief und traumlos.

Gegen fünf stand er wie gewöhnlich auf und setzte sich an den Küchentisch, um auf die Morgendämmerung zu warten. An diesem Tag hatte er keine Schwierigkeiten, seine Gedanken von den Geldsorgen fernzuhalten.

Bevor er am Abend zuvor eingeschlafen war, hatte er zwei Beschlüsse gefasst. Zuerst wollte er seine Schwester anrufen, und danach wollte er sich die Haare schneiden lassen.

Er betrachtete die Samtschachtel, die vor ihm auf der Wachsdecke lag, entschied sich dann aber, zuerst zu versuchen, ein Brot zu essen, bevor er sie öffnete.

Er hatte morgens nie gern gegessen.

Während er aß, holte er Lundbergs Plastiktüte und nahm die rosafarbenen Umschläge heraus. Der Parfumgeruch war zu dieser Tageszeit ekelerregend. Wahrscheinlich auch sonst. Er las die Briefe.

Während Lundberg am vorigen Abend von seinem ausschweifenden Liebesleben erzählt hatte, war ihm plötzlich die Idee gekommen, dass es eine verschmähte ehemalige Geliebte war, die sich hinter der Geschichte verbarg, aber in den Briefen deutete alles auf die Zukunft. Zwischen den Zeilen konnte man nirgendwo lesen, dass die beiden bereits ein Liebesverhältnis gehabt hatten. Peter beschloss, Lundberg trotzdem zu fragen, ob ihm vielleicht eine passende Kandidatin einfiel.

Dann studierte er die Todesanzeige. Agneta und Börje. Kerstin. Wer war sie eigentlich? Er nahm einen Stift und schrieb seine Fragen auf die Sportbeilage der Dagens Nyheter vom Vortag.

Das Butterbrot lag nun sicher in seinem Magen, und er zog die Samtschachtel näher zu sich heran. Vorsichtig öffnete er den Deckel. Es war kein Geruch wahrnehmbar. Vielleicht hatte das Parfum seinen Geruchssinn gelähmt.

Der Zeh war ungefähr drei Zentimeter lang, und der Nagel war rot lackiert. Die Schnittkante war etwas unregelmäßig und braun von geronnenem Blut. Ein Stückchen Haut hing herunter, und es sah aus, als sei der Zeh eher abgesägt als abgehauen worden. Mit leichtem Grausen fragte er sich, wie lange das gedauert hatte und was für ein Mensch zu so etwas fähig war.

Eine Stunde später wählte er die Nummer seiner Schwester an ihrer Arbeitsstelle. Die Sekretärin bat ihn, einen Moment zu warten, aber er hörte schon bald die Stimme seiner großen Schwester:

– Ja, hier ist Eva.

– Hallo! Hier ist Peter. Störe ich?

Zuerst wurde es still, aber dann hörte er, dass sie sich freute.

– Hey! Wo bist du gewesen? Ich habe in den letzten Monaten tausendmal versucht, dich telefonisch zu erreichen. Um Weihnachten herum war ich nahe dran, dich bei der Polizei als vermisst zu melden. Ich habe wie eine Verrückte bei dir zu Hause und in der Firma angerufen.

– Es war ein bisschen viel in der letzten Zeit, sagte er und versuchte, sie abzulenken, indem er fragte, wie es dem Rest der Familie ging.

Nach einigen Minuten höflichen Geplänkels beschloss Peter, direkt zum Punkt zu kommen.

– Ich überlege, ob du mir einen Dienst erweisen kannst. Ein Kumpel hat mich gebeten, ihm bei einer Sache behilflich zu sein, und du bist die Einzige, die ich kenne, die meine Fragen beantworten kann. Wenn man von einem Menschen einen Zeh oder so etwas Ähnliches hat, kann man dann im Labor herausfinden, um welche Person es sich handelt?

Es war nur wenige Sekunden still.

– Ein Zeh oder so etwas Ähnliches! Peter! Was zum Teufel treibst du da?, fragte seine Schwester hörbar indigniert.

– Nicht ich. Es ist ein Freund, der das wissen will, antwortete er wahrheitsgemäß.

– Ja, natürlich, seufzte sie misstrauisch. Ihm war klar, dass sich gerade die letzten Hoffnungen, die sie noch in ihn setzte, auf Nimmerwiedersehen verabschiedeten.

– Kannst du mir helfen? Oder ihm, besser gesagt?

– Ist die Frage rein hypothetisch, oder hast du möglicherweise einen Zeh oder so ähnlich, den du hier ins Labor schicken kannst? Ich könnte mit Sicherheit die Blutgruppe feststellen, ein DNA-Profil erstellen und vielleicht das Geschlecht ermitteln. Aber dann bräuchte man Zugang zu einer Datenbank, um herauszufinden, ob die Person da registriert ist. Du kannst ja bei der Polizei unter «Verloren» nachfragen.

Er lachte. Immer ein freches Mundwerk. Er wusste, dass sie ihm weiterhelfen würde. Sie war zu neugierig, um nein zu sagen.

– Du kannst ihn morgen in einem Päckchen bekommen. Ich schicke ihn per Einschreiben.

Eva seufzte.

– Was du auch tust, sei vorsichtig, Peter. Ich habe nie ganz begriffen, was du treibst. Und sei so nett, das Feld «Inhalt» auf dem Paketschein nicht auszufüllen!

9

Nach dem Mittagessen marschierte Peter in Lundbergs Büro. Er nahm die Treppe nach oben. Beim nächsten Mal würde er vielleicht den Aufzug ausprobieren.

Die junge Dame hinter dem Empfangstisch im Foyer telefonierte, bat aber die Person am anderen Ende der Leitung, einen Augenblick zu warten, als sie ihn sah.

– Ich bitte um Verzeihung für mein Benehmen gestern, aber ich wusste ja nicht … ich dachte …

Er winkte ab.

– Kein Problem. Ist er da?, fragte er.

– Natürlich. Gehen Sie rein. Er erwartet Sie. Ich heiße übrigens Lotta.

Sie wandte sich wieder ihrem Telefongespräch zu, und er ging zu Lundbergs Tür und klopfte an.

– Gehen Sie einfach rein, sagte Lotta mit der Hand vor der Sprechmuschel.

Er zögerte einen Moment, drückte dann die Klinke hinunter und öffnete die Tür.

Lundberg telefonierte ebenfalls, aber Peter hörte heraus, dass er das Gespräch zu beenden versuchte. Er trat ein und schloss die Tür hinter sich. Die weißen Vorhänge waren vor die Glaswände gezogen. Lundberg legte auf.

– Es hat keinen Sinn, anzuklopfen und auf Antwort zu warten. Dieser Raum ist so geräuschisoliert, dass man hier drinnen eine Bombe zünden kann, ohne dass draußen im Eingang etwas zu hören wäre. Weiß der Teufel, wie die das hingekriegt haben.

Peter fuhr sich verlegen mit der Hand durch das Haar und betrachtete die Deckenlampe.

– Danke wegen gestern, setzte Lundberg fort. Es ist schön, mit diesem Elend nicht ganz allein zu sein.

Peter begriff, dass er ein ungeheures Kompliment bekommen hatte, das nicht vielen verehrt wurde. Olof Lundberg brauchte ihn. Er fragte sich, für wen von ihnen beiden dieses Gefühl sonderbarer war.

– Ist heute etwas mit der Post gekommen?, fragte Peter.

– Zum Glück nicht. Noch nicht einmal ein Fingernagel, antwortete Lundberg und lachte. Er wirkte heute zweifelsohne ruhiger, dachte Peter und sprach weiter:

– Der Zeh ist per Einschreiben auf dem Weg in ein Labor in Göteborg. Wir werden sehen, was dabei herauskommt. Ich habe noch einige Fragen.

Er zog die herausgerissene Zeitungsseite aus der Tasche.

Lundberg sah beeindruckt aus.

– Ein Labor in Göteborg. Ich muss schon sagen: Gute Arbeit.

Peter konnte nicht beurteilen, ob das ironisch gemeint war. Er nahm es nicht an. Er setzte sich auf den Stuhl neben der Tür.

– Als du gestern von deinen … Liebesgeschichten erzählt hast, fiel mir ein, dass es vielleicht jemand von denen ist.

– Tja, da müssen wir uns durch eine gewaltige Liste arbeiten. Ich werde wohl gar nicht alle zusammenbringen.

Peter, der seine eigenen Liebesbeziehungen an den Daumen abzählen konnte, senkte den Blick. Es war seltsam, wie anders Lundberg hier im Büro war. Oder war er zu Hause anders?

– Erinnerst du dich denn an keine, die einen merkwürdigen Eindruck machte, oder eine, die du im Zwist verlassen hast?

– Niemand, der mir so spontan einfällt. Zwist übrigens. Das Wort habe ich schon lange nicht mehr gehört. Ist das Dialekt?

Peter zuckte die Achseln. Ihm wurde klar, dass Lundberg nichts über ihn wusste, während er selbst einen tiefen Einblick bis hinunter in Lundbergs Unterhosen bekommen hatte.

– Wer ist diese Kerstin, die auch auf der Todesanzeige deiner Frau steht?

Er versuchte wieder zum Thema zu kommen. Er hatte keine Lust, weitere Fragen zu beantworten, die Lundberg eventuell stellen würde. Es funktionierte. Lundberg faltete die Hände im Nacken und lehnte sich zurück.

– Ingrids ältere Schwester. Eigentlich ist sie keine richtige Schwester, sondern kam im Krieg als Pflegekind aus Finnland in die Familie, einige Jahre bevor Ingrid geboren wurde. Nach dem Krieg erfuhren sie, dass der Vater gefallen war, und die Mutter ließ nie mehr von sich hören, also blieb Kerstin in der Familie. Ich hatte den Eindruck, dass sie wie eine richtige Tochter behandelt wurde. Sie ist lesbisch, und als es homosexuellen Paaren erlaubt wurde zu heiraten, war sie unter den Ersten, die von diesem Recht Gebrauch machten. Wir haben uns immer gut verstanden, sie ist ein nettes Mädchen. Du kannst sie von der Liste mit den Verdächtigen streichen.

Peter war damit am Ende seiner Aufstellung. Eine unbekannte Anzahl von fast vergessenen Liebhaberinnen und eine homosexuelle Schwägerin hatten ihm keine neuen Hinweise gegeben, und er hatte für den Moment keine weiteren Vorschläge. Da Lundberg das nicht unbedingt wissen musste, erhob er sich, um einen beschäftigten Eindruck zu machen.

Die Tür ging auf, und ein gewaltiger Strauß roter Rosen trat ins Zimmer.

– Die hat ein Bote von Löwstedts Blumenhandlung gebracht. Er wusste nicht, wer sie geschickt hat, sagte Lotta irgendwo inmitten des Blumenstraußes.

– Leg sie auf den Boden, sagte Lundberg und stand auf. Ein kleiner Umschlag lag bei, den er öffnete. Er las die Karte und reichte sie Peter.

Es war dieselbe verschnörkelte Handschrift.

«Bald brauchst du nicht mehr zu warten. Im Krieg und in der Liebe ist alles erlaubt.»

Löwstedts Blumenhandlung war nur wenige Straßen entfernt. Peter ging, so schnell er konnte. Es hatte draußen angefangen zu tauen, und er bekam nasse Füße vom Schneematsch.

Zwei Kunden waren vor ihm an der Kasse. Er wartete geduldig. Ein zusätzlicher Verkäufer erschien, und Peter drängelte sich zum ersten Mal in seinem Leben vor. Der Kunde Nummer zwei sah ihn kritisch an, verhielt sich aber ansonsten genau so, wie er es selbst immer zu tun pflegte; er warf ihm einen wütenden Blick zu, wagte aber nicht, etwas zu sagen.

– Sie haben vor kurzem einen Riesenstrauß roter Rosen an einen Olof Lundberg im Karlavägen geschickt. Vielleicht können Sie mir sagen, wer ihn bestellt hat, fragte er.

Der Verkäufer grinste albern:

– O je, wollen Sie das wirklich wissen?

– Es ist äußerst wichtig.

Peter versuchte überzeugend zu wirken.

– Unsere Kunden behalten ihre Geheimnisse ja am liebsten für sich, und wir tratschen nicht gerne, antwortete der Verkäufer, immer noch grinsend.

Peter tastete in der Innentasche nach seinem Notizbuch

und zog seinen alten Busführerschein heraus. Er wedelte mit ihm vor den Augen des Mannes herum und stopfte ihn in seine Tasche zurück.

– Mein Name ist Per Wilander, und ich bin von der Polizei. Es ist von großer Bedeutung, dass Sie uns behilflich sind.

Das Grinsen des Mannes verschwand.

– Selbstverständlich, sagte er und verschwand hinter dem Tresen, um einen Ordner zu holen.

– Rosen, sagten Sie, da wollen wir mal sehen. Heute Morgen ist ein großer Strauß bestellt worden.

Er blätterte in dem Ordner.

– Hier ... Olof Lundberg ... hier haben wir ihn. Ich kann hier sehen, dass der Strauß um halb zehn bestellt wurde, aber nicht vor dreizehn Uhr abgegeben werden sollte.

Peter drehte den Ordner so, dass er selbst lesen konnte. Unter der Bestellung stand kein Name.

– Können Sie sich erinnern, wie die Person aussah?, fragte er.

– Ja, das kann ich in der Tat. Ich erinnere mich sogar ganz deutlich.

Der Verkäufer sah plötzlich peinlich berührt aus.

– Um ehrlich zu sein, dachte ich zuerst, dass sich jemand einen Scherz mit uns erlaubt. Sie trug die gesamte Zeit eine Sonnenbrille, und das ist in dieser Jahreszeit ja nicht gerade üblich. Außerdem war sie dunkel, fast schwarzhaarig, und, um die Wahrheit zu sagen, wirkte es nicht besonders echt. Verstehen Sie, ich war in jungen Jahren Friseur. Ich würde sie auf ungefähr einssiebzig schätzen. Sie redete außerdem schrecklich viel, ich kam überhaupt nicht zu Wort.

Das kenne ich, dachte Peter.

– Erinnern Sie sich daran, was sie gesagt hat?

– Bestimmt nicht an alles. Sie erzählte von ihrem Mann, und dass die Rosen für ihn seien. Sie erwähnte wohl, dass sie Rückenprobleme hatte, aber besonders aufmerksam habe ich nicht zugehört, fürchte ich. Ich war ganz damit beschäftigt, den Strauß zu binden. Sie wollte die Rosen unbedingt selbst aussuchen.

– Und Sie sind sicher, dass sie keinen Namen angegeben hat?

– Ja. Sie wollte ihn aus irgendeinem Grund nicht eintragen, aber da das nicht ungewöhnlich ist, habe ich nicht darauf bestanden. Man notiert ihn ja vor allem den Kunden zuliebe. Wenn der Strauß aus irgendeinem Grund nicht ankommt oder die Adresse nicht stimmt, gilt ja die Quittung als Garantie.

– Haben Sie gesehen, in welche Richtung sie ging, als sie das Geschäft verließ?

– Nein. Ich glaube, dass es in dem Moment geklingelt hat, denn ich kann mich nicht erinnern, gesehen zu haben, wie sie ging.

Peter sah sich zur Sicherheit um. Im Laden waren jetzt keine anderen Kunden mehr.

– Übrigens, als es ans Bezahlen ging, sie zahlte bar, da fiel ihr eine Visitenkarte auf den Tresen. Sie war von einer Galerie in Gamla Stan. Ich erinnere mich jetzt, wie sie sagte, dass sie da so schöne Bilder hätten.

– Wissen Sie noch, wie die Galerie hieß?, fragte Peter hoffnungsvoll.

– Es könnte etwas mit Light oder Sound oder so ähnlich gewesen sein. Ich kann mich leider nicht richtig erinnern. Es war auf jeden Fall etwas Englisches.

– Könnte ich einmal die Gelben Seiten ausleihen?, fragte er.

Sie schlugen die Rubrik Galerien auf und gingen die Namen durch.

– Hier ist es, sagte der Mann. Galerie Easy Light. In der Svartmangatan. Das war es!

Peter nahm eine Visitenkarte von dem Stapel auf dem Tresen, bedankte sich und war bereits auf dem Weg zur Tür, als der Mann ihm hinterherrief.

– Jetzt weiß ich! Mir ist noch etwas aufgefallen. Sie humpelte. Aber vielleicht lag es an ihrer Schwangerschaft.

– Ja, vielleicht, antwortete Peter und dachte: Vielleicht lag es aber auch daran, dass sie sich gerade einen Zeh abgesägt hat ...

Die U-Bahn-Fahrt von Tekniska Högskolan bis Gamla Stan dauerte acht Minuten. Nach einem kurzen Spaziergang den Kåkbrinken hinauf überquerte er den Stortorget und bog in die Svartmangatan. Es war nicht schwer, sich zurechtzufinden. Ein Schild in knalligem Rosa mit dem Namen der Galerie ragte über den Gehsteig, und er fragte sich trübsinnig, ob es keine Vorschriften gab, wie Schilder in Gamla Stan auszusehen hatten.

Bereits beim Blick durch das Schaufenster konnte er erkennen, dass die Dämonin seinen Geschmack nicht teilte. Und definitiv nicht den von Olof Lundberg. Er öffnete die Tür und trat ein. Alle Bilder zeigten Blumenmotive und waren von ein und demselben Künstler. Jedenfalls hoffte er das. Das übergreifende Thema schien die Farbe Rosa zu sein, außerdem waren auf jedem der grellen Bilder in irgendeiner Form Rosen dargestellt.

– Guten Tag, kann ich Ihnen helfen?

Die Frau hinter dem Tresen war ungefähr sechzig. Sie war groß und schlank, und Peter fiel das Wort apart ein.

– Ja, vielleicht, sagte er. Ich habe eine etwas merkwürdige Frage. Sehen Sie, ich habe einen alten Klassenkameraden, zu dem ich den Kontakt verloren habe. Nun hatten ich und einige andere die Idee, ein Klassentreffen zu organisieren, und ich habe gehört, dass jemand unsere Mitschülerin vor einiger Zeit hier in der Galerie gesehen hat. Ich dachte, ich unternehme einen letzten Versuch, sie zu finden, und frage, ob Sie sie eventuell kennen.

Peter konnte gut lügen. Ihm kam der Gedanke, dass er sicher einen netteren Eindruck machte, wenn er log, als wenn er die Wahrheit sagte.

– Wie heißt die Dame, um die es sich handelt?

– Tja, das ist der Knackpunkt, antwortete er und versuchte, leicht beschämt auszusehen. Niemand weiß, welchen Namen sie als verheiratete Frau trägt, und ihren Vornamen hat sie anscheinend später geändert. Früher hieß sie Eva Wilander.

– Wie sieht sie denn aus? Wissen Sie das vielleicht?, sagte die Dame in einem Tonfall, der keinen Zweifel daran ließ, dass sie ihre Zeit lieber mit Kunden verbrachte, die Bilder zu kaufen gedachten.

– Sie ist ungefähr eins siebzig groß und hat schwarze, zum Pagenkopf geschnittene Haare. Der, der sie gesehen hat, sagte, sie sei schwanger.

Die Frau hob die Augenbrauen.

– Sie haben Glück. Das klingt nach einer Kundin, die heute hier war und dieses Bild gekauft hat.

Sie zeigte auf ein abscheuliches Machwerk mit sehr rosigen Rosen.

– Sie wollte heute um vier zurückkommen und das Bild abholen.

Peters blieb das Herz stehen.

– Sie wissen nicht zufällig, wie sie heißt?

– Leider nicht. Sie hat bar bezahlt.

Er wollte hinaus aus dem Geschäft. Jetzt sofort. Er setzte zum Rückzug auf die Svartmangatan an.

– Von wem darf ich Grüße bestellen?, rief die Dame ihm hinterher, bevor die Tür sich ganz schloss.

– Das ist nicht nötig. Ich komme gegen vier wieder und überrasche sie.

Die Uhr an der Storkyrkan stand auf zwanzig nach zwei. Er ging zurück über den Platz und trat in die Kaffeestube am Stortorget, wo er sich an einem Tisch am Fenster niederließ und Kaffee bestellte.

Was sollte er jetzt tun? Vorpreschen, sie überwältigen und der Polizei übergeben? An sie herantreten und ihr mit strengem Ton untersagen, Olof Lundberg weiterhin zu terrorisieren? Ihr hinterher schleichen, um herauszufinden, wo sie wohnte, und dann Lundberg anrufen? Er entschied sich für Letzteres. Er war nicht sicher, ob er einer Konfrontation gewachsen war.

Er war nervös. Der Kaffee schmeckte nicht, und er hatte keinen Hunger, obwohl er seit dem Butterbrot am Morgen nichts gegessen hatte.

Der Minutenzeiger an der Storkyrkan bewegte sich langsamer als je zuvor. Als er auf viertel vor drei stand, hielt er es nicht mehr länger aus. Er zahlte und trat hinaus auf den Stortorget.

Die Sonne war hinter den Häusern untergegangen, und es herrschte Dämmerung über dem offenen Platz. Er ging langsam in Richtung Galerie. Die ganze Zeit sah er sich um. Er wäre definitiv in der Klemme, wenn sie ihn von hinten überrumpelte.

Ungefähr zehn Meter von der Galerie entfernt war ein Toreingang. Er bezog dort Stellung und wartete. Ihm war jetzt schon kalt. Seine Füße waren nass, und es fing wieder an zu frieren.

Er verfluchte sich selbst dafür, dass er nie eine Uhr trug.

Als er fand, dass er eine Ewigkeit dagestanden hatte, schlich er sich hinaus und ging die zwanzig Meter bis zum Stortorget zurück, um einen Blick auf die Kirchturmuhr zu werfen. Es war erst halb vier. Er ging zurück und wartete.

Nichts geschah.

Ab und zu kamen Leute vorbei, die durch die Tür wollten. Sie sahen ihn alle misstrauisch an. Er versuchte, zu lächeln und so harmlos auszusehen, wie er konnte, aber er fror so sehr, dass er zitterte, und er sah ein, dass er ohne Zweifel einen merkwürdigen Eindruck machte.

Nicht ein einziger Kunde hatte die Galerie besucht, seitdem er gekommen war. Einige waren stehen geblieben und hatten ins Schaufenster geguckt, dann aber eilig ihren Weg die Straße hinunter fortgesetzt. Er konnte es ihnen nicht verdenken. Jedes Mal, wenn sich eine Frau im Mantel näherte, tat sein Herz einen zusätzlichen Schlag, aber jedes Mal ging sie zielstrebig an der Galerie vorbei.

Jetzt musste es nach vier sein. Er hatte kein Gefühl mehr in den Zehen. Bald würde er kein Geld mehr brauchen.

Ein junges Mädchen mit Rucksack spazierte an ihm vorbei.

– Entschuldigung, können Sie mir sagen, wie spät es ist?, fragte er.

– Mein Gott, haben Sie mich erschreckt, sagte sie. Ich habe Sie nicht gesehen.

Das ist nichts Neues, dachte Peter.

– Es ist zwanzig vor fünf.

Sie verschwand im Hauseingang.

Nun hielt er es nicht länger aus. Er ging zur Galerie, und nach einem kurzen Blick durch das Schaufenster trat er ein.

– Da sind Sie ja, lächelte die Dame. Können Sie sich das vorstellen! Nur ein paar Minuten nachdem Sie hier waren, kam sie und holte das Bild. Ich erzählte ihr, dass Sie sie gesucht haben und aus welchem Anlass. Sie hat sich sehr gefreut. Sie sagte, sie würde so schnell wie möglich Kontakt mit Ihnen aufnehmen. Ihre Telefonnummer hätte sie.

Binnen Sekunden stieg Hitze in ihm auf. Zum ersten Mal seit dreißig Stunden spürte er sein Herz schneller schlagen.

Wortlos ging er hinaus auf die Straße und begann automatisch, in Richtung U-Bahn zu laufen. An jeder Straßenecke fürchtete er, ihr zu begegnen. Sein Gesichtsfeld war schon wieder eingeschränkt, und er war daher gezwungen, den Blick nach unten zu richten, um nicht zu stolpern. Sie hätte sich ihm unbemerkt nähern und ihn von der Seite erwischen können.

Er stand auf dem Bahnsteig. Eine Bahn aus Slussen fuhr ein. Er konnte in diesem Zustand auf keinen Fall U-Bahn fahren. Das Dunkel würde ihn im Wagen übermannen können. Er musste nach Hause.

Eine weitere Bahn fuhr ein. Er sah Menschen ein- und aussteigen, bevor sich die Türen schlossen. Im selben Augenblick, als die Bahn anfuhr, sah er sie hinter den Türen. Sie winkte ihm zu.

Eine Sekunde später war sie weg.

Er lief die Treppe hinunter und bog in den Gang, der hinaus zum Hubschrauberlandeplatz führte. Er schaffte es gerade noch auf den Kai, bevor er sich erbrach.

Auf dem Heimweg spürte er die Kälte nicht mehr. Er war so ungeheuer müde, dass sein einziger Gedanke war, so schnell wie möglich nach Hause ins Bett zu kommen.

Die Müdigkeit war so stark, als hätte er eine schnell wirkende Schlaftablette genommen. Als ob der Körper selbst das Schlafmittel produzierte und im ganzen Körper verteilte, um sich aus dem Elend verabschieden zu dürfen.

Er drückte den Zahlencode am Eingang. Als er die Tür öffnete, merkte er, dass sie nicht verschlossen gewesen war. Ein Stein lag zwischen Tür und Schwelle, der verhinderte, dass sie richtig geschlossen werden konnte. Sein Gehirn war zu müde, um die Warnung zu registrieren. Mit letzter Kraft stieg er die Treppe hinauf. Der Fahrstuhl war keine denkbare Alternative.

Etwas war an seine Tür gelehnt. Etwas, das in braunes Papier gewickelt war, mit einer dicken Schnur ringsherum. Auf dem Papier stand mit rotem Filzstift geschrieben:

Zur Weiterbeförderung an Olof Lundberg

Es war das Bild.

10

Am nächsten Morgen wachte er um zehn nach acht auf. Das war ein neuer persönlicher Rekord. Ohne seine Kleider auszuziehen, hatte er sich am vorherigen Abend aufs Bett gelegt und war sofort eingeschlafen. Er hatte es noch nicht einmal geschafft, eine Schlaftablette zu nehmen.

Nun wachte er auf, weil das Telefon klingelte. Er war durchgefroren und furchtbar hungrig. Seit mehr als vierundzwanzig Stunden hatte er nichts gegessen.

Er streckte sich nach dem Telefon.

– Ja, hier ist Peter.

– Olof hier. Wo bist du gestern gewesen? Ich habe den ganzen Abend angerufen, aber du warst nicht zu Hause.

Ihm wurde klar, wie tief er geschlafen haben musste. Er versuchte, die Geschehnisse des vorhergehenden Tages so ausführlich wiederzugeben, wie es ihm in seinem schlaftrunkenen Zustand möglich war.

– Ach du Scheiße, sagte Lundberg, als er zu Ende erzählt hatte. Wie zum Teufel ist diese Person an deine Adresse gekommen? Ich kann wirklich verstehen, dass das unangenehm ist. Ich weiß ja, wie das ist!

Es wurde still am anderen Ende der Leitung, aber dann sprach Lundberg weiter:

– Versteh es bitte nicht als zweideutiges Angebot, aber du bist herzlich eingeladen, für eine Weile bei mir einzuziehen. Ich habe heute wieder im Hotel übernachtet. Ich glaube verdammt nochmal nicht, dass ich mich traue, allein zu Hause zu schlafen.

Peter antwortete nicht. Im Moment hatte er keine Lust, sich irgendwo hinzubewegen, noch nicht einmal zum Kühlschrank, um sich ein Butterbrot einzuverleiben. Und bei Lundberg zu wohnen erschien ihm wie ein Umzug vom Regen in die Traufe.

– Ich werde darüber nachdenken, antwortete er.

Er war immer noch zu müde, um Angst zu empfinden.

– Ich komme in ein paar Stunden zu dir ins Büro.

Sie beendeten das Gespräch. Er zog sich aus, kroch unter die Decke und schlief sofort wieder ein.

Eine Stunde später wurde er wieder vom Telefon geweckt. Es war seine Schwester.

– Guten Morgen, Al Capone. Ich habe deinem Kumpel nun diesen Dienst erwiesen, um den du mich gebeten hast. Das war wirklich erfrischend, so früh am Morgen. Ich habe keine Ahnung, was du eigentlich wissen willst, aber ein wenig haben wir herausgefunden. Er wurde vor drei bis vier Tagen vom Körper entfernt. Das hat mein Kollege festgestellt, der früher in der Rechtsmedizin gearbeitet hat. Er sagte außerdem, dass er mit einer gewöhnlichen Metallsäge abgetrennt worden zu sein scheint, was bedeutet, dass man nur hoffen kann, dass die betreffende Person währenddessen betäubt war. Am Sauerstoffgehalt des Blutes lässt sich erkennen, dass die Person zum Zeitpunkt des Eingriffes lebte. Die Blutgruppe ist null, Rhesusfaktor positiv, was nicht die häufigste, aber auch keine besonders ungewöhnliche ist. Die Person ist mit hundertprozentiger Sicherheit eine Frau, aber es ist unmöglich festzustellen, wie alt sie ist.

Er setzte sich im Bett auf und sah sich nach Stift und Papier um.

– Dann war da noch eine Sache. Ich beschäftige mich zurzeit mit einer Forschungsarbeit über Antikörper, und aus Spaß habe ich die Probe in den Computer eingegeben. Es zeigte sich, dass die Person, um die es geht, eine von dreihundertzwölf anonymen Patienten der Testgruppe ist, auf der unsere Forschung basiert. Ich wäre beinahe in Ohnmacht gefallen! Die Wahrscheinlichkeit, dass dein Zeh von einem unserer Testpatienten stammt, war eins zu sechsundzwanzigtausend. Leider hilft dir das nicht viel, weil die Testgruppe geheim ist.

– Wie, geheim?

– Die Proben stammen von verschiedenen Institutionen im Land und sind irgendwann im März sechsundneunzig entnommen worden, teilgenommen haben alle möglichen medizinischen Einrichtungen von normalen Behandlungszentren bis hin zur Psychiatrie. Wir wissen nicht, wer die Proben abgegeben hat, und da die Patienten selbst keine Genehmigung erteilt haben, in die Versuchsreihe einzugehen, ist die Liste beim Institut für Infektionsschutz codiert worden und wird nicht vor dem Jahr zweitausendelf veröffentlicht. Dann wird man unsere Forschungsergebnisse zusammenstellen, um zu überprüfen, ob unsere Vorhersagen über die gesundheitliche Entwicklung der Patienten eingetroffen sind.

Sie schwieg einige Sekunden.

– Hallo! Bist du wach?

Er war jetzt hellwach, aber sein Hirn konnte nicht alle Informationen aufnehmen.

– Ja, aber warte mal, sagte er. Gibt es niemanden, der Zugang zu der Liste mit den Namen hat? Der nachsehen könnte, wenn er wollte?

– Nein, antwortete Eva. Das ist der Sinn. Der Code wird nicht vor zweitausendelf entschlüsselt. Davor ist er absolut unlesbar.

– Ja, aber. Peter weigerte sich, es zu glauben. Wer hat die Codierung denn erstellt?

Er erinnerte sich genau an das geheime Codealphabet, das es einmal als Beigabe zu einem Batman-Comic gegeben hatte.

– Der Computer. Ich habe einen Kurs besucht, wo sie uns einiges darüber erzählt haben. Wahrscheinlich, um den Forschern einzuschärfen, dass es sinnlos wäre zu versuchen, den Code vorzeitig zu entschlüsseln. Er wird nach jedem Namen und jeder Ausweisnummer gewechselt, und sie haben errechnet, dass ein Mensch zweiunddreißig Jahre brauchen würde, um den Code mit einer Liste von dreihundertfünfzig Namen zu knacken, wenn er acht Stunden am Tag daran arbeiten würde. Dann hätten wir das Jahr ...

Sie rechnete einen Augenblick.

– ... zweitausendzwanzig, also kannst du dich ebenso gut gedulden.

Peter seufzte.

– Aber kann man denn nicht wenigstens sehen, woher die Proben kommen?

– Doch, das kann man, sagte seine Schwester. Diese Liste ist noch nicht einmal geheim, ich kann sie dir also zusammen mit dem Zeh schicken. Den würde ich gerne loswerden. Aber da war noch eine Sache. Das Beste habe ich noch gar nicht erzählt. Ich habe ein Bakterium im Blut gefunden, das Treponema pallidum heißt, also habe ich einige zusätzliche Tests gemacht. An der Menge der Bakterien im Blut ließ sich erkennen, dass die Person an Syphilis im fortgeschrittenen Stadium leidet.

– Was bedeutet das?

Geschlechtskrankheiten waren nicht seine Stärke.

– Das heißt, dass der Patient mit größter Wahrscheinlichkeit im dritten Stadium der Krankheit angelangt ist, was im heutigen Schweden äußerst selten ist. Eine Behandlung mit Antibiotika reicht aus, um die Krankheit zu heilen, aber die betreffende Person hat sich nach meinem Ermessen keiner Behandlung unterzogen. Das zweite Stadium der Krankheit kann bis zu drei Jahren dauern, aber dann tritt eine latente Phase ein, bis zu zwanzig Jahren manchmal. Im dritten Stadium der Syphilis kann die Krankheit praktisch jedes Organ im Körper angreifen. Das ist auf die Dauer lebensbedrohlich. Die Krankheit kann die Aortaklappe angreifen und zu Komplikationen im Herzen führen, sie kann das Rückenmark mit Lähmungen oder mentalen Schäden als Folge befallen. Einige entwickeln zum Beispiel Schizophrenie. Andere neurologische Schäden können auch auftreten. Es ist äußerst wichtig, dass die Person so schnell wie möglich behandelt wird.

Er war beeindruckt. Die Fachkenntnis seiner Schwester war zweifelsohne beachtlich, und er hatte sie wohl nie zuvor so klug reden hören.

– Viel mehr kann ich nicht sagen.

– Ein großes Dankeschön, sagte Peter. Du hast wirklich tolle Arbeit geleistet. Ich bin sicher, dass auch mein Kumpel dankbar sein wird.

– Ja sicher, antwortete seine Schwester mit einem leichten Schnaufen.

Eine letzte Frage fiel ihm ein.

– Was ist, wenn man in diesem Stadium der Krankheit schwanger wird?

– Das geht überhaupt nicht. Im dritten Stadium ist man mit Sicherheit unfruchtbar.

Sie schwieg. Dann fragte sie:

– Ist das wichtig?

Eine Sekunde lang meinte er, einen hoffnungsvollen Ton in ihrer Stimme zu hören. Noch vor wenigen Jahren hatte sie jedes Telefongespräch mit der Frage eingeleitet, ob er eine Frau kennen gelernt habe.

– Nein, überhaupt nicht, beeilte er sich zu sagen. Ich dachte nur, dass man sie vielleicht über das Kinderbehandlungszentrum suchen könnte, wenn sie schwanger wäre.

– Du meinst Mütterbehandlungszentrum. Nein, sie ist definitiv nicht schwanger. Peter, du hast nicht zufällig Lust zu erzählen, worum es geht?

Er überlegte eine Weile, doch ihm fiel nichts ein, was

dagegen sprach, sie einzuweihen. Er umschiffte seine Panikattacken, den bevorstehenden Konkurs und das Honorar, das Lundberg zahlen wollte, falls er ihn von seinen Problemen befreien konnte. Er ließ auch Lundbergs Bericht über seine Ehe aus, weil er nicht annahm, dass sie mit der Sache zu tun hatte.

– Jesses, Peter, wieso lässt du nicht die Finger davon. Stell dir vor, sie fängt an, dich auch zu verfolgen! Hast du überhaupt Zeit für so etwas?

– Ja, antwortete er. Lundberg ist einer meiner größten Kunden, ich mache es also quasi geschäftlich.

Sie seufzte.

– Was du auch tust, sei vorsichtig!

Er stand auf, ging in die Küche und machte sich zwei Brote mit Kaviarpaste, dem einzigen Aufstrich, der sich im Kühlschrank befand. Das Brot war trocken, und er schluckte es mit zwei Gläsern Milch hinunter. Der leere Magen verkrampfte sich, als der erste Schluck kalter Milch unten ankam.

Nachdem er aufgelegt hatte, war ihm bewusst geworden, dass er in den Minuten, die das Gespräch angedauert hatte, seiner Schwester näher gekommen war als jemals zuvor. Zum ersten Mal im Leben hatten sie ein Gesprächsthema gehabt. Ihre gewöhnlichen Unterhaltungen, die verständlicherweise nicht so oft vorkamen, waren meistens unpersönlich und inhaltslos. Eva berichtete manchmal, wenn mit den Kindern etwas los war, und Peter war dankbar, solange sie redete, weil er selbst nie etwas zu erzählen hatte.

Ihre Interessen waren früh in verschiedene Richtungen gegangen. Eva war immer offen und sportlich gewesen. Als Teenager war sie eines der Frontmädchen des Turnvereins in Huskvarna gewesen, und die Verehrer standen im Treppenhaus Schlange. Peter hatte es frühzeitig aufgegeben, Energie darauf zu verwenden, sich ihre Namen zu merken. Er konnte sich an alle ermahnenden Gespräche erinnern, die seine Mutter mit Eva geführt hatte, aber genauso gut erinnerte er sich, wie stolz ihre Augen leuchteten, wenn noch ein Junge vor der Tür stand und nach ihrer Tochter fragte.

Er selbst war ganz anders. Er war immer am liebsten für sich gewesen. Als Kind hatte er sich dauernd vorgestellt, sein Papa wäre bei ihm, und jetzt im Nachhinein war es schwer zu sagen, ob er es deswegen immer vorgezogen hatte, alleine zu spielen. In der Schule hatte er keinen besten Freund, war aber auch kein Außenseiter, sondern ein normales Mitglied der Klasse. Er machte nicht viel Aufhebens um seine Person, und dass er am liebsten allein spielte, wurde mit der Zeit sowohl für ihn selbst als auch für seine Umgebung eine Selbstverständlichkeit. Er unternahm lange Spaziergänge mit seinem Papa und war der Einzige, der all seine Geheimnisse und Gedanken teilen durfte. Auf die Weise schuf er sich ein eigenes Verhältnis zu seinem Vater.

Aus den wenigen Erinnerungen, die ihm geblieben waren, hatte er sich ein Bild von ihm zusammenbasteln müssen. Seine Mama lebte mit ihren Erinnerungen in ihrer eigenen Welt. Sie behielt sie für sich. Wie wertvolle Edelsteine hütete sie sie unerreichbar für alle anderen in ihrem Herzen. Vielleicht hatte sie jedes Mal, wenn sie von ihren Erinnerungen etwas preisgab, das Gefühl, dass sie ein kleines bisschen von ihrem Liebsten verlor und sich noch weiter von ihm entfernte. So hatte sie ihn in ihrer Brust versteckt und teilte ihn mit niemandem. Nicht einmal mit ihren gemeinsamen Kindern.

Nach Papas Tod hatte Peter sich anfangs mit seinen eigenen Erinnerungen begnügt, aber je älter er wurde, desto blasser wurden sie. Sein Wunsch, dass Mama ihn an ihren Schätzen teilhaben ließ, war nie in Erfüllung gegangen.

Nach seinen missglückten Versuchen hatte er sich nie getraut, sie darum zu bitten. Sie signalisierte mit ihrem ganzen Wesen, dass dies ihr eigenes Reich war, zu dem niemand sonst Zutritt hatte. Ihr Leben und ihre Zukunft waren zerstört, und damit hatte sie keine Verpflichtungen mehr.

Deshalb war Papa für Peter mehr und mehr zu einer Legende geworden, die mit einem wirklichen Menschen immer weniger Ähnlichkeit hatte. Jede Eigenschaft, die er seinem Vater zuschrieb, war im Grunde seine eigene Erfindung.

Aber dennoch glaubte er zu wissen, dass es tief da drinnen etwas gab. Etwas Eigenes. Tief in den Ecken und Winkeln seines Hirns hockte die Erinnerung an echte, warmherziger Liebe. Er hatte sie im Gesicht seines Vaters gesehen, wenn er ihm an die Haustür entgegenrannte. Wenn sein Vater ihn dann hochhob und in seine Arme nahm, verströmte er den Geruch von Rauch und Geborgenheit.

Ein Gefühl, das er später nie mehr erlebt hatte und das er sich unendlich gerne von seiner Mutter bestätigen lassen wollte.

Wenn sie ihn nur ein einziges Mal hereingelassen hätte. Wenn sie ihn ein einziges Mal an sich herangelassen und gesagt hätte «Ja. Genauso war es! Du hast nicht geträumt. Es war ganz genauso. Das Licht. Die Gerüche. Die Geräusche. Du bildest es dir nicht ein. Ich habe es auch so empfunden!»

Nun wusste er noch nicht einmal, ob es wahr war. Es waren vielleicht nur Träume, die er irgendwann gehabt und dann an falscher Stelle einsortiert hatte.

Als die anderen Jungen in der Klasse anfingen, auf der Straße Fußball zu trainieren und Hockey zu spielen, trat Peter in den Aquaristik-Club ein und lernte die lateinischen Namen aller Aquarienfische der Welt. Er quengelte so lange, bis er ein eigenes Aquarium bekam. Er pflegte es vorbildlich und bestellte sich ungewöhnliche Fische nach Hause, die manchmal sogar seiner großen Schwester imponierten.

Auf dem Heimweg vom Aquaristik-Club, wenn das Fußballtraining beendet war und die anderen Jungen mit ihren Vätern nach Hause gegangen waren, blieb er immer noch ein bisschen draußen und spielte.

Er war Pelé, und sein Papa war Torwart, und fast immer gelang es ihm, ihn auszutricksen und einen Treffer zu landen.

Den Ball hatte er ein Stück entfernt vom Spielfeld im Gebüsch versteckt.

Jedes Jahr zu Weihnachten war ein Kollege seines Vaters gekommen und hatte ihnen eine Schachtel Pralinen und ein gebundenes Buch mit dem Jahresbericht der Feuerwehr mitgebracht. Seine Mutter warf es Jahr für Jahr in die Mülltonne, sobald der Kollege die Wohnung verlassen hatte. Bereits am ersten Weihnachten war Peter hinunter zu den Mülltonnen gelaufen und hatte sich das Buch geholt. Das hatte er jedes Jahr wieder so gemacht. Er bildete sich ein, die Bücher wären ein persönlicher Gruß von seinem Vater an ihn, und er versteckte sie sorgfältig oben auf dem Dachboden, damit seine Mutter sie nicht finden konnte.

Sie hatte niemals aufgehört, die Feuerwehr im Stillen dafür anzuklagen, dass sie ihr ihr Leben weggenommen hatte. Deswegen hasste sie den Mann, der jedes Jahr zu Weihnachten kam und sie daran erinnerte.

Aber Peter hatte sich mit einem alten Kissen auf dem Dachboden eine Höhle gebaut und schlich sich oft mit der Taschenlampe dort hinauf. Dann las er in den Büchern und versuchte sich vorzustellen, wie das Leben ausgesehen hatte, das sein Papa sich ausgesucht hatte.

In der Oberstufe begannen die anderen Jungen, sich für Mädchen zu interessieren. Er selbst war im Großen und Ganzen mit seinen Aquarienfischen zufrieden, aber es gab ein Mädchen auf der Schule, dem nicht einmal er ausweichen konnte.

Sie war ein Jahr älter als er und fast zehn Zentimeter größer als ihre gleichaltrigen Freundinnen. Natürlich wurde sie in dem Jahr zur Lucia gewählt. Nachdem er sie mit ihren langen hellblonden Haaren, die über die Schultern gebreitet waren, an der Spitze des Luciazuges hatte schreiten sehen, verliebte er sich zum ersten Mal in seinem Leben. Dieses Gefühl füllte ihn vollkommen aus. Die Pausen des Schultags wurden sorgsam geplant, und er hatte schnell herausgefunden, von wo er mit größter Wahrscheinlichkeit einen Blick auf sie erhaschen konnte. Sie war meistens umringt von einem Schwarm von Jungen. Seine unglückliche Liebe brachte ihn sogar so weit, sein Aquarium zu vernachlässigen. Abends saß er in seinem Zimmer und schrieb ihren Namen auf lange Listen, um die schönste Handschrift zu finden. Natürlich fand seine Schwester am Ende eines der bekritzelten Blätter.

Er hatte nie zuvor so große Lust gehabt, jemanden umzubringen.

– Das ist doch Mickes kleine Schwester! Ich werde ihm ausrichten, dass er sie von dir grüßen soll.

Schier wahnsinnig vor Wut warf er sich auf sie und schlug wie ein Verrückter zu.

Das Schlimmste war nicht die Drohung mit den Grüßen, sondern dass seine Schwester nun als einziger Mensch auf der Welt sein Geheimnis teilte.

Er hatte noch nicht einmal seinem Papa davon erzählt.

Ihre Mutter hörte den Krach und kam herein, um die beiden zu trennen. Eva blutete aus der Nase und verließ mit hasserfülltem Blick das Zimmer. Da wurde Peter klar, dass noch vor dem ersten Klingeln der Schulglocke am nächsten Morgen die gesamte Alfred-Dahlin-Schule wissen würde, dass er verliebt war.

Am folgenden Tag war er krank. Am nächsten und übernächsten auch, und dann war Wochenende. Eva sprach die ganze Zeit nicht mit ihm, und er wusste nicht, ob sie ihre Drohung in die Tat umgesetzt hatte.

Am Samstag war Schulfete in der Turnhalle. Keine zehn Pferde hätten ihn dorthin gebracht, aber dann klingelte das Telefon. Es war Inger. Seine Lucia. Sie fragte, ob er zur Schuldisco kommen würde, und er sagte ja. Sie fragte, ob sie sich auf der Fete treffen könnten, und er sagte zu.

Er schwebte auf einer Wolke.

Draußen stand eine Menschenmenge. Einige waren zu betrunken, um eingelassen zu werden, andere standen in Grüppchen und unterhielten sich. Er gesellte sich zu ein paar Jungen aus seiner Klasse, die zusammen aus einer Literflasche Cola tranken. Sie boten ihm etwas davon an, und er nahm einige große Schlucke. An dem Tag wusste er noch nicht, was sie in die Cola gemischt hatten. Peter, der noch nie zuvor Schnaps probiert hatte, fiel beinahe hintenüber.

Es dauerte nur wenige Minuten, bis er den Alkohol im Körper spürte. Einer der Jungen versteckte die Flasche im Gebüsch, und Peter ging mit ihnen hinein.

Es war heiß und eng, und ihm wurde schwindlig. Zuerst sah er sie nicht, aber dann ragte ihr blonder Kopf hinter einer Säule aus der Menge. Er zögerte nicht eine Sekunde. Er bahnte sich seinen Weg durch die Menschenmasse und blieb erst stehen, als er ihr Angesicht zu Angesicht gegenüberstand. Sie war mindestens fünfzehn Zentimeter größer als er. Er sagte Hallo, und sie sagte Hallo, guckte ihn aber fragend an.

– Jetzt bin ich hier!

– Aha.

Sie sah sich genervt um.

– Ich bin's, Peter. Du hast vorhin angerufen.

Er begann, sich unwohl zu fühlen.

– Ich? Sie war erstaunt. Nein, das muss jemand anders gewesen sein.

Er wurde von einer Sekunde auf die andere nüchtern.

Ihm wurde alles klar. Seine verfluchte Schwester hatte sich auf eine raffiniertere Weise gerächt, als er hätte ahnen können. Wie zum Teufel konnte er so verdammt dumm sein. Er rannte nach draußen. Er lief den ganzen Weg bis nach Hause und hielt nicht an, bis er sich unter der Decke verkrochen hatte.

Er blieb eine ganze Woche zu Hause. Seine Mutter machte sich Sorgen, und die vernachlässigten Fische im Aquarium schwammen bald einer nach dem anderen tot an der Wasseroberfläche. Zum Schluss rief der Klassenlehrer an und wollte wissen, wie es ihm ging, und er sagte, dass er eine schwere Lungenentzündung hätte.

Am neunten Tag klingelte es. Seine Mutter war nicht zu Hause, also öffnete er selbst die Tür.

Es war Inger.

Er blieb stumm.

– Mein Bruder hat mir erzählt, was passiert ist. Das war gemein. Ich hatte keine Ahnung. Ich habe die ganze Woche in der Schule nach dir geguckt, und zum Schluss hat mir jemand erzählt, dass du wahnsinnig krank bist. Wie geht es dir?

– Gut.

– Darf ich reinkommen?

Am deutlichsten konnte er sich später daran erinnern, dass das Zimmer beengt wirkte und zwei tote Glühlichtsalmler im Aquarium schwammen. Sein Bett war nicht gemacht gewesen. Er wusste noch, dass sie nicht viel geredet hatten. Doch er konnte sich nicht entsinnen, wie es dazu gekommen war, dass sie schließlich in seinem Bett landeten, und wie sie es angestellt hatte, ihn auszuziehen. Er war vollkommen gelähmt gewesen, und erst als sie aufstand und sich anzog, begriff er, dass sie miteinander geschlafen hatten.

– Das hier bleibt unser Geheimnis, sagte sie.

Als sie ging, wurde ihm augenblicklich klar, dass sie sich nie wieder treffen würden.

Es sollte acht Jahre dauern, bis seine Liebe erlosch.

Er hatte sich im Laufe der Jahre viele Male gefragt, weshalb sie sich an dem Tag auf diese Weise verhalten hatte. Er musste eine Art Beschützerinstinkt in ihr geweckt haben, und sie musste verstanden haben, dass das seine einzige Rettung war.

Als seine Schwester an dem Abend zurückkam, grinste er sie breit an und fragte sie, ob sie einen schönen Tag gehabt hatte.

Er war ein Mann geworden.

11

Es war schon nach zwei Uhr, als er in Lundbergs Büro eintrat. Auf dem Weg dorthin hatte er sich eine ordentliche Mahlzeit gegönnt. Bauernfrühstück mit zwei Spiegeleiern im Restaurant Klein Budapest am Götgatsbacken.

Unter dem Arm trug er das Bild. Lundberg wandte sich mit Abscheu ab, als Peter es auswickelte. Die grellen Rosen und der vergoldete Rahmen bissen sich mit der Einrichtung.

– Ich weiß nicht genau, an welche Wand ich es hängen soll, sagte Lundberg und zwang sich zu einem Grinsen. Vielleicht sollte ich es Katerina geben, um mich für neulich zu bedanken. In ihrer Wohnung würde es mit Sicherheit aufmunternd wirken.

Peter antwortete nicht. Stattdessen berichtete er von den Testergebnissen seiner Schwester.

Lundberg hörte ihm aufmerksam zu und seufzte erleichtert, als ihm klar wurde, dass die Frau wenigstens nicht schwanger war. Als Peter verstummt war, schwieg Lundberg, als müsste er die vielen Informationen erst verarbeiten.

– Hast du vielleicht Syphilis gehabt?, fragte Peter und sah an die Decke. Ich meine, ob du sie möglicherweise angesteckt hast?

Lundberg schüttelte den Kopf.

– Soweit ich weiß, nicht. Würde man das nicht auf jeden Fall merken?

– Ich weiß nicht, antwortete er wahrheitsgemäß. Wahrscheinlich schon. Vielleicht solltest du das untersuchen lassen, falls sie eine von deinen ... zufälligen Bekanntschaften ist. Sie hat die Krankheit vielleicht seit über zwanzig Jahren.

Lundberg seufzte tief.

– Ja, auf so etwas ist man wirklich scharf nach vier Jahren Enthaltsamkeit. Ich werde wohl im Sophiahemmet anrufen müssen. Ich bin es ja gewissermaßen schon gewöhnt, dorthin zu gehen und mich erniedrigen zu lassen.

Peter versuchte, das Thema wechseln.

– Ich habe eine Liste mit allem aufgestellt, was wir über sie wissen. Bis jetzt, setzte er hinzu, weil die Liste nicht besonders lang war. Er las sie Punkt für Punkt vor:

Eine Frau mit Blutgruppe null, Rhesusfaktor positiv.

Zirka ein Meter siebzig groß.

Haarfarbe unbekannt.

Leidet an Syphilis.

Hat im März '96 eine medizinische Einrichtung aufgesucht und dort eine Blutprobe abgegeben, aber ihre Krankheit wurde nicht behandelt.

Wohlhabend.

Lundberg zog die Augenbrauen hoch.

– Ich denke an die Blumen und das Bild. Die müssen einiges gekostet haben.

Er sagte nichts von den tausend Kronen, die er selbst erhalten hatte.

Lundberg nickte. Er stand auf und ging zu den großen Fenstern.

– Du kannst hinzufügen, dass sie nur neun Zehen hat.

Er schrieb es gehorsam auf die Liste, ohne zu merken, dass Lundberg einen Witz gemacht hatte.

– Was hast du jetzt vor?, fragte Lundberg.

– Das weiß ich auch nicht genau, antwortete er. Ich hoffe, dass die Liste aus dem Labor meiner Schwester morgen ein paar Anstöße geben kann.

In Wahrheit hatte er keine Ahnung, was er als Nächstes tun sollte.

– Hast du über mein Angebot nachgedacht?

Peter begriff, dass er die Einladung meinte, eine Zeit lang in Saltsjö-Duvnäs zu wohnen. Er erinnerte sich an die Angst, die ihn in der Garage gepackt hatte, und verspürte wenig Lust, sich ihr noch einmal auszuliefern. Er fühlte sich in seiner eigenen Wohnung trotz allem sicherer.

– Heute Nacht passt es nicht so gut, antwortete er. Ich habe heute Abend Gäste.

– Mein Angebot steht, sagte Lundberg.

Er ging den ganzen Weg nach Hause zu Fuß. Es war kalt, aber schön. Er fühlte sich so wohl wie lange nicht. Die unerwarteten Ereignisse der letzten Tage waren wie Ferien vom gleichförmigen und inhaltsleeren Leben des normalen Peter Brolin. Plötzlich gab es jemanden, der ihn brauchte und der an ihn glaubte. Er konnte sich nicht erinnern, wann er dieses Gefühl zum letzten Mal gehabt hatte. Es verlieh ihm eine Existenzberechtigung und erfüllte ihn mit Dankbarkeit. Der Wille, Lundberg zu helfen, war stärker als alles andere.

Er hatte ein Art von angeborenem Unterlegenheitsgefühl, und wie die meisten, die entsprechende Signale ausstrahlen, wurde er auch so behandelt. Wenn er nicht an sich selbst glaubte, konnte er kaum verlangen, dass jemand anders das tun würde. Mit den Jahren hatte er sich daran gewöhnt, selbstverständlich den Platz in der hintersten Reihe einzunehmen und sich mit dem zufrieden zu geben, das für andere nicht gut genug war. Als ob er kein Recht darauf hatte, sich etwas Besseres zu erhoffen.

Mit Lundberg war es anders. Lundberg betrachtete ihn als gleichberechtigt. Sogar als Person, die in der Lage war, Probleme zu lösen, mit denen er selbst nicht fertig wurde. Lundbergs Glaube an seine Fähigkeiten hatte eine Tür in ihm geöffnet, die seit langem verschlossen und verriegelt gewesen war. Zum ersten Mal seit vielen Jahren ergriff Peter angesichts einer Herausforderung nicht die Flucht, sondern versuchte, sich ihr zu stellen. Damit war er in seinen eigenen Augen Tausende von Metern gewachsen.

Tief in seiner Seele, umschlossen von verkrüppelten Jahren, hatte ein kleines Samenkorn zu wachsen begonnen.

Den Abend verbrachte er mit einer aufgewärmten Dose Fleischsuppe zu Hause vor dem Fernseher.

Gegen zehn nahm er eine Schlaftablette und schlief fast augenblicklich ein. Er träumte von großen, fetten Ratten, die über den Fußboden der Wohnung rannten. Sie hatten Brücken aus Brettern durch das Zimmer gebaut, und bald reichte ihre Konstruktion bis zu seinem Bett, aber er konnte die Augen nicht öffnen oder sich gar rühren. Er hörte, wie sie immer näher kamen, und versuchte, um Hilfe zu rufen.

Er setzte sich im Bett auf.

Plötzlich war er hellwach. Der Radiowecker zeigte 04:13.

Er sah sich um. Eine Straßenlaterne erhellte den Raum durch die gardinenlosen Fenster. Er konnte keine Ratten sehen, aber er konnte sie hören. Es waren ungewohnte Geräusche in der Wohnung, die er nicht einordnen konnte.

Er stand auf und wickelte sich in die Decke. Dann stand er still und lauschte. Die Geräusche kamen aus dem Flur. Er schlich sich vorsichtig heran. Sein Herz klopfte wie eine trampelnde Elefantenherde.

Ein Lichtkegel hellte den kleinen Wohnungsflur auf. Er schob seinen Kopf vorsichtig am Türpfosten vorbei und sah, dass der Lichtschein vom Briefschlitz kam. Eine Hand mit einem braunen Handschuh ragte aus ihm heraus und hielt die Klappe weit geöffnet. Ein dicker Stahldraht war gerade dabei, sich um die Türklinke zu winden.

Er war unfähig zu denken.

– Was zum Teufel machst du da?, schrie er.

Ein Augenpaar zeigte sich für eine Sekunde in dem Spalt, dann leuchtete ihm der Lichtkegel direkt ins Gesicht. Er wurde vollkommen geblendet und bedeckte die Augen mit der Hand. Im nächsten Augenblick knallte die Klappe des Briefschlitzes zu, und er hörte Schritte im Treppenhaus. Er war immer noch geblendet, schaltete aber das Licht ein und zog sich rasch seine Hose an.

Im nächsten Moment war er im Treppenhaus und hörte, wie die Tür im Erdgeschoss zufiel. Ohne zu zögern, nahm er die Verfolgung auf und rannte barfuß die Treppen hinunter.

Die Åsögatan war menschenleer. Er lief weiter auf die Götgatan und sah ein Taxi, das in Richtung Medborgarplatsen verschwand.

Er versuchte sich die Nummer des Taxis in die Erinnerung einzubrennen.

2930 2930 2930

Eine Gruppe von grölenden Jugendlichen näherte sich aus südlicher Richtung, und ihm wurde bewusst, dass er mit nacktem Oberkörper hinausgerannt war. Da er ihnen ungern begegnen wollte, drehte er um und lief zurück.

Die Wohnungstür stand weit offen, wie er sie verlassen hatte. Der Stahldraht hing durch den Briefschlitz wie eine heimtückische Waffe, eine hinterlassene Drohung.

Die Angst überkam ihn. Eine schleichende, grauenhafte Furcht, die ihn unfähig machte, sich vom Fleck zu rühren. Die Minuten vergingen.

Er atmete immer heftiger, und in seinen Ohren rauschte es. Sein Körper begann zu zittern.

Das Licht im Treppenhaus ging aus. Das plötzliche Erlöschen und das Licht, das aus dem Zimmer in seiner Wohnung fiel, ließ das Dunkel auf der Treppe noch tiefer erscheinen, und die Schwärze um ihn herum öffnete sich wie ein Abgrund.

Er konnte sich nicht bewegen.

Er hörte Geräusche, konnte aber nicht ausmachen, woher sie kamen oder ob sein Gehirn sie ihm vorgaukelte. Jeder Herzschlag hallte in seinem Kopf wider. Er spürte seinen Puls in jedem Körperteil.

Wie einen Schuss hörte er plötzlich, dass die Haustür unten geöffnet wurde, und jemand kam ins Treppenhaus. Das Licht ging wieder an, und die Person lief mit schnellen Schritten die Treppe hinauf.

2930 2930 2930 2930, war der einzige Gedanke, der existierte, und er begann, die Zahlen zu wiederholen wie eine Art Mantra.

Mit einer enormen Willensanstrengung gelang es ihm, den Kopf zu drehen, um zu sehen, wer sich näherte. Sein

Kopf machte sich bereit für den Kampf, aber sein Körper war gelähmt.

Es war der Zeitungsbote.

Der Mann war natürlich erstaunt, als er ihn sah. Ihm fehlten immer noch einige Stufen bis zum Treppenabsatz, aber er blieb jäh stehen und sah ihn misstrauisch an. Peter hatte ihm seinen nackten Rücken zugewandt, aber den Kopf so verdreht, dass sie sich in die Augen blicken konnten.

– Alles in Ordnung?, fragte der Mann vorsichtig.

Peter versuchte sich zu entspannen. Der schlimmste Schreck war überstanden. Er versuchte sich umzudrehen. Es gelang ihm aber nur zur Hälfte, und er blieb in einer unnatürlichen Haltung stehen.

– Jemand hat versucht hereinzukommen, sagte er schließlich und bemühte sich, so ruhig wie möglich zu klingen. Ich weiß nicht, ob noch jemand da ist.

Der Mann zögerte.

– Hast du die Bullen gerufen?

– Nein.

Der Mann kam die letzten Stufen hinauf. Er hatte offenbar beschlossen, ihm zu vertrauen.

– Ich kann mit dir reingehen, wenn du willst. Ich weiß, wie das ist. Bei meiner Mutter ist im Herbst eingebrochen worden.

Peter nickte.

Sie gingen in den Wohnungsflur. Peter war steif und hatte Schwierigkeiten, normal zu gehen. Der Mann zeigte auf den Stahldraht und murmelte:

– Verdammtes Arschloch. Weißt du, wenn man in Schweden fünfzig Personen einsperren würde, und die Bullen wissen ziemlich genau, wer diese fünfzig Leute sind, dann würden die Einbrüche im Land um sechzig

Prozent runtergehen. Das sind diese Typen, die fast alle Dinger drehen. Verdammte Arschlöcher!

Peter ging ins Zimmer. Es war leer. In der Zwischenzeit war der Mann in die Küche gegangen und rief, dass dort niemand sei. Er sah in der Garderobe, im Badezimmer und unterm Bett nach, aber die Wohnung war leer.

– Scheint in Ordnung, sagte der Mann. Ich muss jetzt weiter. Hier hast du die Zeitung.

– Danke, sagte Peter und meinte sowohl die Zeitung als auch die Hilfe.

– All right. Vergiss nicht, die Bullen anzurufen. Die kommen her und nehmen eine Anzeige auf, und die landet dann ganz unten in irgendeinem beschissenen Papierstapel, wo sie nie wieder jemand findet. Aber wenn du Glück hast, tauchst du vielleicht wenigstens in der Statistik auf.

Peter versuchte zu lächeln.

Er verschloss die Tür sorgsam und band die Klinke mit dem Stahldraht am Heizkörper fest.

Er machte alle Lampen in der Wohnung an und setzte sich an den Küchentisch. Es war fünf nach fünf. Er versuchte auszurechnen, wie lange er im Treppenhaus gestanden hatte. Es musste mindestens eine halbe Stunde gewesen sein. Nach dieser Anstrengung schrie jede Zelle seines Körpers vor Erschöpfung, aber er wagte nicht, ins Bett zu gehen.

Er dachte an die Dämonin.

Was wollte sie überhaupt? War es wirklich sie, die versucht hatte, in seine Wohnung einzubrechen? In seine Festung? Allein die Möglichkeit genügte.

Er fragte sich, wieso ihr Terror so perfekt funktionierte. Mittlerweile waren zwei erwachsene Männer ganz und gar auf ihre Existenz fixiert. Dass er selbst so reagierte, erstaunte ihn weniger. Er war kein mutiger Mensch, und in diesem Moment konnte er die Angst beinahe greifen, die er vor der Frau und der von ihr ausgehenden Bedrohung empfand. Aber Lundberg? Er schien nicht der Typ zu sein, der sich so leicht erschrecken ließ.

Er nahm den Telefonhörer ab und wählte die Nummer der Polizei. Bevor jemand antworten konnte, legte er wieder auf, griff nach dem Telefonbuch und wählte eine andere Nummer.

Es vergingen einige Minuten, dann hörte er Lundbergs abwartende Stimme:

– Ja?

– Ich bin's nur, Peter. Wenn die Einladung noch steht, würde ich jetzt gerne kommen.

12

Lundberg war noch wach und erwartete ihn. Das Taxi hielt direkt oben vor der Haustür. Lundberg öffnete die Tür, verschloss sie sorgfältig hinter ihnen und schaltete die Alarmanlage wieder ein.

– Hattest du späte Gäste, oder ist etwas passiert?

– Jemand hat versucht, in die Wohnung einzudringen. Zum Glück bin ich aufgewacht und ihm bis zur Götgatan hinterher gerannt, konnte aber niemanden sehen.

Das Erlebnis im Treppenhaus erwähnte er nicht. Er wollte um nichts auf der Welt Lundbergs Respekt verlieren.

– Hast du noch nicht einmal gesehen, ob sie es war?

– Nein, ich habe nichts als eine Hand und einen Stahldraht durch den Briefschlitz gesehen. Eine Sekunde lang sah ich auch die Augen, aber ich kann nicht beurteilen, ob sie es war. Es ging zu schnell.

Er hätte ihre Augen vermutlich auch dann nicht erkannt, wenn er sie eine Stunde lang hätte ansehen können, aber das behielt er für sich.

– Verdammt, sagte Lundberg. Es tut mir wirklich Leid, dass es dich auch getroffen hat. Wenn sie es denn war.

Für einen Moment glaubte er, Lundberg wollte ihm anbieten, sich aus dem Ganzen zurückzuziehen, aber das tat er nicht. Stattdessen ging er in die Küche und setzte Kaffee auf. Wie üblich fragte er Peter nicht, sondern reichte ihm einfach wenige Minuten später eine dampfende Tasse. Peter bekam von Kaffee Magenschmerzen, aber in dem Moment fand er, dass das keine Rolle spielte.

Am liebsten hätte er sich schlafen gelegt.

Als ob er seine Gedanken gelesen hätte, sagte Lundberg:

– Du kannst das Zimmer genau gegenüber meinem nehmen. Es ist vielleicht etwas unordentlich, aber das Bett ist bequem.

Er ging vor und machte das Licht an. Peter folgte ihm. In dem Zimmer stand ein großer Schreibtisch, und an der Wand hingen Regale, die mit Büchern und Ordnern überladen waren. Auf dem Schreibtisch stapelten sich Zettel und Zeitschriften in einer Art von organisiertem Chaos. Auf dem Bett hatte Lundberg so etwas wie eine Aufräumaktion in Angriff genommen; es lagen dort akkuratere Papierstapel und Fotos, die mit farbenfrohen Büroklammern zusammengeheftet waren.

– Wie gesagt, es ist etwas unordentlich. Es gibt noch ein Gästezimmer im anderen Flügel der Bude, falls du lieber da schlafen willst. Ohne eine Antwort abzuwarten, stapelte er die Papierstöße auf dem Bett zusammen.

– So wird es gehen.

Peter hatte einige saubere Unterhosen, einen Pullover und die Zahnbürste in eine Tasche gepackt, die er irgendwann als Begrüßungsgeschenk eines Buchclubs erhalten hatte. Er stellte sie auf dem Bett ab, auf dem nun keine Zettel mehr lagen.

– Das Bett ist frisch bezogen. Es hat noch niemand darin geschlafen. Jedenfalls nicht, soweit ich weiß.

Peter konnte über diesen Scherz nicht lachen.

Lundberg ließ ihn allein, nachdem er ihm erklärt hatte, wo das Badezimmer war. Peter zog sich die Hose und den Pullover aus und kroch unter die Decke.

Die Nachttischlampe ließ er brennen.

Das Zimmer war, wie das übrige Haus, geschmackvoll eingerichtet, und die vielen Bücher und Zeitschriften verliehen ihm eine behagliche Atmosphäre.

Die Wände oberhalb der Bücherregale waren hellgrau gestrichen und mit kleineren Gemälden aus allen Epochen übersät. Auf allen waren Schiffe abgebildet. Er lag da und betrachtete sie eine Weile und wunderte sich über die Sammlung. Er zählte und kam auf siebenundfünfzig Bilder.

Er war selbst Sammler, wenn auch anderer Art. Er sammelte Erinnerungen. Erinnerungsstücke. Zettel, Notizen, getrocknete Blüten von bedeutungsvollen Momenten seines Lebens. Sogar sein erster Aquarienfisch, ein roter Schwertträger, lag wie eine vertrocknete Hülle zwischen Seidenpapier in einer alten Streichholzschachtel. Jede einzelne Kinoeintrittskarte lag mit Datum und Titel beschriftet in einer seiner Schubladen. Auf der Rückseite hatte er notiert, mit wem er den Film gesehen und wie er ihm gefallen hatte. Es gab drei Kategorien. Gut, mittelmäßig und schlecht. Er hatte nie in seinem Leben eine

Postkarte oder einen Brief weggeschmissen. Die meisten Rechnungen, die er in Kneipen erhalten hatte, lagen in der Schublade bei den alten Mitgliedsausweisen, Zugfahrkarten und Konfirmationsanzeigen seiner Mitschüler. Er sammelte alles, was mit besonderen Ereignissen verknüpft werden konnte. Er hatte sich immer vorgestellt, dass er es irgendwann in der Zukunft großartig finden würde, alle diese Erinnerungsstücke zu besitzen. Aber jetzt, da er sich der vierzig näherte, begann er sich zu fragen, wann dieser Zeitpunkt denn eigentlich kommen sollte, an dem er voller Dankbarkeit die Schubladen öffnen und für seine Mühe belohnt würde, die Vergangenheit zu bewahren. Bis jetzt hatte die Sammlung ihm nur ein schlechtes Gewissen bereitet, weil er bei den wenigen Gelegenheiten, wenn er eine Eintrittskarte oder ein Theaterprogramm verloren hatte, das unangenehme Gefühl gehabt hatte, dass die Sammlung nicht länger komplett war. Dass die Konsequenz dahin und die Kontrolle verloren war.

Er löschte die Nachttischlampe und bekam sofort Angst vor der Dunkelheit.

Die Vorhänge waren nicht zugezogen, und eine Weile blieb er liegen und wog die Vor- und Nachteile ab, aber am Ende beschloss er, sich zusammenzureißen und sie zu schließen. Auf dem Rückweg machte er die Schreibtischlampe an und kroch wieder ins Bett.

Er überlegte, wann er zuletzt woanders als zu Hause übernachtet hatte. Es war fast sieben Jahre her, seit er in Göteborg bei Eva gewesen war, und die Liaison mit Susanne musste noch länger her sein.

Er erinnerte sich an ein anderes Gästezimmer bei seiner Tante in Nässjö. Dort hatte er als Siebenjähriger in den ersten sieben Nächten geschlafen, nachdem er vom Schaukeln nach Hause gekommen war und seine Mutter auf dem Küchenboden gefunden hatte. Sie saß da und schrie, dass Papa verbrannt war. In dem Zimmer hatten zwei Betten gestanden, aber das andere war leer gewesen, weil Eva bei der Tante im Bett hatte schlafen dürfen.

In der ganzen Woche hatte ihm niemand erklärt, was geschehen war. Stattdessen hatten sich alle fürchterlich gewunden, um sich lustige Spiele und Ausflüge einfallen zu lassen. Um ihn abzulenken und die Fragen fern zu halten.

Aber an den Abenden, wenn sie dachten, er wäre eingeschlafen, lag er hellwach im Bett und lauschte den leisen Gesprächen der Erwachsenen durch die Wand. Er begriff, dass etwas Schreckliches passiert war, aber es betraf offenbar nur die Großen. Er beschloss, besonders artig zu sein, wo doch alle so traurig waren. Bald würde er ja auch wieder nach Hause dürfen.

Als die Woche um war, brachte Onkel Stig ihn und Eva nach Hause in die Faktorigatan in Huskvarna. Während der ganzen Fahrt versuchte er, die Kinder zum Mitsingen verschiedener Lieder zu bewegen und sie mit witzigen Wortspielen aufzuheitern. Später war Peter klar geworden, wie sehr der Onkel gefürchtet hatte, dass einer von ihnen Fragen stellte. Eva saß schweigend da, aber Peter sang mit, so gut er konnte.

Er war fröhlich und ausgelassen, als er in die Wohnung lief.

Seine Mama saß auf dem Sofa. Er konnte sich gut erinnern, wie überrascht er war, als er das verquollene Gesicht und die roten Augen sah. Er fand sie hässlich und wollte sich nicht zu ihr setzen.

Dann fragte er, wo Papa war.

Die Reaktion seiner Mutter erschreckte ihn so sehr, dass die Erinnerung sich in sein Bewusstsein ätzte. Er hatte es niemals vergessen. Sie hatte heftig zu atmen begonnen, wie ein Kind geweint und geschrien:

– Er ist tot! Begreifst du das nicht? Er kommt nie mehr wieder. Ich darf ihn nie wieder sehen. Ihr habt keinen Papa mehr.

Peter war in sein Zimmer gerannt und hatte die Tür abgeschlossen. Draußen waren alle damit beschäftigt, seine Mutter zu beruhigen.

Sie hatte noch monatelang den Tisch für vier Personen gedeckt und feinsäuberlich die Kleider ihres Mannes gewaschen und gebügelt. Wieder und wieder. Als Erwachsener hatte Peter verstanden, wie sehr seine Mutter um ihren Mann getrauert haben musste, und er fragte sich, ob sie sich eigentlich jemals davon erholt hatte.

In seiner Erinnerung war es in der Kindheit immer am besten gewesen, sich so viel wie möglich versteckt zu halten, als ob die Kräfte seiner Mutter nie richtig ausreichten. Mit der Zeit lernte er, dass es am besten war, nicht mit ihr zu rechnen, weil man vorher nie wissen konnte, wann sie müde würde.

Ihre Lebenslust war mit der Liebe ihres Lebens verbrannt und erloschen, und als sie 26 Jahre später starb, konnte niemand die Todesursache feststellen.

Je länger das Leben dauerte, desto mehr hatte er eingesehen, dass Eva und er die Leere niemals füllen konnten, die ihr Vater hinterlassen hatte, aber bis zum dem Tag, an dem sie starb, hatte er es immer wieder versucht.

13

Er wurde wach, weil das Telefon klingelte. Die weißen Vorhänge ließen so viel Licht herein, dass der Raum hell erleuchtet war, aber trotzdem brauchte er einige Sekunden, bis er wusste, wo er war. Er stand auf und steckte den Kopf aus der Tür. Er wollte nach Lundberg rufen, zögerte aber, weil er nicht wusste, wie er ihn nennen sollte. Zum Schluss rief er einfach:

– Hallo!

Keine Antwort.

Er ging zum Schreibtisch und hob den Hörer ab. Bevor er etwas sagen konnte, hörte er Lundbergs Stimme.

– Ich bin es! Beeil dich und komm ins Büro. Hier ist heute Nacht eingebrochen worden. Ich erzähle dir alles, wenn du hier bist.

Bevor sie auflegten, erklärte Lundberg Peter, wie er abschließen und die Alarmanlage einschalten sollte, wenn er das Haus verließ.

Er zog sich hastig an, kramte seine Zahnbürste hervor und fuhr sich damit über die Zähne. Er rief ein Taxi und ging in die Küche. Da lag ein Zettel mit einem Gruß von Lundberg, dass er in die Stadt gefahren sei und dass Peter herzlich gerne den Kühlschrank leeren möge.

Er hatte keinen Hunger. Er verspürte instinktiv den Drang, das Haus zu verlassen.

Die Agentur war leer, als er eintrat.

08:13:12 stand auf der Digitalanzeige im Foyer. Die Tür zu Lundbergs Büro stand offen, und er selbst saß auf einem der Besuchersessel vor seinem Schreibtisch.

Peter sah sich um. Es waren ganz offensichtlich ungebetene Gäste im Raum gewesen. Die weißen Vorhänge vor den Glaswänden waren zerrissen und hingen in Fetzen von der Decke. Der Boden war bedeckt mit zerknülltem Papier und vom Schreibtisch gefegten Gegenständen. Über den Schreibtischstuhl war ein rotes Kleid gebreitet, dessen Ärmel mit einem dicken Seil an den Armlehnen verschnürt waren.

Lundberg zeigte auf den Tisch. Peter kam näher und sah, dass jemand etwas in die Tischplatte geritzt hatte. Er umrundete den Schreibtisch, um lesen zu können, was da stand.

DAS AUGE – DIE ZUNGE DER LIEBE.

Lundberg schüttelte den Kopf und hob ein Blatt Papier vom Boden. Er glättete es mit der Handfläche auf seinem Knie.

– Das hier treibt mich in den Wahnsinn.

Er klang vollkommen aufrichtig.

Im selben Augenblick klingelte das Telefon. Lundberg sah sich suchend um und fand es auf der Fensterbank. Er drückte die Freisprechtaste und antwortete:

– Agentur Lundberg. Lundberg am Apparat.

– Hallo, mein Name ist Bodil Andersson, ich bin Kriminalinspektorin des Polizeidistrikts Norrmalm.

Klingendes Finnlandschwedisch erfüllte den Raum.

– Wir haben eine Anzeige über Hausfriedensbruch erhalten, und ich möchte einige Fragen stellen. Wenn ich richtig verstanden habe, werden Sie von einer Ihrer Ansicht nach Ihnen unbekannten Person terrorisiert. Die Sache liegt jetzt auf meinem Schreibtisch, weil ich Erfahrungen mit vergleichbaren Fällen habe.

Lundberg nahm den Hörer ab.

– Ich hatte soeben vor, eine weitere Anzeige zu erstatten, sagte er in betont strengem Tonfall. Ich stehe hier in meinem Büro, das heute Nacht verwüstet wurde. Ich wäre Ihnen sehr verbunden, wenn Sie so schnell wie möglich hierher kommen könnten, damit diese Geschichte ein Ende hat! Die Polizei hat sich ja nicht gerade krumm gelegt, um mir zu helfen.

Peter konnte nicht verstehen, was sie antwortete, nahm aber an, dass sie sich entschuldigte. Finnlandschwedisch hatte er noch nie gemocht. Als Kind hatte er die Mumins auf Schallplatte gehört und sich von der gemächlichen Wehmut anstecken lassen. Seitdem hatte es sich zu einem bedingten Reflex entwickelt, dass er mit Unbehagen reagierte, sobald er mit der Sprache konfrontiert war.

Lundberg nannte die Adresse des Büros und legte auf.

– Sie sind in der nächsten halben Stunde hier. Anscheinend sind sie auf solche Angelegenheiten spezialisiert.

Peter wusste nicht, ob er aufgrund dieser Information dankbar oder nervös sein sollte.

Was würde aus ihrer Abmachung werden?

Als ob jemand den Stöpsel aus einer Luftmatratze gezogen hätte, entwich ihm das bisschen Selbstvertrauen, das er in den letzten Tagen aufgebaut hatte.

– Soll ich hier bleiben?, fragte er.

Lundberg sah ihn mehr als erstaunt an.

– Selbstverständlich, antwortete er. Du bist immer noch der Einzige, der sie gesehen hat. Außerdem habe ich in den letzten Stunden heute Morgen ungewöhnlich gut geschlafen. Man ist ja verdammt nochmal wie ein kleines Kind!

Peter fühlte sich etwas ruhiger.

Es dauerte nur zwanzig Minuten, bis Kriminalinspektorin Bodil Andersson zur Tür hereinkam. Inzwischen war Lotta aufgetaucht, aber Lundberg hatte ihr die Verwüstung in seinem Zimmer nicht gezeigt.

Andersson sah sie beide kritisch an, fand aber nach wenigen Sekunden heraus, welcher von ihnen Olof Lundberg war. Sie ging zu ihm und reichte ihm die Hand.

– Bodil Andersson. Mein Kollege ist etwas verspätet, aber er kommt sicher bald.

Sich umschauend fügte sie hinzu:

– Hier sieht es ja nicht sehr nett aus.

– Das ist Peter Brolin, sagte Lundberg. Er hilft mir, die Frau zu finden, um dieser Sache ein Ende zu bereiten. Er ist der Einzige, der mit ihr gesprochen hat.

Was man so ein Gespräch nennt, dachte Peter.

Sie ging auf ihn zu und streckte ihm die Hand entgegen. Diskret wischte er seine rechte Hand am Hosenbein ab. Sie nahm seine Hand und schüttelte sie, ließ sie aber danach nicht wieder los.

– Ich kenne Sie von irgendwoher. Sind wir uns schon einmal begegnet?

Peter wurde verlegen, und als ihm das bewusst wurde, genierte er sich noch mehr. Er wollte instinktiv seine Hand zurückziehen, nahm sich aber zusammen.

– Ich weiß nicht. Vielleicht, antwortete er.

Sie sah ihn eine Weile forschend an und ließ dann seine Hand los.

– Arbeiten Sie häufig als Privatdetektiv, oder ist das ein gelegentliches Hobby?

Sie klang sarkastisch.

Er wäre am liebsten im Boden versunken und bekam kein Wort heraus.

Lundberg rettete ihn.

– Hören Sie mal, sagte er mit seiner herrischsten Bürostimme. Sie müssen nicht hierher kommen, sich arrogant aufführen und so tun, als hätte sich die gesamte Polizei zu Tode geracker, um mir zu helfen. Sie sollten dankbar sein, dass Peter angetreten ist, um Ihre Arbeit zu erledigen! Es ist sechs Monate her, seit ich zum ersten Mal angerufen habe, und seitdem habe ich zwei weitere Anzeigen erstattet. Und was ist passiert? Nichts, verdammte Scheiße! Ob die Leute sich ihre Zehen abhacken, ist vielleicht ihre eigene Sache, aber wenn sie sie in kleine widerliche Päckchen einwickeln und mit einer Reihe von abstoßenden Liebesbriefen zu mir schicken, in mein Haus eindringen und meinen Arbeitsplatz verwüsten, könnte man meiner Ansicht nach erwarten, dass die Polizei reagiert!

Er war dunkelrot im Gesicht.

Sie beobachtete ihn schweigend.

Dies war keine Frau, die sich leicht einschüchtern ließ.

– Jetzt bin ich ja hier, sagte sie ruhig mit ihrem schwerfälligen Dialekt.

Sie machte eine ausladende Geste.

– Wann haben Sie das hier entdeckt?

Lundberg war immer noch aufgeregt, versuchte sich aber wieder zu fangen. Er sah vermutlich ein, dass es für ihn nur von Nachteil sein konnte, wenn er sich mit ihr anlegte.

– Ich bin ungefähr viertel vor acht ins Büro gekommen. Ich war der Erste. Die meisten arbeiten Gleitzeit und fangen lieber später an. Außer dem Telefon habe ich nichts angefasst.

Er atmete tief durch, um sich zu beruhigen.

– Sie hat auch eine Nachricht auf dem Schreibtisch hinterlassen.

Sie ging zur Schreibtischplatte und las.

– Haben Sie einige Briefe aufbewahrt, die ich mir ansehen kann?

– Am Anfang habe ich sie meistens weggeworfen, aber

die beiden letzten Briefe habe ich noch. Peter verwahrt sie.

– Und der Zeh? Der wurde in der Anzeige von der Polizeidirektion Nacka nicht erwähnt. Haben Sie den als Beweismaterial eingereicht?

– Nein, das habe ich nicht.

Sie hob die Augenbrauen.

– Und wieso nicht?

– Weil kein Schwein nach ihm gefragt hat, und da ich mich von Ihrer unglaublichen Effektivität überzeugt hatte, hat Peter sich stattdessen darum gekümmert. Er wurde zur Analyse in ein Labor nach Göteborg geschickt. Das Ergebnis erhalten wir heute, oder nicht, Peter?

Lundberg setzte offensichtlich seine gesamte Selbstkontrolle ein, um sie nicht gleich zum Teufel zu schicken.

– Ja natürlich, antwortete Peter. Er stellte sich ans Fenster. Er wollte hier nur raus.

– Es wäre gut, wenn wir so bald wie möglich die Briefe und alles weitere sehen könnten, sagte sie und sah sich um. Es scheint so, als würde die Frau immer mutiger. Können wir uns in Ruhe irgendwo hinsetzen, damit Sie mir die Details berichten können?

Lundberg führte sie in einen Konferenzraum und bat Lotta, Kaffee zu servieren. Das Mobiliar bestand aus einem großen ovalen Tisch mit Stühlen ringsherum. Bodil Anderssons Handy klingelte, und nachdem sie das Gespräch über eine andere laufende Ermittlung beendet hatte, erklärte sie, dass sie ohne ihren Kollegen zurechtkommen müssten. Er stünde auf der falschen Seite der Liljeholmsbrücke, die gerade für die Schiffsdurchfahrt hochgeklappt sei.

Gemeinsam versuchten Peter und Lundberg, die Geschichte so detailliert wie möglich zu erzählen. Sie hörte aufmerksam zu. Als sie fertig waren, sah sie Peter an und fragte:

– Sie arbeiten nicht zufällig in einer Firma, die Fenstergitter und Ähnliches anbringt?

Lundberg betrachtete ihn ebenfalls. Zuerst ein bisschen erstaunt, dann aber interessiert. Offenbar wurde ihm in dem Moment bewusst, dass er über Peters eigentliche Tätigkeit nichts wusste.

– Doch, antwortete Peter.

– Dann weiß ich, wo wir uns schon einmal begegnet sind. Vor einem halben Jahr haben Sie einen Auftrag für die Firma meines Bruders in Upplands Väsby ausgeführt. Ich war dort und habe ihm mit der Alarmanlage geholfen.

Es stimmte, dass er einen Auftrag in Upplands Väsby gehabt hatte, aber das war ungefähr zweihundert Jahre her.

– Ja, so wird es sein, antwortete er.

Er hoffte, dass sie nicht noch mehr über seine Firma wissen wollten.

– Wann kann ich die Sachen haben?, fragte sie.

– Wenn die Post funktioniert, erhalte ich den Zeh heute zurück. Die Briefe habe ich zu Hause.

– Können wir uns heute Nachmittag sehen? Ich hätte ihn gern so bald wie möglich.

– Natürlich, sagte er.

– Können Sie mit dem Zeh gegen halb drei auf die Wache in der Agnegatan 33 kommen?

Peter zögerte. Es war deutlich, dass er keine Polizeiwache betreten wollte. Er wusste selbst nicht warum. Vielleicht ließ die Bank polizeilich nach ihm suchen. Was wusste er schon von der üblichen Vorgehensweise?

– In Ordnung, sagte Bodil Andersson. Wir können uns stattdessen auf dem Nybroplan treffen. An der Tornbergsuhr. Halb drei.

Sie spürten, dass sie mit ihrem Entgegenkommen Abbitte für ihr Auftreten vorhin leisten wollte. Lundberg schien zufrieden. Peter war ganz durcheinander.

– Nun überlasse ich die Sache also Ihnen und hoffe, dass so schnell wie möglich etwas passiert, sagte Lundberg.

– Wir werden tun, was in unserer Macht steht, entgegnete sie. Ich gebe Ihnen meine Telefonnummer. Hier ist die meines Arbeitsplatzes auf der Wache, aber ich bin meistens per Handy erreichbar. Das Kleid und das Seil würde ich gern mitnehmen, wenn es möglich ist?

– Natürlich, sagte Lundberg. Ich bin ja froh, so wenig wie möglich damit zu tun zu haben. Es wäre angenehm, wenigstens einmal ein wenig in Ruhe arbeiten zu können. Betrachten Sie Peter als meine Kontaktperson. Wir stehen uns zur Zeit sehr nahe.

Er lächelte verstohlen in Peters Richtung. Dieser wurde rot.

Lundberg mit seiner selbstverständlichen Männlichkeit konnte sich solche Scherze erlauben.

Peter konnte das nicht.

14

Peter nahm die U-Bahn nach Hause in die Åsögatan. Auf dem Fußabtreter hinter der Wohnungstür lag noch ein Brief von der Bank und eine Benachrichtigung von der Post, dass ein dicker Brief in der Filiale in der Folkungagatan auf ihn wartete.

Er legte den Brief von der Bank zur Seite.

Er fühlte sich unwohl in der Wohnung, was ihn irritierte. Sein Zuhause war in der letzten Zeit sein letzter Zufluchtsort gewesen, und diesen Freiraum wollte er nicht verlieren. Sein Heim war buchstäblich seine Burg gewesen. Er wurde wütend, als ihm klar wurde, dass die Dämonin dabei war, sie zu zerstören. Er beschloss, dass es ihr nicht gelingen sollte.

Er griff nach einer Plastiktüte und packte die Briefe ein, seine Schlaftabletten und ein bisschen mehr saubere Wäsche. Er wollte die Wohnung so schnell wie möglich verlassen.

Auf dem Weg nach draußen hielt er in der Tür inne und ging zurück, um seine Badehose zu holen. Es war lange her, seit er geduscht hatte, und ein Saunabesuch konnte ihm auch nicht schaden.

Er ging bei der Post vorbei, um den Brief von seiner Schwester abzuholen, und lief dann weiter in Richtung des Forsgrénska Bades. Er schwamm eine Weile, wurde aber bald müde und begab sich in die Sauna.

Er dachte an Kriminalinspektorin Bodil Andersson. Immer noch fragte er sich beunruhigt, wie sich ihre Einmischung auf das Abkommen zwischen ihm und Lundberg auswirken würde. Jetzt, da er ihn vielleicht verlieren konnte, wurde ihm bewusst, wie wichtig die Beziehung zu Lundberg für ihn war. Das beruhte nicht mehr ausschließlich auf dem Geld.

Außerdem dachte er nervös an das Treffen auf dem Nybroplan. Lundberg würde nicht dabei sein, was bedeutete, dass er gezwungenermaßen mit ihr allein sein würde. Gezwungen, sich mit ihr zu unterhalten; allein der Gedanke daran bereitete ihm Herzklopfen.

Er war im Allgemeinen nicht gut im Smalltalk, am allerwenigsten mit Frauen.

Er hatte nie gut mit Mädchen gekonnt. Es war, als wäre er mit einem genetischen Fehler geboren, der dafür sorgte, dass weibliche Wesen ihm die Sprache verschlugen.

Nach Ingers Besuch in seinem Elternhaus in der Faktorigatan war er von den Gedanken an sie total verhext gewesen. Zum Schluss bekamen seine Gedanken an sie mehr Gewicht als sie selbst, und er hatte aufgehört, sich auf dem Schulhof nach ihr umzudrehen.

Als er Jahre später von ihrer Verlobung erfuhr, war das vollkommen bedeutungslos für ihn. Sie hatte inzwischen Einzug in sein Herz genommen und war seine ständige Begleiterin im Leben. Ihre gemeinsamen Erlebnisse und seine Phantasien konnte ihm niemand wegnehmen.

Als seine gleichaltrigen Klassenkameraden vollauf damit beschäftigt waren, sich Freundinnen zuzulegen und ihre Fingerfertigkeit zu trainieren, saß er daheim in seiner Kammer und träumte. Als für ihn die Zeit kam, hinaus auf die Jagd zu gehen, lag er so weit hinten, dass er vollkommen chancenlos war.

Manchmal war er samstags in eine Kneipe gegangen. Vor allem, um nicht alleine zu sein. Ab und zu kam es vor, dass Frauen versuchten, Kontakt mit ihm aufzunehmen, aber nach einer Weile hatten sie alle irgendwo etwas zu erledigen, um dann nie wieder zurückzukommen. Er verübelte es ihnen nicht. Er wusste, dass er unglaublich langweilig wirkte, weil ihm nie etwas einfiel. Zum Schluss wurde das so selbstverständlich, dass er sich gar keine Mühe mehr gab. Die eigentliche Herausforderung lag vielmehr darin zu erraten, wie sie es anstellen würden, das Gespräch zu beenden. Die meisten gingen ganz einfach auf die Toilette. Andere mussten dringend telefonieren. Die weibliche Phantasie war enorm, wenn es galt, seine Gesellschaft abzuschütteln.

Er war mit seiner selbst gewählten Einsamkeit zufrieden. Sie machte ihn unverletzbar. Die anderen wollten ihn nicht, und er brauchte sie nicht. Wer allein ist, ist stark. Einsamkeit ist der beste Freund. Er hatte es selbst so gewollt, und die Entscheidung war ihm nicht im Geringsten schwer gefallen.

Das war nach Susanne.

In den ersten Jahren bei den Stockholmer Verkehrsbetrieben war er in einer Gruppe von jüngeren Busfahrern gewesen. Sie gründeten einen Bowlingverein und spielten meistens donnerstags abends, wenn die meisten von ihnen eine Frühschicht gefahren hatten.

Wie es seine Art war, hatte er sich am Rande der Gruppe gehalten, schätzte aber die Donnerstagstreffen. Alle waren Junggesellen und Zugezogene, sodass sie nach einer Weile begannen, sich auch an den Wochenenden zu treffen und in die Kneipe oder eine Diskothek zu gehen. Er war nie so recht am Nachtleben interessiert gewesen, sodass die Abende immer damit endeten, dass er früher als alle anderen nach Hause ging. Allein.

Eines Abends wurde er überredet, zu einer Party bei einem der anderen Fahrer zu Hause mitzukommen. Die Wohnung war dicht gefüllt mit Menschen, und am liebsten hätte er auf dem Absatz kehrtgemacht. Es gelang ihm nicht. Ein Mädchen drückte ihm ein Weinglas in die Hand und zog ihn mit auf die Tanzfläche. Die Musik war so laut, dass er nicht zu reden brauchte. Die Kerle aus seiner Clique sorgten dafür, dass sein Weinglas immer gefüllt war. Als die Wohnung sich Stunden später langsam leerte, stand er schwindlig und benommen mitten auf der Tanzfläche und hatte die Arme um ihre Taille gelegt.

Er hatte sich verliebt.

Sie waren zu ihr gegangen und hatten miteinander geschlafen. Er mit seiner minimalen Erfahrung hatte endlich begriffen, worum sich alles drehte.

Am Morgen hatten sie sich noch einmal geliebt. Erhitzt und glücklich hatte er die Augen geschlossen, um sich nicht zu genieren.

Sie trafen sich weiterhin. Sie gingen ins Kino oder ins Museum und unternahmen lange Spaziergänge im Djurgården. Susanne studierte Kunstgeschichte an der Universität und nahm ihn mit in verschiedene Ausstellungen und auf Vernissagen mit Kunst, von deren Existenz er nichts geahnt hatte.

Sie lachten viel, und zum ersten Mal im Leben erzählte er von seinem Vater und seiner Trauer und von den Lügen gegenüber seiner Mutter. Damit legte er seine ganze Seele in ihre Hände. Er tat es gern. Im festen Glauben, dass sie sich nie wieder trennen würden.

Er hatte endlich verstanden. Das also war das Geheimnis hinter der großen Liebe. Hiervon hatten all die Filme gehandelt, die er sich angesehen hatte. Jemandem ohne Furcht und ohne beschönigende Worte zu zeigen, wer man wirklich war. Ohne die ständige Angst, nicht gut genug zu sein. Seine ganze Unzulänglichkeit zu offenbaren und trotz aller Fehler nicht befürchten zu müssen, wie überflüssiger Ballast aussortiert zu werden.

Diese Phase seines Leben hatte er hinterher immer in hellem Licht gesehen, in hellem Lila. Damals war er zum ersten Mal seit der Zeit Davor durch und durch glücklich gewesen.

Als sechs Monate und zehn Tage vergangen waren, rief sie plötzlich an und sagte, dass sie sich am kommenden Wochenende nicht treffen konnten. Der Aktzeichenkurs, den sie besuchte, bot ein Wochenendseminar an.

Er blieb das ganze Wochenende zu Hause und ging die Wände hoch.

Am Sonntagabend, als er glaubte, dass sie zurückkommen würde, stellte er einen Korb mit Wein und Käse zusammen und fuhr mit dem Bus zu ihrer Wohnung in der Rörstrandsgatan. Sie war nicht zu Hause. Er beschloss, vor ihrer Tür auf sie zu warten.

Eine halbe Stunde später kam sie. Er sah sie vom St. Eriksplan kommen, lange bevor sie ihn entdeckte. Sie lachte und sah glücklich aus und war so schön, dass er Magenschmerzen bekam.

Sie hielt Händchen mit einem blonden griechischen Gott.

Sie waren nur zwanzig Schritte von der Tür entfernt, als sie ihn endlich entdeckte. Sie wandte sich dem Gott zu und flüsterte ihm etwas ins Ohr, was Peter nicht hören konnte, und entzog ihm ihre Hand. Allein das intime Flüstern riss ihm den Boden unter den Füßen weg. Seine Susanne, die im Besitz seiner Seele war, stand da und wisperte einem fremden Mann etwas ins Ohr. Er war so offensichtlich ausgeschlossen, dass er sich wunderte, dass kein Gitter vor seine Augen fiel. Die Zusammengehörigkeit der beiden war so deutlich, dass sie um sie leuchtete. Er brauchte kein einziges Wort zu hören, um zu wissen, dass alles verloren war.

Es vergingen Stunden, oder waren es Sekunden?

Zum Schluss kam sie zu ihm.

Ihr Blick war fest auf die Straße geheftet, und sie sah ihm nicht ein einziges Mal in die Augen.

– Es war nicht leicht für mich, sagte sie. Ich weiß ja, dass du außer mir niemanden hast.

Weitere Stunden vergingen. Der Abgrund zwischen ihnen wuchs.

– Ich habe Krister vor ein paar Wochen getroffen. Er sitzt beim Aktzeichnen Modell. Ich konnte nichts dagegen tun, dass ich mich verliebt habe.

Seine Zunge klebte am Gaumen. Sie hatte sich seitdem nie wieder ganz gelöst. Wortlos gab er ihr den Korb, drehte sich um und ging.

Das war jetzt achtzehn Jahre her, und er hatte sie seitdem nicht mehr gesehen.

Danach hatte er nie wieder gewagt, jemandem zu vertrauen.

Als er auf den Medborgarplatsen kam, stand die Uhr an der Fassade des Forsgrénska auf zehn nach zwölf. Er beschloss, hinunter auf den Nybroplan zu gehen, und hatte gerade die Österlånggatan erreicht, als er merkte, dass er Hunger hatte. Er ging in das erstbeste Restaurant und wählte einen Tisch am Fenster.

Er war immer noch nervös.

Nachdem er seine Bestellung aufgegeben hatte, griff er nach dem braunen, gepolsterten Umschlag von seiner Schwester. Um den Appetit nicht zu verlieren, ließ er die Samtschachtel im Umschlag liegen, zog aber den beiliegenden Brief und das Ergebnis der Analyse heraus und begann zu lesen.

Ganz oben stand ein Gruß von seiner Schwester. Er solle vorsichtig sein und sei herzlich willkommen, sie bald zu besuchen. In den Worten lag ein bittender Unterton, als ob sie ihn wirklich gerne sehen wollte. Sie hatten wahrhaftig keinen engen Kontakt, und wenn Eva sich nicht immer wieder bemüht hätte, hätten sie überhaupt keinen gehabt.

Er konnte eigentlich nicht erklären, warum.

Er begann, die Liste zu studieren. Von der Bedienung lieh er sich einen Stift und kreuzte alle Institutionen an, die in Stockholm lagen. Es waren insgesamt sieben, und sie standen für 24 der Proben. Vier Proben kamen vom Karolinska- und sieben vom Söderkrankenhaus. Die anderen vertretenen medizinischen Einrichtungen waren vier ambulante Behandlungszentren in den Vororten und drei Mütterbehandlungszentren. Sechs Proben kamen von der psychiatrischen Klinik Beckomberga.

Als er fertig gegessen hatte, ging er zurück zur Stora Nygatan. Im Postamt fertigte er Fotokopien der Liste an. Er stopfte sie in die Innentasche.

Er kam pünktlich zum Treffpunkt. Die Tornbergsuhr zeigte auf zwanzig nach zwei.

Fünf nach halb kam sie. Er sah sie die Nybrogatan entlanggehen. Sie schien es nicht eilig zu haben, sondern blieb stehen und betrachtete das Schaufenster des Antiquitätengeschäfts gegenüber dem Bühneneingang des Dramaten.

Peter hielt die Supermarkttüte bereits in der Hand, um das Treffen so schnell wie möglich hinter sich zu bringen.

– Ist das alles?, fragte sie und warf einen Blick in die Tüte.

– Ja, antwortete er. Das ist alles, was ich von Lundberg bekommen habe.

Sie betrachtete ihn schweigend.

Ihm fiel nichts mehr ein, aber sie ließ sich von der qualvollen Stille nicht stören.

– Tja, das war dann wohl alles, sagte er zum Schluss. Ich rufe an, wenn mir etwas einfällt.

Sie lächelte müde, als ob sie nicht glaubte, dass dies überaus wahrscheinlich war.

– Und wo kann ich Sie erreichen, fragte sie am Ende.

Er hatte nicht die geringste Lust, ihr seine Telefonnummer zu überlassen.

– Sie können mich über Lundberg erreichen.

Er ging in Richtung Karlavägen. Er war froh, dass es vorbei war. Nachdem er den Strandvägen überquert hatte, drehte er sich um und sah, dass sie noch immer dastand und ihm nachsah. Schnell drehte er seinen Kopf wieder und beschleunigte seinen Schritt.

Lundberg saß auf dem Stuhl hinter seinem Schreibtisch.

– Hast du unsere kleine Freundin, die Kriminalinspektorin, jetzt getroffen, erkundigte er sich, als Peter eintrat.

Peter nickte und ließ sich auf dem Besucherstuhl nieder. Er war jetzt ruhiger.

– Sie war wirklich so geschmeidig wie ein Mähdrescher, setzte Lundberg hinzu. Stell dir vor, jeden Morgen neben ihr aufzuwachen.

Er lehnte sich im Stuhl zurück und faltete die Hände im Nacken.

– Aber in dem Job wird man wahrscheinlich so. Ich kann mir vorstellen, dass die das eine oder andere zu sehen bekommen, was nicht gerade zu ihrer Menschenfreundlichkeit beiträgt.

– Sicher, antwortete Peter höflich.

Das Zimmer war aufgeräumt, und die zerrissenen Gardinen waren entfernt worden. Hinter den Glaswänden herrschte eine fieberhafte Arbeitsatmosphäre. Er ahnte, dass diejenigen, die da draußen auf der anderen Seite arbeiteten, die Vorhänge des Chefs vermissten.

– Bleibst du übers Wochenende bei mir, oder hast du andere Pläne?, fragte Lundberg.

Peter hatte nicht daran gedacht, dass Freitag war.

– Nein, das ist schon okay so, sagte er.

Er wollte sich nicht so weit von Lundberg entfernen, bevor er wusste, wie intensiv Kriminalinspektorin Andersson sich dem Fall widmen würde. Außerdem konnte er sich nicht vorstellen, in der Wohnung zu übernachten.

– Lotta an der Rezeption hat einen Extraschlüssel, den kannst du haben. Kannst du dich an den Code der Alarmanlage erinnern?

Peter wühlte in seiner Tasche und fand einen zerknitterten Zettel.

– Gut, sagte Lundberg. Ich bleibe hier und kaufe auf dem Heimweg noch was Nettes zu essen. Lust auf was Bestimmtes?

Er merkte, dass es Lundberg gefallen würde, wenn er mit einem Vorschlag käme und auf diese Weise zeigte, dass er einen eigenen Willen hatte. Lundberg behandelte ihn viel mehr als einen Gleichberechtigten, als er selbst das tat. Das ganze Problem lag bei ihm.

– Meeresfrüchte wären lecker, antwortete er.

15

Das Essen war ausgezeichnet. Sogar Peter, der mit der Kochkunst nur wenig Erfahrung hatte, stellte fest, dass Lundberg am Herd wusste, was er tat. Er servierte Meereskrebse mit einer wundervoll schmeckenden Sauce.

Dazu tranken sie einen elsässischen Wein. Auf dem Etikett las Peter, dass es sich um einen 1979er Jahrgang handelte. Der Wein war genauso alt wie seine Erinnerung an Susanne.

Er fühlte sich etwas schwindlig, aber angenehm berauscht und von einer seltsamen Ruhe erfüllt.

Während des Essens hatten sie nur wenig gesprochen. Peter hatte sich vor allem auf die Köstlichkeiten konzentriert. Die langen Schweigeminuten, die sich über den Tisch gesenkt hatten, waren ihm keineswegs unangenehm gewesen.

Lundberg beugte sich über seinen Teller und spielte mit einer leeren Krebsschale herum. Ohne aufzublicken, fragte er:

– Wieso wolltest du nicht auf die Polizeiwache?

Peter war immer noch ruhig. Hier fühlte er sich sicher. Indem er ihn ernst nahm, hatte Lundberg eine Tür in ihm geöffnet. Aus dem Raum, der sich dahinter verbarg, drang nun ein tastendes Gefühl von Vertrauen.

– Um ehrlich zu sein, weiß ich das auch nicht, antwortete er wahrheitsgemäß. Ich habe zurzeit einige ungeklärte Angelegenheiten mit der SE-Bank. Ich glaube, das war es, was mich geschreckt hat.

– Es ist jedenfalls beruhigend, dass du nicht unter Mordverdacht stehst! Ich wurde etwas nervös. Du bist ja nicht gerade der Typ, der jedem sofort sein Herz ausschüttet. Lundberg lächelte ihn an.

– Gibt es etwas, das ich wissen sollte?, fuhr er fort und sah Peter in die Augen. Ich meine, ich sitze ja wohl nicht hier und schütze einen Kriminellen vor seiner gerechten Strafe?

Er lächelte immer noch, aber Peter sah, dass er jetzt wissen wollte, wie die Dinge lagen.

Peter traf eine Entscheidung, über die er selbst erstaunt war. Er berichtete von der Firma, den Schulden und Bengtssons Steuerbetrug und ließ kein einziges Detail aus. Sogar seine Ängste erwähnte er, beschrieb jedoch nicht deren Ausmaße.

Mitten in seiner Erzählung merkte er auf einmal, dass ihm Tränen über die Wangen liefen. Beschämt bedeckte er sein Gesicht mit den Händen. Als er geendet hatte, war er vollkommen ausgepumpt. Sein Körper konnte sich kaum noch aufrecht im Stuhl halten. Doch von seiner Seele waren Zentnerlasten genommen.

Lundberg sah ihn an. Vielleicht hatte Peter erwartet, jetzt Verachtung in seinen Augen zu sehen. Doch ihm strahlte warmherziges Mitgefühl entgegen. Peter wollte Olof zuvorkommen.

– Ich kann es verstehen, wenn du von nun an der Polizei die Arbeit überlassen willst. Jetzt, wo du weißt, mit was für einem Versager du es zu tun hast, meine ich.

In seiner Stimme lag weder Selbstmitleid noch die unterschwellige Bitte, gerettet zu werden. Er nahm schlicht und einfach den Platz ein, den er am besten kannte. Den untersten, unter der Schuhsohle seines Gegenübers. Dort, wo man gut auf ihm herumtrampeln konnte. Lundberg betrachtete ihn lange. Peter sah zu Boden. Er hatte das Gefühl bereits verloren, für Lundberg ein gleichberechtigter Partner zu sein. Schwerelos saß er am oberen Ende der Wippe, während Lundberg mit beiden Füßen sicher auf dem Boden stand. Fest verankert auf der Erde.

Der Urlaub war vorbei.

– Ich hatte einmal einen Freund, begann Lundberg. Er hieß Janne Ousbäck. Wir standen uns sehr nah. Wir hingen seit dem ersten Schultag aneinander wie die Kletten. Unsere ganze Jugend, mit allem, was dazugehört, haben wir zusammen verbracht. Wir wussten alles übereinander.

Er machte eine Pause und lachte in sich hinein, als wäre ihm gerade etwas Lustiges eingefallen.

– Jedenfalls trennten sich nach dem Gymnasium unsere Wege für ein paar Jahre. Ich studierte in Uppsala, und er blieb in der Stadt. Als ich zurückkam, gründete ich meine Firma, die immer besser lief. Ich gebe gerne zu, dass mir Freundschaft zu der Zeit nicht besonders viel bedeutet hat. Janne rief mich mehrfach an. Wir telefonierten jedes Mal lange, und immer wollte er, dass wir uns treffen. Ich hatte nie Zeit. Oder besser gesagt, ich nahm mir nie die Zeit. Ich beschäftigte mich mit einträglicheren Dingen und kannte wichtigere Leute. Mit denen man sich an der Opernbar sehen lassen konnte.

Lundberg verschränkte die Arme vor der Brust.

– Ein halbes Jahr später rief sein Vater an und teilte mir mit, dass sie ihn oben auf dem Dachboden gefunden hatten. Er hatte dort eine Woche lang gehangen. Sein Abschiedsbrief war unter einen Zeitungsstapel gerutscht, deswegen hatten sie ihn so spät gefunden. Er hatte ernsthafte finanzielle Sorgen gehabt, und zum Schluss konnte er einfach nicht mehr.

Lundberg nahm einen Schluck Wein.

– Ich war schockiert. Zum ersten Mal im Leben wurde mir klar, dass wir alle eines Tages sterben müssen. Dass wir nicht unbegrenzt Zeit haben. Mit meinem Gewinn aus dem Jahr bezahlte ich seine Schulden. Seitdem habe ich versucht, mehr Wert auf meine Freunde zu legen. Man darf nicht immer auf das nächste Mal warten, denn vielleicht kommt es nie. Mehr Geld kann man immer noch verdienen.

Er schwieg einen Moment.

– Aber das ist leicht gesagt, setzte er selbstkritisch hinzu, wenn man bereits mehr verdient hat, als man jemals ausgeben kann.

Lundberg war während seiner Erzählung aufgestanden. Nun stand er vor dem chinesischen Schrank und schenkte sich einen Whiskey ein. Peter schüttelte den Kopf. Er wollte keinen.

– Ich weiß nicht, was mit dir los ist, Peter Brolin. Vielleicht erinnerst du mich an Janne. Vielleicht bist du einfach nur ein Farbtupfer in meinem ansonsten so homogenen Bekanntenkreis. Du strahlst so eine natürliche Echtheit aus. In den Kreisen, in denen ich mich bewege, ist man das nicht gewohnt. Du lässt dich nicht beeindrucken, sondern bist du selbst. Ich habe noch nie jemanden getroffen, der so unverfälscht war wie du. Ich weiß, was es dich gekostet haben muss, so viel von dir zu erzählen. Wie ein Hund, der vor seinem Gegner die Gurgel entblößt. Er gibt sich geschlagen.

Einige Sekunden war es still. Lundberg nahm einen großen Schluck Whiskey und sprach weiter:

– Ich lasse dich nicht so einfach davonkommen. Du arbeitest an deinem Auftrag weiter, wie besprochen, und ich werde verdammt nochmal nicht akzeptieren, dass du scheiterst. Du sollst mir, dir selbst und vor allem diesem weiblichen Polizeihund beweisen, dass du nicht aufgibst, sondern mit dieser Sache fertig wirst. Du hast meine 110-prozentige Unterstützung. Aber bevor du nicht uns allen gezeigt hast, was du kannst, werde ich dir bei deinen Geldsorgen nicht helfen. Du musst kämpfen und deine Probleme selbst lösen. Ich will nicht unsere Freundschaft verlieren, weil du für den Rest deines Lebens in meiner Schuld stehst. Ich wüsste nie, ob du meine Gesellschaft aus freien Stücken oder aus Dankbarkeit schätzt. In dir steckt mehr, als du glaubst, Peter Brolin! Das hast du bereits gezeigt. Es ist nur so, dass es bis jetzt noch niemand begriffen hat. Am allerwenigsten du selbst.

Peter hatte aufgehört zu weinen. Er saß ganz still da und beobachtete Lundberg, der die letzten Tropfen seines Whiskeys austrank.

Es war totenstill.

Die Tür in Peters Innerem war weit geöffnet. Sein ganzer Körper blinzelte überrascht in das helle Licht, das hereinschien. Jedem Teil von ihm war bewusst, dass etwas Phantastisches passiert war.

Er hatte einen richtigen Freund gefunden.

16

Das Wochenende war ohne weitere Erinnerungen an die Dämonin vergangen. Peter hatte sich die Zeit mit einigen Büchern aus den Regalen in seinem Zimmer vertrieben. Olof hatte seine Papiere auf dem Esstisch verteilt und ein bisschen gearbeitet.

Am Samstagabend holten sie Pizza im Ortskern von Ektorp und sahen sich einen anspruchsvollen Spielfilm im Fernsehen an. Sie waren beide nicht besonders gesprächig, schienen sich aber in der Gesellschaft des anderen wohl zu fühlen.

Am Sonntag machten sie einen langen Spaziergang durch Saltsjö-Duvnäs und marschierten hinauf ins Naturschutzgebiet Nacka. Sie kamen erst bei Anbruch der Dunkelheit nach Hause.

Keiner von ihnen kommentierte das Gespräch vom Freitagabend. Es war alles gesagt, und das Band zwischen ihnen war dadurch noch stärker geworden. Die Probleme noch einmal durchzukauen war überflüssig. Peter hatte die Gewissheit, dass er nicht länger um Lundbergs Respekt kämpfen musste. Nun musste er nur noch sich selbst beweisen, dass er ihn auch verdient hatte.

Als Olof am Montagmorgen ins Büro fuhr, blieb Peter allein im Haus. Er hatte sich ein Telefonat vorgenommen.

Es wurde unangenehm still, als Olof gegangen war. Obwohl es helllichter Tag war, fühlte Peter sich unwohl. Um die Stille zu übertönen, schaltete er das Radio an.

Er griff nach den Gelben Seiten und suchte die Nummer der psychiatrischen Klinik Beckomberga heraus. Die Fotokopien der Liste von Eva vor sich auf dem Esstisch, verlangte er jemanden aus dem Labor.

Sein neues Selbstvertrauen verlieh ihm den Mut, sein Glück zu versuchen und alles auf eine Karte zu setzen.

– Mein Name ist Per Wilander. Ich bin Dozent hier beim Institut für Infektionsschutz. Wir benötigen in einer dringenden Angelegenheit Ihre Hilfe. Die Polizei hat uns ersucht, bei der Aufklärung eines Verbrechens behilflich zu sein. Die Sicherheitspolizei ist durch vertrauliche Umstände in den Besitz einer Blutprobe gekommen, die mit größter Wahrscheinlichkeit einem Ihrer Patienten in Beckomberga entnommen wurde. Im Blut haben wir einen äußerst gefährlichen und seltenen Krankheitserreger gefunden, der Clomodin Ch2 heißt. Wir wissen nicht, von wem die Probe stammt. Es ist jedoch außerordentlich wichtig, dass wir die Patientin und die Personen, mit denen sie eventuell in Kontakt gekommen ist, ausfindig machen. Unseren wenigen Anhaltspunkten zufolge stammt das Blut von einer Frau, vermutlich ungefähr vierzig Jahre alt. Sie hat irgendwann im März 1996 eine Blutprobe bei Ihnen abgegeben. Möglicherweise war sie auch vor zirka einem Monat bei Ihnen in Behandlung, aber das können wir nicht mit Sicherheit sagen.

Peter hatte am Wochenende überlegt, warum die Dämonin den Kontakt zu Lundberg gelegentlich unterbrochen hatte. Sie hatte diese Pausen in einem ihrer Briefe selbst erwähnt.

– Die Ansteckung ist direkt lebensbedrohlich, und es ist unwahrscheinlich, dass die Patientin noch lebt. Falls sie es, gegen unsere Vermutung, dennoch tun sollte, muss umso dringender ermittelt werden, was sie vorhat, damit weitere Todesfälle vermieden werden können.

Die Frau am anderen Ende klang ängstlich und verwirrt.

– Ich kann in unserer Kartei nachsehen, aber ich unterliege dabei der Schweigepflicht, wie Sie sicher verstehen. Dazu brauche ich eine Genehmigung der Klinikleitung.

– Selbstverständlich, antwortete Peter. Aber es eilt! Es ist sehr wahrscheinlich, dass die Personen, die bei Ihnen mit der Blutprobe in Kontakt gekommen sind, sich angesteckt haben, weil der Erreger durch Tröpfcheninfektion übertragen wird. An Ihrer Stelle würde ich schnell handeln. Ich selbst wurde auch angesteckt, als ich mit der Probe gearbeitet habe. Inzwischen werde ich behandelt, bin aber noch lange nicht gesund, geschweige denn schmerzfrei. Bitte vermeiden Sie jegliche Verzögerung!

– Wie, sagten Sie, war Ihr Name, und wo kann ich Sie erreichen?

– Wenn Sie einen weiblichen Patienten finden, der in der fraglichen Zeit eine Blutprobe abgegeben hat, rufen Sie bitte direkt bei Kriminalinspektorin Bodil Andersson von der Polizeidirektion Norrmalm an.

Er gab ihr die Telefonnummer.

– Ich selbst leide schwer an den Folgen der Krankheit und kann mich daher nicht mehr an den Ermittlungen beteiligen. Übrigens ist die Blutgruppe der Frau null, Rhesusfaktor positiv. Das vereinfacht die Suche. Da es sich nicht gerade um die häufigste Blutgruppe handelt, lassen sich vermutlich eine Menge Patienten ausschließen. Wenn Sie außerdem die Freundlichkeit hätten, den Namen der Patientin unter der Nummer sechs sechs drei zwölf neunzehn direkt an mich, Dozent Per Wilander bei der Ermittlungszentrale der Polizei, zu faxen, wäre ich Ihnen außerordentlich dankbar. Auf diese Weise können wir entscheidende Zeit sparen. Ich danke für Ihre Hilfe. Vergessen Sie nicht, dass Sie Leben retten können, wenn Sie sich beeilen. Sie heißen Solveig Gran, sagten Sie?

Peter legte auf.

Eineinhalb Stunden später rief Olof an.

– Hallo. Unsere Freundin von der Polizei hat eben angerufen und nach dir gefragt. Sie klang wütend.

– Aha, antwortete Peter ruhig. Das ist ja ganz was Neues. Ich rufe sie an und bestelle ihr, dass wir uns in einer Stunde bei dir im Büro treffen können. Einverstanden?

– Klar. Nimm ein Taxi und verlang eine Quittung. Ich kann es absetzen.

Das Taxi hielt bei Löwstedts Blumenhandlung. Peter stieg aus und betrat das Geschäft. Der Verkäufer, es war derselbe wie beim letzten Mal, sah ihn beunruhigt an.

– Haben Sie die Galerie nicht gefunden?, erkundigte er sich nervös. Ich habe nach der fraglichen Dame Ausschau gehalten, aber ich habe sie nicht gesehen. Dann hätte ich von mir hören lassen. Ich schwöre es!

– Ich habe die Galerie gefunden, sagte Peter. Vielen Dank für Ihre Hilfe.

Er lehnte sich vertraulich über den Tresen und sagte mit leiser Stimme:

– Ich musste in einer geheimen Angelegenheit Ihre Faxnummer angeben, als Ablenkungsmanöver sozusagen. Sie haben nicht zufällig in der letzten Stunde ein Fax erhalten?

Wie eine verschreckte Ratte eilte der Mann in das Büro hinter dem Tresen. Sekunden später kam er mit einem Papier in der Hand zurück.

– Dozent Per Wilander, wisperte er. Ich habe kein einziges Wort gelesen.

– Gut, sagte Peter, faltete das Papier zusammen und steckte es in seine Jackentasche. Zu niemandem ein Wort! Das ist mein Deckname.

Peter verließ das Geschäft, riss hinter der nächsten Ecke das Papier auseinander und begann zu lesen. In säuberlicher Handschrift standen da sechs Frauennamen samt Adressen und Personalausweisnummern. Er kehrte um und betrat den Blumenladen noch einmal.

– Ich möchte zwanzig gelbe Rosen an Solveig Gran im Labor der Klinik Beckomberga schicken.

Er nahm eine weiße Karte und schrieb:

«Vielen Dank. Ihre Hilfe ist größer, als Sie ahnen. Mit freundlichem Gruß Dozent Per Wilander».

Er bezahlte den Strauß, und damit war die Brieftasche leer.

Kriminalinspektorin Bodil Andersson stand bereits im Foyer von Lundberg & Co, als Peter eintrat. Er begriff sofort, dass Olof sie hatte warten lassen, um sie zu ärgern. Als Lottas Blick auf Peter fiel, verkündete sie unverzüglich, dass Olof Lundberg nun bereit sei, sie zu empfangen. Bei Bodil Andersson entschuldigte sie sich für die Verzögerung.

Kaum hatten sie die Tür hinter sich geschlossen, wandte Bodil sich an Peter:

– Wie können Sie es wagen, meinen Namen für Ihre halbkriminellen Fahndungsmethoden zu verwenden?, explodierte sie. Halten Sie mich für blöd? Was zum Teufel glauben Sie, passiert, wenn man meinen Namen mit fingierten Telefongesprächen in Zusammenhang bringt? Gutgläubige Menschen dazu bringen, vertrauliche Angaben herauszugeben! Ich sollte sie festnehmen, damit Sie bis in alle Ewigkeit auf der Polizeiwache sitzen, vor der Sie offenbar solche Angst haben. Aus einem einzigen Grund werde ich das nicht tun. Ich hoffe nämlich, dass diese Geschichte niemals ruchbar wird. Mir und meinem Ruf ist eher gedient, wenn ich meinen Mund halte. Aber eines muss Ihnen verdammt nochmal klar sein: Wenn das nochmal vorkommt, ziehe ich Sie gnadenlos zur Rechenschaft!

Olof sah von einem zum anderen. Peter war die Ruhe selbst. Im Moment konnte sie ihm nichts anhaben. Ihm war etwas geglückt, was ihr nicht gelungen wäre. Er wusste, dass sie das wusste, und dieses Gefühl befriedigte ihn.

– Erfreulich ist nur, dass sie keine Namen finden konnte, die in Frage kommen, sagte Bodil Andersson mit der gleichen aufgebrachten Stimme.

Peter sah sie an.

– Das ist merkwürdig, sagte er und zog die Blätter aus der Innentasche. Mir hat sie sechs mögliche Kandidaten geschickt.

Sie stand einen Moment vollkommen still und warf ihm einen hasserfüllten Blick zu. Dann machte sie einen Schritt in seine Richtung und riss ihm das Papier aus der Hand. Hastig überflog sie es. Ihr Gesicht wurde noch röter.

Peter guckte Olof an. Der lächelte zurück und zwinkerte ihm zu.

Es war vollkommen still. Man hätte einen durch Tröpfcheninfektion übertragenen Erreger zu Boden fallen hören können. Peter war die Ruhe selbst.

– Ich nehme diese Liste mit und überprüfe, ob etwas damit anzufangen ist, sagte sie und wandte sich zur Tür.

– Wenn Sie nichts dagegen einzuwenden haben, mache ich zuerst eine Fotokopie. Ihr habt hier doch bestimmt einen Kopierer, Olof?

Olof Lundberg grinste über das ganze Gesicht und schnappte im Vorbeigehen Bodil Andersson das Blatt aus der Hand.

– Zu Befehl. Du bist der Boss.

17

Kriminalinspektorin Bodil Andersson hatte das Büro im Zorn verlassen, und Peter schloss sich im Konferenzraum ein, um sich mit neuer Kraft seinen Ermittlungen zu widmen.

Er war selig über den Mut, der in ihm zu wachsen begonnen hatte, und konnte förmlich spüren, wie er sich in seinem Inneren verzweigte und in jeden Körperteil fortpflanzte.

Dass seine neue Fährte ein Glücksspiel war, hatte er längst vergessen.

Bodil Anderssons Gesichtsausdruck war die Mühe wert gewesen.

Olof kam herein und schloss die Tür hinter sich.

– Das Sophiahemmet hat eben angerufen. Ich habe keine Syphilis.

– Aha. Gratuliere, sagte Peter und lächelte ihn an.

– Das dürfte jedenfalls bedeuten, dass ich nichts mit ihr hatte. Wenn es wahr ist, dass sie die Krankheit schon so lange hat. Sehr aufmunternd, das muss ich zugeben. So wählerisch war ich immerhin auch damals.

Peter studierte immer noch die Liste.

– Ich habe ein bisschen telefoniert und mich umgehört. Diese Margareta Lundgren ist verstorben, wir können sie also streichen.

– Bist du sicher, dass das eine Garantie ist, seufzte Olof.

Peter blickte zu ihm hoch und begriff, dass er einen Witz gemacht hatte.

– Lena Ljunggren ist vor acht Monaten nach Malmö gezogen. Ich habe mich bei der Auskunft erkundigt, setzte er hinzu. Es bleiben vier Namen übrig. Die Adressen scheinen alle zu stimmen.

– Gute Arbeit. Das habe ich doch gewusst, sagte Olof und zwinkerte ihm zu.

Das Lob ließ Peter erröten. Er griff nach dem Hörer, um es zu verbergen, und wählte eine der Nummern auf der Liste.

– Ist da Karin Södergren?

– Ja, wurde zögernd geantwortet.

– Hier ist der Abonnentenservice von Dagens Nyheter. Ich wollte mich nur erkundigen, ob Ihnen die Zeitung heute ordnungsgemäß geliefert wurde.

Olof runzelte die Stirn, schüttelte grinsend den Kopf und verließ den Raum.

– Wie bitte?, fragte die Frau am anderen Ende der Leitung.

Er konnte nicht feststellen, ob es ihre Stimme war.

– Haben Sie die Zeitung heute erhalten, und wenn ja, welcher Teil hat Ihnen am besten gefallen?

Er wollte sie zum Reden bringen.

– Ich abonniere keine Zeitungen. Wer du auch bist, lass mich in Ruhe! Ich habe Leute, die mich beschützen, und wenn du dich nicht vorsiehst, schicke ich einen von ihnen direkt in dein Ohr.

– Ja, dann möchte ich Ihnen keine weiteren Umstände bereiten, sagte Peter und legte auf.

Es war unmöglich festzustellen, ob es die Stimme der Dämonin war, aber ihre Worte machten sie zweifelsohne zur Nummer eins auf der Liste der Verdächtigen.

Fürs Erste verzichtete er auf weitere Anrufe.

Er stand auf und ging zu Olof, um von dem Gespräch zu berichten. Als er eintrat, hob Lundberg die Hand, als wolle er ihn bremsen, worauf Peter wie ein geprügelter Hund reagierte und das Zimmer rückwärts in gebückter Haltung verließ.

Lundberg hatte den Telefonhörer am Ohr. Ärgerlich zog er die Stirn in Falten und schüttelte den Kopf. Peter hatte ihn missverstanden. Er winkte ihm zu, damit er wieder hereinkam und die Tür hinter sich schloss.

Olof zeigte auf den Hörer.

Peter begriff, dass er die Dämonin an der Leitung hatte und handelte sofort. Er öffnete und schloss die Tür, so lautlos es in der Eile möglich war, raste zum Telefon am Empfangstisch und wählte 90 000.

Schließlich hatte er den einen oder anderen Krimi im Fernsehen gesehen.

– Die gewählte Rufnummer hat sich geändert. Die neue Rufnummer ist 112.

Er unterbrach das Gespräch, indem er auf eine Taste

drückte, und fragte sich, wie viele Sterbende es mit letzter Kraft geschafft hatten, 90 000 zu wählen und während dieser Information verschieden waren.

– Notrufzentrale.

– Ich brauche Ihre Hilfe. Sie müssen einen Anruf zurückverfolgen. Es ist dringend!

– Mit wem spreche ich?

– Mein Name ist Per Wilan …

Lundberg kam aus seinem Zimmer.

Peter zögerte eine Sekunde und legte dann den Hörer auf.

Sie gingen ins Büro und schlossen hinter sich die Tür.

Lundberg nickte.

– Das war sie.

Er war vollkommen verängstigt und sprach mit leiser Stimme.

– Sie flüsterte die ganze Zeit. Ich konnte kaum verstehen, was sie sagte.

Peter wartete ungeduldig darauf, dass er weitersprach.

– Sie sagte, dass ich bald wieder Gelegenheit haben würde, meinen Laufburschen zu Löwstedts Blumenhandlung zu schicken. Er könne einen Trauerkranz für meine dreckige Schwägerin bestellen. Dann deutete sie an, ich hätte meine Frau umgebracht. Sie wüsste, wie ich zu Werke gegangen sei. An meiner Schwägerin wolle sie ausprobieren, ob es funktioniere.

Lundberg schüttelte erschöpft den Kopf.

Peter spürte, wie die Angst langsam wiederkam. Was er auch anstellte, sie war ihm immer einen Schritt voraus. Als ob er ein vertrocknetes Blatt in einem Herbststurm jagte. Sosehr er sich auch bemühte, er holte sie nie ein. Immer wenn er gerade dachte, er sei nah an ihr dran, wirbelte alles wieder in die Luft.

– Ich muss Kerstin erreichen, sagte Lundberg und begann, in seinem Notizbuch zu blättern.

Er fand die Nummer und griff nach dem Telefonhörer.

– Peter, könntest du bitte Bodil Andersson anrufen? Ich will, dass mein Telefon abgehört wird.

Lundberg drückte die Freisprechtaste und wählte die Nummer. Nach zwei Tönen nahm jemand ab.

– Kerstin Tillberg.

– Hallo, hier ist Olof. Geht's gut?

– Hallo. Das ist ja komisch! Ich wollte dich gerade anrufen und dir erzählen, dass ich eine Bekannte von dir getroffen habe. Du Schuft. Wieso hast du nichts gesagt?

– Was gesagt?

– Dass du endlich eine neue Frau getroffen hast. Es sei dir verziehen, denn sie war wirklich wahnsinnig nett. Ich habe ihr übrigens gesagt, dass ihr jederzeit zum Essen eingeladen seid. Schön, dass ich es dir nun persönlich ausrichten kann.

Lundberg schloss die Augen.

Peter ging zurück in den Konferenzraum. Er kramte Anderssons Nummer hervor und atmete tief durch.

– Kriminalinspektorin Bodil Andersson.

Seine Selbstsicherheit war ins Wanken gekommen. Sie war ohnehin etwas wackelig, aber nun wurde an den Grundfesten gerüttelt.

– Hier ist Peter Brolin. Der Olof Lundberg hilft.

Es war still im Hörer.

– Er ist im Büro angerufen und bedroht worden. Daher möchte er, dass das Telefon von nun an abgehört wird.

– Das ist ja interessant.

– Wenn sie sich wieder meldet, könnte man das Gespräch vielleicht zurückverfolgen. Ich wollte die Polizei anrufen, habe es aber nicht geschafft.

Er merkte, dass sie die Nase rümpfte.

– Worauf bezog sich die Drohung?, fragte sie.

– Sie hat gedroht, seine Schwägerin umzubringen, und angedeutet, dass Lundberg seine Frau ermordet hat, sagte Peter.

– Dass Ersteres ihn beunruhigt, kann ich verstehen, aber Letzteres dürfte ihn nicht nennenswert irritieren, hoffe ich. Es wäre allerdings sehr aufschlussreich.

Sie sprach weiter, bevor er antworten konnte:

– Aus Erfahrung weiß ich, dass solche Drohungen äußerst selten in die Tat umgesetzt werden. Das ist nur eine neue Strategie, die Furcht und die Aufmerksamkeit des Opfers zu erregen. Aber wir werden Lundbergs Schwägerin selbstverständlich schützen, und vor allem werden wir sie warnen. Ich nehme an, das ist bereits geschehen?

– Olof spricht gerade mit ihr. Kann sie mit Polizeischutz rechnen?, fragte er.

Diesmal rümpfte sie hörbar die Nase.

– Die Zeiten sind leider vorbei, in denen wir den Leuten rechts und links Polizeischutz versprechen konnten. Vielleicht gibt es das noch in den Allerweltskrimis, die Sie offensichtlich als Handbuch für Ihre Fahndungsmethoden zu Rate ziehen. Abhörgeräte verwendet die Polizei auch nicht. Außerdem gibt es hier ungeheuer viele Ermittlungsfälle, die vor diesem hier Vorrang haben.

Sie machte eine Pause, als ob sie eine Reaktion erwartete. Er ging nicht darauf ein.

– Sie können mir glauben, dass Lundberg nicht der Einzige ist, der von einer unbekannten Person terrorisiert wird. Allein auf meinem Tisch habe ich ein Dutzend ähnlicher Fälle. Und in seinem Fall ist ja bis jetzt noch niemand zu Schaden gekommen.

Peter bekam Herzklopfen. Er widerstand der Versuchung, den Hörer hinzuknallen, denn damit hätte er ihr und sich selbst gezeigt, dass sie der Boss war. Dass er noch nicht einmal den Mumm hatte, ihr am Telefon etwas entgegenzusetzen.

Er schluckte schwer und nahm seinen Mut zusammen.

– Wieso halten Sie so wenig von mir? Womit habe ich es verdient, so von Ihnen behandelt zu werden?

Es war still am anderen Ende. Dann antwortete sie:

– Ich mag Leute nicht, die meinen, sie könnten unsere Arbeit genauso gut wie wir. Kleine Nullen, die glauben, sie sind wer. Ganz einfach.

Wie sollte er dieses Gespräch wiedergeben, ohne dass Lundberg auf der Stelle einen Herzinfarkt bekam? Er musste sein Verhältnis zu Bodil Andersson unbedingt verbessern. Ihm wurde immer klarer, dass sie die Dämonin schon aus Prestigegründen lieber laufen lassen würde, als dass ein anderer sie zu fassen bekam. Sollte sie doch glauben, dass sie ihn geschlagen hatte, solange er das Gefühl behielt, die Situation unter Kontrolle zu haben.

Sein Gehirn arbeitete auf Hochtouren. Eine Frau zu besänftigen, gehörte nicht zu seinem Erfahrungsschatz, aber er wusste, wie es bei Männern funktionierte.

– Wenn ich in irgendeiner Weise Ihren Fähigkeiten und Ihrer Erfahrung gegenüber zu wenig Respekt bewiesen haben sollte, tut es mir Leid. Mir ist bewusst, wie viel ich von Ihnen lernen könnte. Ich gebe zu, dass es ein Fehler war, in dem Gespräch mit Beckomberga Ihren Namen zu erwähnen, ich hatte einfach nicht darüber nachgedacht. Bitte verzeihen Sie mir.

Instinktiv hatte er unter dem Tisch die Finger der rechten Hand gekreuzt. Das hatte er zuletzt seiner Mutter gegenüber getan, der Reflex saß anscheinend tief.

Im Hörer wurde es mucksmäuschenstill.

– Ich habe mir Ihre Liste flüchtig angesehen, sagte sie schließlich. Ich werde die Personen überprüfen, so schnell ich kann.

Dass er zwei der sechs Namen bereits gecheckt hatte, beschloss Peter bei einer anderen Gelegenheit zu erwähnen.

Sie fuhr fort:

– Richten Sie Lundberg aus, dass er sich eine Nummernanzeige kaufen sollte. Die sind nicht teuer, und er hat den vollständigen Überblick über alle Anrufer. Ich melde mich, wenn ich auf etwas Interessantes stoße.

Peter hörte in ihrer Nähe ein Telefon.

– Mein zweiter Apparat klingelt. Ich nehme an, dass wir uns wiedersehen, sagte sie und legte auf.

Peter war sich nicht sicher, ob er ihre Dominanz tatsächlich bezwungen hatte oder ob es ihr doch wieder gelungen war, ihn zu besiegen.

Er legte den Hörer auf und nahm sich vor, sie künftig zu meiden. Nach jedem Treffen oder Gespräch mir ihr hatte er sich noch Stunden später unwohl gefühlt.

Er ging zu Lundberg hinein, der gerade das Gespräch mit seiner Schwägerin beendete. Gereizt stand Lundberg auf und starrte über seine Angestellten hinter der Glaswand hinweg.

– Die Polizei muss jetzt dafür sorgen, dass bald etwas passiert! Nun vergreift sich diese Person auch noch an meinen Verwandten. Kerstin wollte mir zuerst gar nicht glauben! Dieses Weibsstück hat sie in der Bibliothek unten im Sveavägen angesprochen und sich als Marie Larsson vorgestellt. Sie hätte Kerstin von einem meiner Fotoalben wiedererkannt und behauptete, wir hätten seit über einem Jahr ein heimliches Verhältnis miteinander! Kerstin war natürlich vollkommen überrascht, hat sich aber sehr gefreut, dass ich es endlich gewagt hatte, eine neue Beziehung einzugehen. Ich werde wahnsinnig! Wahrscheinlich wird sie sich demnächst meine Kunden vornehmen.

– Hast du ihr von der Drohung erzählt?

Lundberg wandte sich ihm zu.

– Sie hat mir versichert, dass sie vorsichtig sein wird. In Panik ist sie nicht geraten, aber sie hat versprochen, bei dem kleinsten Vorfall die Polizei anzurufen. Was hat Andersson gesagt?

Peter schluckte.

– Es gäbe im Moment keine freien Abhörgeräte, und du solltest dir so lange eine Nummernanzeige besorgen. Im Übrigen wollte sie so bald wie möglich die Namen der Liste aus Beckomberga überprüfen.

Lundberg schüttelte den Kopf.

– Es wäre ja auch bedauerlich, wenn sie sich zu Tode schuften würden, sagte er und seufzte. Du musst dich natürlich selbst darum kümmern, Peter. Es wäre schön, wenn du zuallererst so eine Nummernanzeige kaufen könntest. Bring gleich zwei mit. Zu Hause will ich auch eine haben. Brauchst du Geld?

Peter war froh, dass er ihn danach fragte. Er hatte das Thema gerade selbst zur Sprache bringen wollen.

– Das wäre nicht schlecht. Allmählich wird es etwas leer in meiner Brieftasche, antwortete er.

Lundberg schrieb schweigend einen Scheck aus und reichte ihn hinüber.

Peter stopfte ihn in seine Brieftasche, ohne auf die Summe zu schauen. Lundberg atmete tief durch.

– Ich glaube, ich gehe heute früher nach Hause. Ich bin müde. Montags ist Katerina da und macht sauber, aber meistens ist sie gegen zwei fertig. Willst du mich begleiten, oder kommst du später?

Peter hatte andere Pläne.

– Ich möchte auf dem Heimweg einen Abstecher zu Karin Södergren machen, antwortete er.

Lundberg zog die Augenbrauen hoch und sah ihn fragend an.

– Das ist einer der Namen auf der Liste, erklärte er. Ich habe vor kurzem mit ihr telefoniert und bin neugierig geworden. Sie wohnt in der Bergsgatan 35.

– Sei bitte vorsichtig, sagte Lundberg. Nichts überstürzen! Falls sie es ist, ruf unsere Freunde und Helfer an. Hier, nimm mein Handy.

Peter griff nach dem Telefon, und Lundberg erklärte ihm die wichtigsten Funktionen.

– Der Akku ist fast leer. Schalt es erst ein, wenn du es brauchst. Der Pin-Code ist null fünf null drei. Die Tastenkombination ergibt Olof. Das kann man sich gut merken. Werd bloß nicht übermütig und bring dich in Schwierigkeiten.

– Ich gehe es ruhig an. Ich bin nicht so tough, wie manche glauben.

Olof grinste.

Peter stellte erstaunt fest, dass er soeben gescherzt hatte. Das war schon lange nicht mehr vorgekommen.

18

Sobald er den Karlavägen verlassen hatte, zog er seine Brieftasche heraus und besah sich den Scheck. Er war auf 10 000 Kronen ausgestellt. Sofort stopfte er ihn wieder in seine Tasche und sah sich ängstlich um, als befürchtete er, überfallen zu werden.

So viel Geld hatte er schon lange nicht mehr bei sich gehabt.

Ein paar Straßen weiter betrat er eine Bank und löste den Scheck ein. Die Hälfte des Betrages zahlte er auf sein Girokonto ein. Er musste eine Gebühr von 50 Kronen entrichten, weil es nicht seine Bank war, fand aber, dass er sich diese Extravaganz leisten konnte.

Um sich nicht sofort an den Luxus zu gewöhnen, nahm er kein Taxi, sondern die U-Bahn. Wer wusste, wie lange er mit diesem Geld zurechtkommen musste?

Er stieg am Fridhelmsplan aus und kaufte als Erstes im Telefongeschäft zwei Nummernanzeigen. Danach ging er zur Bergsgatan. Als er sich der Tür mit der Nummer 35 näherte, merkte er, dass er sich direkt vor dem Polizeigebäude befand. Vermutlich hätte ihn das beruhigen sollen, doch stattdessen gewann seine Phantasie die Übermacht. Er malte sich die vergrößerten Fotos aus, die dort drinnen an den Wänden hingen. «Peter Brolin – Wegen Steuerbetrug gesucht». Er stellte seinen Kragen auf und verbarg den Rest seines Gesichts hinter dem Schal.

Karin Södergren wohnte im zweiten Stock. Die Haustür war verschlossen. Peter zögerte einige Minuten.

Er klingelte bei E. & K. Lundell, die im fünften Stock wohnten. Eine Frauenstimme meldete sich.

– Ja?

– Entschuldigen Sie die Störung, aber hier ist Karlsson aus dem ersten Stock. Der Code funktioniert nicht, und ich habe meinen Schlüssel nicht bei mir. Könnten Sie mich hereinlassen?

Es summte, und die Tür ging auf. Peter trat ins Treppenhaus. Eine Wohnungstür wurde geöffnet, und er hörte von oben die Stimme der Frau:

– Hat es geklappt?

– Ja! Danke!

Der Tür wurde wieder geschlossen, und im Treppenhaus war Ruhe.

Peter schlich sich, so leise er konnte, die Treppen hinauf und kam sich dabei wie ein Einbrecher vor. Dass er sich einzureden versuchte, es nicht im eigenen Interesse zu tun, half nur wenig. Im zweiten Stock angekommen, sah er ein, dass es nicht ganz der Wahrheit entsprach. Diese Gedanken bereiteten ihm jedoch kein schlechtes Gewissen, sondern munterten ihn eher auf.

Auf der Etage gab es drei Türen. Die von Karin Södergren lag in der Mitte. Da keine der Wohnungstüren einen Spion hatte, wagte er es, bei Södergren zu lauschen.

In der Wohnung war es mucksmäuschenstill.

Ihm kam eine Idee. Er griff nach dem Handy und der Liste und wählte Karin Södergrens Telefonnummer. Nachdem es fünfmal geklingelt hatte, hörte er ihre schlaftrunkene Stimme:

– Hallo.

Er legte sofort auf und steckte das Handy und die Liste wieder in die Jackentasche. So leise wie möglich ging er die Treppen hinunter und hinaus auf die Straße. Von der Verpackung der Nummernanzeigen pulte er ein Stückchen Klebeband und deckte damit den Namen Södergren ab. Dabei vermied er es sorgältig, den Klingelknopf an der Gegensprechanlage zu berühren.

Er sah sich um und überquerte die Straße. Auf der anderen Straßenseite stand ein Lieferwagen, hinter dem er sich verstecken konnte. Durch die Vorderscheibe konnte er den Eingang von Nr. 35 beobachten. Er nahm das Handy und wählte wieder Karin Södergrens Nummer. Diesmal meldete sie sich sofort.

– Wer ist da?

Sie klang ärgerlich.

– Hier ist noch einmal Dagens Nyheter. Es tut mir Leid, dass ich Sie vorhin gestört habe. Mein Irrtum beruhte darauf, dass jemand Ihren Namen auf dem Klingelschild ausgetauscht hat. Ich wollte es Ihnen nur mitteilen, damit sich keiner Ihrer Beschützer verläuft. Gerade kam hier einer vorbei, der verwirrt aussah.

Eine Minute später wurde die Haustür geöffnet. Er erkannte sofort, dass sie es nicht war. Die Frau war höchstens eins dreißig groß und schien an die sechzig zu sein, was ihrer Personalausweisnummer zufolge jedoch unmöglich war. Er fragte sich, was diese Frau durchgemacht haben musste, dass sie so früh gealtert war. Er musste an seine Mutter denken und schämte sich zum ersten Mal, seitdem er für Lundberg arbeitete, für seine Ermittlungsmethoden. Das Leben seiner Mutter war mit 33 Jahren zu Ende gewesen. Danach war sie nur noch gealtert, bis sie starb.

Karin Södergren hatte inzwischen das Klebeband abgezogen und sah sich wütend auf der Straße um.

– Ihr verdammten Idioten, schrie sie so laut, dass es zwischen den Häusern widerhallte.

Peter duckte sich hinter dem Lieferwagen. Als er wieder aufsah, war die Frau im Treppenhaus verschwunden. Er schwor sich, sie nie wieder zu stören.

Er nahm ein Taxi und fuhr nach Hause. Säuberlich strich er Karin Södergrens Namen von der Liste.

Drei Namen blieben übrig.

Sie aßen vor dem Fernseher zu Abend. Olof wirkte müde und redete nicht viel. Peter berichtete nur, dass Karin Södergren von der Liste gestrichen werden konnte. Wie er es herausgefunden hatte, erzählte er nicht. Olof hätte seine Vorgehensweise sicher clever gefunden, aber er war nicht besonders stolz darauf, dass er die kranke Frau zum Narren gehalten hatte. In Zukunft wollte er rücksichtsvoller vorgehen.

Nach den Nachrichten stand Olof auf und sagte, er wolle sich hinlegen. Er müsse einige Bücher durchgehen, um sich auf ein Meeting am nächsten Tag vorzubereiten.

Auf dem Weg zum Badezimmer sagte er:

– Du kannst das Licht im Flur brennen lassen. Es ist angenehmer, wenn es nicht überall dunkel ist.

Als ob er seinen eigenen Worten gelauscht hätte, blieb er stehen und seufzte. Erschöpft schüttelte er den Kopf und verschwand.

Peter blieb noch eine Weile sitzen und sah sich das WM-Qualifikationsspiel zwischen Schweden und Schottland an. Es interessierte ihn nicht besonders, aber die Erläuterungen der Sportkommentatoren hatten schon immer eine beruhigende Wirkung auf ihn gehabt. Die Geräusche hatten so etwas Vertrautes und Normales. Sobald im Fernsehen Sport kam, schien eine Gemeinschaft zu entstehen. Als ob alle Zuschauer durch die Kabel verbunden wären, an die in diesem Moment Millionen von flimmernden Bildschirmen angeschlossen waren. Vor denen alle gleich waren. Eigenbrötler, Junge, Alte, Lahme und Gebrechliche bangten und hofften ausnahmsweise gemeinsam. Wie eine große Familie.

Vor Ende des Spiels fielen ihm die Augen zu. Als Olof im Badezimmer fertig war, wachte Peter auf und ging unter die Dusche.

Zehn Minuten später lag er im Bett. Die Schlaftablette verströmte ihre befreiende Wirkung in seinem Körper, der so schwer in den Schlaf fand.

Er fühlte sich ruhig und sicher.

600 Meter von ihm entfernt hielt in dem Moment ein Zug am Bahnhof Saltsjö-Duvnäs. Eine Frau stieg aus und trat auf den Bahnsteig. Zwei Waggons weiter ging eine Tür auf, aus der ein Schaffner seine Hand streckte und dem Zugführer das Zeichen zur Weiterfahrt gab. Eine Minute später war sie allein.

Auf dem Weg begegnete sie niemandem. Nach einem Spaziergang von fünf Minuten war sie an Lundbergs Grundstücksgrenze angekommen. Sie mied den kleinen Weg, der zum Haus hinaufführte, und ging stattdessen über das Grundstück. Der Altschnee lag nur noch an wenigen Stellen, und es bereitete ihr keine Mühe, sie zu umgehen. Der Boden war immer noch hart gefroren, sodass sie keine Fußspuren hinterließ.

Im Flur und hinter den Gardinen eines Fensters zur Vorderseite brannte Licht. Der Rest des Hauses lag im Dunkeln.

Sie wartete ab.

Sie hatte es nicht eilig.

Nach einer Weile machte sie eine Runde ums Haus. An

der Rückseite war es überall dunkel. Nur in einem Zimmer schimmerte es schwach hinter den Vorhängen.

Der Fuß tat immer noch ein bisschen weh, aber in den letzten Tagen war es besser geworden. Sie hatte vor langer Zeit gelernt, Schmerzen zu ertragen, doch der Wunsch, sie mit jemandem zu teilen, war immer stärker geworden. Nun wurde er so übermächtig, dass sie fast explodierte.

Bald.

Bald würde sie an der Reihe sein.

Sie schlich weiter ums Haus. Sie war ein Tiger, der um seine Beute kreiste. Es würde nicht mehr lange dauern. Bald, sehr bald würde er auf den Knien vor ihr um Gnade und Vergebung flehen. Sie würde ihn vollkommen in ihrer Gewalt haben und ihn all die Schmerzen spüren lassen, die sie ertragen hatte.

Er würde jede Minute zurückzahlen müssen.

Sie konnte sich kaum beherrschen.

Lautlos stahl sie sich zu dem erleuchteten Fenster. Auf den Zehenspitzen konnte sie zwischen Fensterrahmen und Gardinenkante hineinschauen.

Da lag er.

Er schlief mit offenem Mund. Ein kleiner Spuckefaden lief ihm über die Wange. Sie betrachtete ihn voller Abscheu.

In ihr glühte der Hass. Er lag vollkommen wehrlos da, und einen Augenblick lang musste sie sich zusammenreißen, um nicht die Scheibe einzuschlagen und sofort über ihn herzufallen.

Aber so leicht sollte er es nicht haben.

Zuerst sollte er leiden. Dann würde sie ihn zerbrechen.

Er drehte sich im Schlaf, und sein Gesicht verschwand aus ihrem Blickfeld. Sie betrachtete seinen

Rücken, der sich im Takt der Atemzüge regelmäßig hob und senkte.

Bald, dachte sie. Bald gehörst du mir. Bald bin ich an der Reihe.

Nach einiger Zeit entfernte sie sich vom Fenster und setzte ihren Plan in die Tat um.

19

Peter wachte früh auf. Gegen seine Gewohnheit blieb er noch ein Weilchen im Bett liegen und dachte nach. Der Radiowecker zeigte 06:52. Er stellte P1 ein und hörte die Siebenuhrnachrichten.

Er begann seinen Tag zu planen. Drei Adressen wollte er noch überprüfen, bevor sich sein Glücksspiel eventuell als erfolglos erweisen würde.

Um halb acht betrat er das Badezimmer und rasierte sich. Dann kam er zurück in sein Zimmer und zog sich an. Draußen war es immer noch dunkel. Sein Radiowecker stand auf 07:49. Es hätte ohne Zweifel heller sein müssen. Er ging in die Küche, um nachzusehen, welche Uhrzeit die Mikrowelle anzeigte. Vielleicht war der Radiowecker kaputt. Im Flur wurde ihm schlagartig bewusst, dass er gerade die Siebenuhrnachrichten gehört hatte. Irgendetwas stimmte hier nicht.

Abgesehen von der Eingangshalle, wo noch die eine Lampe brannte, war es im ganzen Haus stockfinster.

Er trat an das Panoramafenster und legte die Hände trichterförmig um die Augen. Draußen war es dunkel wie in einem Grab. Kein Licht war zu sehen, nicht ein einziger heller Fleck.

Sein Herz begann zu pochen. Träumte er immer noch?

Zurück im Flur, gab er den richtigen Code ein, um die Alarmanlage auszuschalten, und öffnete die Haustür.

Das helle Licht schlug ihm entgegen wie ein Schweißbrenner, einen Moment lang war er blind.

Zuerst begriff er überhaupt nichts. Er wandte sich um und warf einen Blick in das stockdustere Haus. Auf bloßen Füßen machte er einen Schritt hinaus auf die Treppe.

Er traute seinen Augen nicht.

Alle Fenster des Hauses waren mit Farbe bedeckt. Sie waren sorgfältig schwarz gesprayt, sodass kein Lichtstrahl durch das Glas zu dringen vermochte.

Hastig sah er sich um. Der Garten war leer. Neben der Haustür steckte ein rosafarbener Umschlag in einer Mauerritze. Er nahm ihn mit hinein und schloss eilig die Tür hinter sich. Auf dem Weg zu Olofs Schlafzimmer drückte er auf alle Lichtschalter, die er sah.

Er klopfte an die geschlossene Tür.

Gleich darauf hörte er Olof antworten.

– Ja, was ist?

Peter öffnete und trat ein.

– Es ist etwas passiert. Komm heraus, du musst es dir ansehen.

Olof stand sofort auf und streifte sich den Bademantel über, der an einem Kleiderhaken neben der Tür hing.

– Wie spät ist es, fragte er, als er aus seinem Zimmer kam.

– Gleich acht, antwortete Peter. Jemand hat alle Fenster schwarz besprüht. Deshalb ist es so dunkel.

– Was zum Teufel ist hier los, fragte Olof aufgeregt.

Er wirkte wie aus dem Schlaf gerissen und schien nicht richtig zu begreifen, was Peter sagte.

– Dieser Brief hing vor der Tür.

Peter reichte ihm den rosa Umschlag.

Olof sah sich immer noch verwirrt um. Dann ging er ins Wohnzimmer und setzte sich auf das Sofa. Peter schaltete die Stehlampe hinter ihm an. Olof nahm eine seiner Lesebrillen vom Wohnzimmertisch und setzte sie auf die Nase. Peter schaute ihm über die Schulter.

SUCHE DIE LIEBE – UND DU FINDEST SIE NIEMALS

FLIEHE VOR DER LIEBE – UND SIE WIRD DICH VERFOLGEN

Unter den Worten standen die Initialen EG.

Peter lief in sein Zimmer und holte die Liste von Solveig Gran aus dem Labor der Klinik Beckomberga. Ihm war etwas eingefallen. Er warf einen kurzen Blick darauf und eilte zurück zu Olof ins Wohnzimmer.

– Ich glaube, wir haben sie. Elisabet Gustavsson. Falugatan 11. Sie steht auch auf der Liste.

Er zeigte Olof den Zettel.

– Ich fahre jetzt direkt dorthin!

Peter, inzwischen hellwach, war außer sich. Sein Glücksspiel hatte funktioniert.

– Warte, entgegnete Olof. Ich komme mit. Vielleicht ist das eine Falle.

– Wieso sollte es? Sie hat doch keine Ahnung, dass wir über diese Liste verfügen. Vielleicht ist es wirklich so, wie die Polizei behauptet. Sie wird immer tollkühner und sehnt sich allmählich danach, von dir gefunden zu werden. Sie muss doch annehmen, dass es vollkommen ungefährlich ist, uns ihre Initialen mitzuteilen. Wie viele EG wird es in Stockholm geben? Sicher über hunderttausend.

– Verdammt, ich habe ja heute Morgen ein Meeting. Das kann ich schlecht absagen.

Olof sah ihn nachdenklich an.

– Versprich mir, dass du dich ihr weder näherst noch

Kontakt zu ihr aufnimmst. Finde einfach heraus, ob sie es ist. Wir gehen dann später gemeinsam hin, sagte er.

Peter zögerte, fühlte sich dann aber doch verpflichtet nachzufragen.

– Vielleicht sollten wir Bodil Andersson anrufen?

– Ach was, antwortete Olof. Vor Juli kann sie diesen Termin sowieso nicht in ihren Kalender quetschen! Nein, das nehmen wir selbst in die Hand. Hauptsache, du versuchst nicht, ohne mich den Helden zu spielen.

Peter grinste.

Olof trat hinaus auf die Treppe und sah sich die Verwüstung an.

– Verfluchtes Miststück, war sein einziger Kommentar.

Auch die Fassade rings um die Fenster hatte schwarze Farbe abbekommen. Dass das gesamte Haus einen neuen Anstrich benötigte, war nicht zu übersehen.

–Wenn wir Elisabet Gustavsson einen Besuch abgestattet haben, rufe ich Bodil Andersson an und erstatte Anzeige.

Damit hatte Lundberg die Entscheidung selbst gefällt.

20

Eineinhalb Stunden später stieg Peter in der St. Eriksgatan aus dem Taxi. Der Fahrer hatte genau da gehalten, wo die Falugatan begann. Auf beiden Seiten waren die Häuser dicht an die Straße gebaut. Da die Gebäude keine Toreingänge hatten, konnte man sich nirgendwo verstecken.

Er spazierte zum Eingang von Nr. 11. Dort gab es weder Namenschilder noch eine Gegensprechanlage, sondern nur einen Codeapparat. Innen im Treppenhaus hing jedoch ein blaues Schild, auf dem die Nachnamen der Hausbewohner verzeichnet waren. Er konnte erkennen, dass Elisabet Gustavsson im dritten Stock wohnte.

Er sah sich um. Auf der anderen Straßenseite befand sich ein Tabakladen. Er griff nach seiner Brieftasche und suchte den alten Ausweis aus der Zeit bei den Stockholmer Verkehrsbetrieben heraus. Dann überquerte er die Straße.

Der Mann hinter dem Tresen war ausländischer Herkunft. Er fragte, was es denn sein dürfe.

– Ich bräuchte für einen Moment Ihre Hilfe, antwortete Peter. Ich komme vom Polizeidistrikt Norrmalm. Mein Name ist Inspektor Per Wilander.

Er wedelte mit dem Ausweis vor der Nase des Mannes herum und steckte ihn wieder in seine Tasche.

Der Mann schien nicht sonderlich beunruhigt zu sein, sondern wirkte eher erstaunt und neugierig.

– Ich suche nach einer Person, die sich vermutlich in einer Wohnung im Haus gegenüber aufhält. Daher müsste ich eine Weile von hier aus beobachten, wer aus und ein geht.

– Kein Problem. Ein bisschen Gesellschaft ist mitunter ganz nett.

Der Mann hievte einen Stuhl über den Tresen, platzierte ihn am Fenster und bot ihm einen Sitzplatz an.

– Handelt es sich um eine geheime Angelegenheit, oder können Sie darüber erzählen, ohne mich hinterher erschießen zu müssen?, fragte der Mann grinsend.

– Am besten wissen Sie so wenig wie möglich, sagte Peter und machte ein bedeutungsvolles Gesicht.

– In Ordnung, sagte der Mann. Ich heiße Ahmed. Wollen Sie einen Kaffee?

– Ja, gerne, log Peter.

Ein Kunde betrat den Laden und kaufte Zigaretten. Nachdem er gegangen war, verließ Ahmed den Tresen und verschwand in der hintersten Ecke des kleinen Geschäfts.

Peter hörte ihn Kaffee aufsetzen. Nach wenigen Minuten kehrte er zurück und reichte ihm einen Becher, auf dem eine schwedische Flagge abgebildet war, randvoll mit schwarzem Kaffee.

– Sie sprechen sehr gut Schwedisch, sagte Peter.

– Ja, ich wohne hier seit zweiundzwanzig Jahren, da schnappt man ja so einiges auf, und was ich nicht kann, bringen mir die Kids zu Hause bei.

Peter sah hinaus auf die menschenleere Straße. Das eine oder andere Auto fuhr vorbei, ansonsten war es ruhig. Ein Stückchen entfernt pickten ein paar Tauben im Asphalt. Vorsichtig probierte er den Kaffee. Der war so stark, dass ihm die Augen tränten. Er gab sich Mühe, nicht das Gesicht zu verziehen.

Nach nur zehn Minuten kam sie zu Fuß aus der St. Eriksgatan. Instinktiv legte er die Rolle des souveränen Polizisten ab und duckte sich verschreckt hinter dem Zeitungsständer im Schaufenster. Den vollen Kaffeebecher stellte er auf einem Regal ab. Dann schob er die Illustrierten und Frauenzeitschriften etwas auseinander, um bessere Sicht zu haben. Entschlossenen Schrittes näherte sie sich der Tür von Nr. 11. Sie war es, ohne Zweifel.

– Ist sie das?, fragte Ahmed, dem Peters Reaktion nicht entgangen war.

Doch Peter antwortete nicht. Er wollte nicht unfreundlich sein, sondern er war schlicht und einfach nicht in der Lage dazu. Diese Frau hatte eine Wirkung auf ihn, die allen Naturgesetzen widersprach. Sogar hinter einer Fensterscheibe, mit einer Straße und einem Zeitungsständer zwischen ihnen, war er machtlos gegen die Angst, die ihn befiel.

Sie war jetzt an ihrer Haustür angekommen und tippte den Code ein. Als sie die Tür schon halb geöffnet hatte, drehte sie sich blitzartig um und starrte direkt in den Tabakladen. Er fiel beinahe hintenüber. Sie hätte ihm ebenso gut einen Stoß geben können. Als er wieder hinausschaute, war sie auf halbem Weg über die Straße und kam geradewegs auf sein Versteck zu. Panik ergriff ihn. Langsam kroch er auf den Raum zu, in dem Ahmed Kaffee gekocht hatte. In dem Moment, als er den Tresen passiert hatte, wurde die Ladentür geöffnet. Flink rollte er sich zusammen und presste sich zwischen Ahmeds Füßen und dem Tresen auf den Fußboden.

Ahmed blickte erstaunt zu ihm hinunter. Peter hielt den Zeigefinger an die Lippen und betete stumm zu Gott und Allah, dass er ihn nicht verraten möge.

– Was darf es sein?, fragte Ahmed.

Peter hatte das Gefühl, dass eine Ewigkeit verging, bis sie antwortete.

– Tja, das ist die Frage, sagte die Dämonin.

Es bestand kein Zweifel daran, dass sie es war. Ihre Stimme bereitete ihm Übelkeit.

– Haben Sie etwas Besonderes anzubieten? Ich möchte mir heute mal etwas gönnen.

Ahmed antwortete nicht. Nun war Peter sich ganz sicher. Sie wusste, dass er sich hinter dem Tresen versteckt hielt. Sie zu ihren Füßen liegend wiederzutreffen, war das Schlimmste, was er sich vorstellen konnte.

Ohne zu ihm hinunterzusehen, sagte Ahmed:

– Ich habe keine Ahnung, was das sein könnte. Was mögen Sie denn?

Wieder wurde es still, und Peter hatte den Eindruck, dass mehrere Minuten vergingen. Er hörte sie im Laden umhergehen.

– Tja, sagte sie unentschlossen. Diese Gummimännchen sind doch lecker. Man wundert sich immer, wie lange die halten. Man kaut und kaut und lutscht und lutscht, und doch wird man es nie leid. Haben Sie vielleicht solche?

– Nein, das glaube ich nicht, antwortete Ahmed. Aber Gummibärchen habe ich da im Regal. In den goldenen Tüten.

Peter hörte, wie sie durch den Raum ging und mit einer Tüte knisterte. Er bezweifelte, dass er geatmet hatte, seitdem sie hereingekommen war. Sein Herzschlag musste im ganzen Laden zu hören sein. Das Geräusch hallte in seinem Kopf wider. Er konnte jetzt nicht atmen, es wäre zu laut gewesen. Er musste unbedingt noch ein bisschen die Luft anhalten.

– Ja, hörte er ihre Stimme. Männchen oder Bärchen, das ist wohl im Großen und Ganzen das Gleiche. Was kosten die?

– Acht Kronen fünfzig.

Sein Brustkorb war kurz davor zu zerspringen. Er konnte es nicht mehr aushalten, er musste einfach Luft holen. Doch obwohl er bereits Sterne sah, ließ ihn die Angst, entdeckt zu werden, die Qualen noch etwas länger ertragen.

Auf dem Tresen klapperten Münzen.

– Auf Wiedersehen, sagte sie.

Er hörte ihre Schritte und das Öffnen der Tür.

Dann verschwommen die Sterne zu einer dichten Fläche, und ihm wurde schwarz vor Augen.

21

Als er aufwachte, lag er immer noch auf dem Boden hinter dem Tresen. Ahmed hatte sich über ihn gebeugt und wedelte ihm mit der aktuellen Ausgabe des Aftonbladet ins Gesicht. Immer wieder schlug er ihm kräftig ins Gesicht.

– Hallo! Können Sie mich hören?

Ahmeds Stimme kam langsam näher, und schließlich öffnete Peter die Augen.

– Was ist los?, fragte Ahmed. Sie haben mich zu Tode erschreckt. Stellen Sie sich mal vor, ich müsste die Polizei rufen, und die würden hier einen ihrer Kollegen tot hinterm Tresen vorfinden. Solche Freiheiten darf man sich als Einwanderer nicht herausnehmen!

Peter setzte sich benommen auf. Seine Lunge tat immer noch weh.

– Hat sie mich gesehen?, fragte er.

– Nein, das glaube ich kaum, antwortete Ahmed. Was ist denn passiert? Sind Sie ohnmächtig geworden?

– Ich muss eingeschlafen sein, sagte Peter. In der letzten Zeit habe ich viel gearbeitet.

Er stand auf und klopfte sich den Staub von der Hose.

– Danke für Ihre Hilfe. Sie waren sehr freundlich.

Als er sich zur Tür wandte, schaute Ahmed ihm kopfschüttelnd hinterher. Peter stellte seinen Kragen auf, zog die Schultern hoch und verließ den Laden.

Ohne einen Blick auf das Haus Nr. 11 zu werfen, hastete er in die St. Eriksgatan. Er winkte ein von Norden kommendes Taxi heran und ließ sich zum Karlavägen 56 fahren.

Olof war immer noch nicht von seinem Meeting zurück. Lotta bot ihm an, in Lundbergs Zimmer auf ihn zu warten, aber in Anbetracht der fehlenden Vorhänge nahm er mit dem Konferenzraum vorlieb.

Sobald Lotta den Raum verlassen hatte, griff er zum Telefon und wählte die Nummer von Bodil Anderssons Arbeitsplatz. Da sich niemand meldete, versuchte er es auf dem Handy.

– Kriminalinspektorin Andersson.

Ihren finnlandschwedischen Akzent konnte er in seinem benebelten Zustand überhaupt nicht vertragen. Ihn schauderte.

– Ja, hier ist Peter Brolin. Ich helfe …

– Ich weiß, wer sie sind. Fahren Sie fort!

Sie wies ihn zurecht wie einen Schuljungen. Verfluchtes Weib.

– Ich habe sie gefunden. Ich habe ihre Adresse.

Einige Sekunden war es still.

– Und wie haben Sie es angestellt? Haben Sie sich wieder des Hausfriedensbruchs oder anderer Vergehen schuldig gemacht?

Er spürte, wie sich sein Gesicht rot färbte.

– Nein, diesmal nicht. Ich habe die Liste studiert, die ich Ihnen gegeben habe. Das war nicht besonders schwierig.

Diesmal dauerte das Schweigen noch länger an. 1:1.

– Und wer ist es?

– Elisabet Gustavsson in der Falugatan 11.

Er hörte sie mit Papier rascheln.

Geboren am 6. 8. 55. Sind Sie ganz sicher, dass sie es ist?

– Ja, vollkommen sicher, antwortete er wahrheitsgemäß.

– Okay. Ich möchte, dass Sie abwarten. Ich werde morgen in aller Frühe Kontakt zu ihr aufnehmen. Heute bin ich mit dringlicheren Angelegenheiten ausgelastet.

Er traute seinen Ohren nicht.

– Ich habe vergessen zu erwähnen, dass sie gestern Nacht bei Lundberg war und alle Fenster mit schwarzer Farbe übersprüht hat. Sie hat das ganze Haus verwüstet. Ist das nicht dringlich genug? Wer weiß, was sie heute Nacht vorhat. Ich glaube, Olof würde es sehr schätzen, wenn Sie unverzüglich zur Tat schritten!

Wieder schwieg sie. Er wusste nicht, ob es 2:1 für ihn stand oder ob sie sich nur mit neuer Munition bewaffnete.

Dann sprach sie mit veränderter Stimme weiter.

– Ich habe es schon einmal gesagt und sage es Ihnen jetzt nochmal. Mischen Sie sich nicht in meine Arbeitsmethoden ein! Ich weiß selbst, was ich zu tun habe. Aus Erfahrung kann ich einschätzen, dass diese Frau keine große Gefahr für Lundberg darstellt. Hier auf meinem Schreibtisch liegt ein Haufen echter Morddrohungen. Ich wiederhole jetzt zum allerletzten Mal, dass ich mich morgen früh um sie kümmern werde. Falls Sie oder Lundberg bis dahin auch nur in die Nähe der Vasagatan kommen, werde ich persönlich dafür sorgen, dass Sie sich vor dem gesamten Polizeiapparat verantworten müssen. Habe ich mich verständlich ausgedrückt? Gut.

Sie legte auf, bevor Peter zu Wort kam.

Zehn Minuten später kehrte Olof von seinem Meeting zurück. Peters Puls hatte sich gerade wieder normalisiert. Sofort teilte er Lundberg die erfreuliche Nachricht über Elisabet Gustavsson mit.

– Lass uns Bodil Andersson anrufen. Verdammt, wie habe ich auf diesen Moment gewartet. Peter, du bist ein Genie, sagte Olof und rieb sich die Hände. Er ging zum Telefon.

Peter zögerte, denn er wollte Olofs gute Stimmung nicht zerstören.

– Ich habe sie bereits angerufen ...

– Und ...?

Olofs Lächeln erstarrte.

– Sie will bis morgen früh abwarten, sagte Peter und senkte beschämt den Blick, als ob es seine Schuld wäre.

– Verflucht nochmal.

Lundberg geriet von einer Sekunde auf die andere in Wut.

– Diese Idioten haben nicht einen Finger gerührt, und wenn man ihnen dann die Lösung auf einem Silbertablett serviert, haben sie noch nicht mal Zeit, sich darum zu kümmern. Beschissene Amateure. Wie ist ihre Telefonnummer?

Peter nahm seinen ganzen Mut zusammen. Er hatte Angst, Lundberg könnte seine Wut an ihm auslassen.

– Es tut mir Leid, aber ich fürchte, das ist keine gute Idee. Sie war ziemlich aufgebracht, als ich vorschlug, sie sollten gleich loslegen.

Lundberg schüttelte den Kopf. Auch er schien seinen Ohren nicht zu trauen.

– Gut, sagte er, wenn sie es unbedingt wollen, bringen wir die Sache eben selbst zu Ende. Bis jetzt haben wir es ja auch ganz gut alleine geschafft. Wo wohnt diese Person?

Peters Gehirn teilte sich in zwei Hälften. Einerseits würde Olof vor Wut toben, wenn er erführe, dass Andersson ihnen ausdrücklich verboten hatte, dorthin zu fahren. Außerdem würde er bemerken, dass Peter sich wieder einmal von ihr hatte herumkommandieren lassen. Auf der anderen Seite war es seine Pflicht, Lundberg davon zu unterrichten, dass sie mit einem Nachspiel zu rechnen hatten, wenn sie sich ihrem Verbot widersetzten.

Lundberg war bereits in Richtung Haustür gegangen. Peter schob seinen letzten Gedanken beiseite, aber wohl war ihm dabei nicht.

Sie ließen sich vom Taxifahrer direkt vor den Eingang von Nr. 11 chauffieren. Während Lundberg bezahlte, stieg Peter aus dem Wagen. Ganz offensichtlich misslang sein Versuch, sich möglichst unsichtbar machen, denn Ahmed steckte den Kopf aus dem Tabakladen und rief:

– Hallo, wieder da? Geht es Ihnen besser?

– Ja, danke, antwortete er und wandte ihm den Rücken zu. Damit war die Unterhaltung beendet.

Lundberg sah fragend erst ihn und dann Ahmed an, ging aber nicht näher darauf ein.

Vor dem Hauseingang fluchte Lundberg, als er sah, dass man nicht ohne Code hineinkam. Wütend rüttelte er an der Tür.

Die Haustür war nicht verschlossen.

Peter hatte das Gefühl, so etwas schon einmal erlebt zu haben, und hörte eine Alarmglocke läuten.

Lundberg zögerte nicht eine Sekunde und lief mit großen Schritten energisch die Treppe hinauf. Peter folgte ihm in sicherem Abstand. Allein die Vorstellung, ihr in Kürze zu begegnen, ließ sein Herz doppelt so schnell schlagen.

Lundberg klingelte.

Nichts geschah.

Nach einer Weile klingelte er noch einmal lang und auffordernd, aber die Tür blieb geschlossen. Zuletzt griff er nach der Klinke. Peter wollte ihn bremsen, aber es war schon zu spät. Die Tür stand weit offen.

– Lass uns gehen, Olof, flehte er. Andersson hat ziemlich deutlich gesagt, dass sie die Sache selbst in die Hand nehmen will.

Olof schnaubte verächtlich und betrat die Diele.

– Hallo, rief er. Keine Antwort.

Peter wagte sich bis zur Wohnungstür vor, blieb aber an der Schwelle stehen. Lundberg machte einen Schritt in die Wohnung.

Der enge Flur war voller Schuhe, Jacken und Mäntel. Auf dem Boden stand die Handtasche der Dämonin. Peter reichte es. Ihm wurde übel.

– Ist hier jemand?, rief Lundberg.

Immer noch keine Antwort.

– Komm Olof, wir gehen jetzt. Wir können ja unten auf der Straße auf sie warten. Ich weiß nicht, ob das hier ganz legal ist. Komm jetzt.

Lundberg drehte sich um und blickte ihn scheinbar erstaunt an.

– Seit wann ist dir das so wichtig? Grinsend drang er weiter in die Wohnung vor und verschwand aus Peters Blickfeld.

– Außerdem kann man ihr ja nicht gerade nachsagen, mit gutem Beispiel vorangegangen zu sein, fuhr Olof fort.

Es war unangenehm, sich im Treppenhaus aufzuhalten, aber in die Wohnung zu gehen schien noch schlimmer. Peter empfand ein starkes Bedürfnis, über eventuelle Geräusche auf der Treppe auf dem Laufenden zu sein.

– Wir sind auf alle Fälle richtig hier, hörte er Lundberg aus der Wohnung rufen. Komm und sieh dir das an!

Er zögerte.

Schließlich trat er über die Schwelle, und nachdem er den Reflex unterdrückt hatte, die Schuhe auszuziehen, ging er weiter hinein.

Die Wohnung bestand aus einem Zimmer mit Küche. Lundberg hatte sich in dem kombinierten Wohn- und Schlafzimmer über den Schreibtisch gebeugt. Als Peter eintrat, hielt er mit der linken Hand einen Stapel rosa Umschläge hoch und zeigte mit der rechten auf eine Fotografie, die über dem gemachten Bett hing. Peter sah, dass das Foto mindestens zehn Jahre alt sein musste. Es zeigte Lundberg, wie er mit nacktem Oberkörper auf einem sonnigen Steg stand und lachte.

– Sie muss es mitgenommen haben, als sie im Haus war. Es ist von einer Konferenz, die unsere Agentur vor einigen Jahren veranstaltet hat.

Peter sah sich um.

Abgesehen von einer herumliegenden Plastiktüte war das Zimmer pedantisch aufgeräumt. An den weiß gestrichenen Wänden hingen keine Bilder. Alle Gegenstände und Möbel erinnerten ihn an Krankenhäuser und Praxiseinrichtungen. Das Foto von Olof war das einzig Persönliche. Sogar die Gardinen sahen aus, als stammten sie aus einem Wartezimmer.

Peter hob mit spitzen Fingern die Tüte auf.

– Hier haben wir den Beweis für die Tat gestern Nacht.

Lundberg kam hinzu und betrachtete die vier Spraydosen.

– Was für eine Wohnung, sagte er. Was, in Gottes Namen, sieht sie bloß in mir? Wenn ich etwas jünger und nicht so müde wäre, müsste ich fast beleidigt sein!

Sie gingen in die Küche. Dort herrschte die gleiche penible Ordnung wie im Wohnzimmer. In der Spüle befand sich nicht ein einziger Wassertropfen.

Plötzlich waren aus dem Treppenhaus Stimmen zu hören.

Lundberg erstarrte, Peter brach in Panik aus.

Er raste in den Flur, als ob es um sein Leben ginge, öffnete eine Tür, die er für die Badezimmertür hielt, und verschanzte sich dahinter.

Dunkelheit umschloss ihn.

Irgendwo hinter ihm brummte eine Lüftung und übertönte alle Geräusche aus der Wohnung. Er suchte nach dem Lichtschalter. Da er ihn neben der Tür nicht finden konnte, tastete er sich im Dunkeln weiter vor. Er fühlte das Waschbecken und trat einen Schritt zurück. Etwas Schweres und Weiches berührte ihn, das seinem Körpergewicht nachgab. Er drehte sich um. Er spürte rauen Stoff, ging tiefer und merkte, dass etwas daran hing, das schlaff und sanft war. Sein Gehirn befahl ihm loszulassen.

Während er seinem Instinkt gehorchte, begriff er, was es war.

Eine Hand.

Draußen klopfte jemand an die Tür. Im gleichen Moment ging das Licht an.

Zehn Zentimeter von Peters Gesicht entfernt hing die Dämonin mit einem Strick um den Hals von der Decke.

Er warf sich gegen die Tür und versuchte aufzuschließen, aber seine Hände gehorchten ihm nicht. Innerhalb von Sekunden verengte sich sein Gesichtsfeld zu einem Tunnel, und in seinem Kopf setzte ohrenbetäubendes Rauschen ein. Er hörte sich schreien. Mit den Fäusten schlug er auf die Tür ein, die im selben Augenblick geöffnet wurde. Kopfüber stürzte er in den Flur und landete direkt vor Lundbergs Füßen. Er robbte vom Badezimmer weg und kauerte sich nahe der Dielentür zusammen.

– Ach du Scheiße, hörte er Lundberg rufen.

Im nächsten Augenblick hockte er sich zu ihm und bat ihn, ruhig zu atmen. In der Hand hielt er immer noch das Messer, mit dem er die Badezimmertür geöffnet hatte.

– Wir müssen die Polizei rufen, sagte er.

Peters Atmung war jetzt vollkommen unkontrolliert,

und in seinen Händen und Füßen begann es zu stechen. Obwohl er bereits am ganzen Körper zitterte, versuchte er, zusätzlich den Kopf zu schütteln.

– Das geht nicht, brachte er hervor.

Mit Mühe atmete er einige Male tief durch.

– Bodil Andersson hat uns unmissverständlich verboten, hierher zu kommen. Habe ich vielleicht vergessen, das zu erwähnen?

Lundberg stand auf und dachte nach.

– Wir müssen weg hier, sagte er schließlich.

Er steckte das Messer in die Jackentasche und half Peter beim Aufstehen. Mit Peters Arm auf den Schultern öffnete er vorsichtig die Wohnungstür einen Spalt und vergewisserte sich, dass die Luft rein war. Peter konnte kaum gehen und wurde mehr oder weniger die Treppe hinuntergeschleift. Unten im Hausflur lehnte Lundberg ihn gegen die Wand und zog sein Handy heraus.

– Verdammter Mist, der Akku ist leer.

Peter zeigte durch die Glasscheibe der Eingangstür auf den Tabakladen. Mühsam öffnete Lundberg die Tür und überquerte die Straße mit Peter, dessen Arm ihm weiterhin über der Schulter hing.

Ahmed hielt ihnen die Tür auf, und Olof setzte Peter auf den Stuhl, der noch immer hinter dem Schaufenster stand.

– Haben Sie ein Telefon?, fragte er.

Ahmed zeigte auf den Raum hinter dem Tresen.

Lundberg verschwand, um ein Taxi zu rufen.

Ahmed betrachtete Peter, der sich kaum aufrecht auf dem Stuhl halten konnte.

– Das ist nicht Ihr Tag, oder? Darf ich Ihnen vielleicht ein Stück Schokoladenkuchen anbieten?

22

Später erinnerte er sich nur mit Mühe an die Rückfahrt und daran, wie sie ins Haus gekommen waren. Lundberg hatte ihn ins Bett gebracht und ihm eine Tablette geholt, die er noch von seiner Krise nach Ingrids Tod übrig behalten hatte.

Peter schluckte brav und fiel kurz darauf in den Schlaf.

Er schlief die ganze Nacht, als hätte man ihm mit einer Keule auf den Kopf geschlagen. Als er aufwachte, hatte er fürchterliche Kopfschmerzen. Es war zehn nach sechs. Er musste fast sechzehn Stunden geschlafen haben.

Die Kopfschmerzen waren so stark, dass er im Bett liegen blieb. Die Ereignisse des Vortages rauschten an ihm vorbei, und sofort beschleunigte die Aufregung seinen Puls.

Jeder Herzschlag explodierte in seinem Kopf. Brechreiz regte sich in ihm.

Mit größter Mühe stand er auf und schaffte es bis zum Badezimmer. Aus dem leeren Magen kam nichts. Er beugte sich über das Waschbecken und trank einige Schlucke Wasser direkt aus dem Hahn.

Ihn schauderte, als er die Rundungen des Waschbeckens in den Händen spürte. Seine Fingerspitzen hatten die Erinnerung genauso deutlich gespeichert wie sein Gehirn. Sie hatte ihren braunen Mantel getragen. Das schwarze Haar war etwas verrutscht, und eine weizenblonde Haarsträhne kringelte sich auf der Wange. Die Sonnenbrille war heruntergefallen und hing an einem Ohr. Ihre weit aufgesperrten Augen hatten ihn vorwurfsvoll angesehen. Er wusste, das diese Erinnerung ihn nie wieder loslassen würde.

Als er aus dem Badezimmer kam, begegnete er Lundberg.

– Wie fühlst du dich?, fragte er.

– Ich habe schreckliches Kopfweh. Hast du irgendwo Kopfschmerztabletten?

Lundberg drängte sich an ihm vorbei und nahm zwei Tabletten aus dem Badezimmerschrank.

– Solltest du nicht vorher etwas im Magen haben?, fragte er. Es ist eine Weile her, seit du zum letzten Mal gegessen hast.

– Ja, vielleicht, sagte Peter. Mir ist nur so übel.

– Geh und leg dich wieder hin, ich hole dir ein Butterbrot.

Lundberg verschwand in Richtung Küche. Wenig später kam er mit einem Glas Milch und einem Käsebrötchen zurück. Peter war wieder ins Bett gekrochen. Ruhig lag er da und versuchte, seine Übelkeit unter Kontrolle zu halten. Er aß schweigend und beendete sein Mahl, indem er die zwei Tabletten schluckte.

Sofort ging es ihm etwas besser.

Lundberg hatte sich auf den Schreibtischstuhl gesetzt und nestelte zerstreut an der verwickelten Telefonschnur herum. Zum Schluss hob er den Hörer ab und ließ ihn frei in der Luft kreiseln, bis das Kabel sich entwirrt hatte. Er legte wieder auf.

Niemand sagte ein Wort.

Sie schienen stillschweigend übereingekommen zu sein, den gestrigen Tag in keiner Weise zu erwähnen. Ihr gemeinsames Problem, das im Grunde gelöst war, wirkte jetzt noch belastender als am Morgen zuvor, sofern das überhaupt möglich war. Peter wusste nicht, was in Lundberg vorging; er selbst jedenfalls hatte das Gefühl, ihr die Schlinge persönlich um den Hals gelegt oder ihr zumindest dabei geholfen zu haben. Er bildete sich ein, dass alles anders abgelaufen wäre, wenn er nur auf Kriminalinspektorin Andersson gehört hätte und sie nicht dorthin gegangen wären. Er wusste zwar, dass das nicht stimmte, aber es nützte nichts.

Sie waren plötzlich zu Verbrechern geworden. Genau wie die Dämonin selbst. Sie hatten sich des Hausfriedensbruchs schuldig gemacht und die Leiche nicht gemeldet, was die Polizei natürlich merkwürdig finden würde, wenn sie herausbekäme, dass sie in der Wohnung gewesen waren. Der Terror war beendet und sein Auftrag ausgeführt, aber die Beklemmung, die er empfand, wurde dadurch nicht aufgewogen.

Am liebsten wäre er im Bett geblieben und nie mehr aufgestanden.

– Wir müssen wohl Bodil Andersson anrufen, sagte Lundberg schließlich.

Peter schloss die Augen.

– Da wir gestern nicht angerufen haben, macht es bloß einen seltsamen Eindruck, wenn wir es heute tun. Sie wollte doch heute Morgen hingehen, und dann sieht sie es ja selbst. Wir können genauso gut warten, bis sie sich meldet.

Er wagte nicht, Lundberg anzusehen.

Es wurde still im Zimmer.

– Ja, da hast du vielleicht Recht, seufzte Olof. Womit habe ich das bloß verdient?

Wieder war es still.

– So läuft das nicht, sagte Peter leise. Frag mich. Ich habe mein Lebtag keiner Fliege etwas zuleide getan, und trotzdem ist alles den Bach hinuntergegangen. Manchmal ist es schwer zu begreifen, worum es im Leben eigentlich geht.

Er hatte den selbstmitleidigen Ton nicht beabsichtigt, aber Lundberg reagierte trotzdem mitfühlend.

– Ja, genau, sagte Lundberg und klang schon bedeutend gelöster. Wir müssen ja zur Bank. Dort wartet schließlich der eine oder andere Finanzberater darauf, dass du von dir hören lässt, und heute ist der große Tag!

Wenn das vor gut einer Woche jemand zu Peter gesagt hätte, wäre er wahrscheinlich aufgestanden und hätte einen Luftsprung gemacht. Nun blieb er mit geschlossenen Augen im Bett liegen.

Er fühlte sich ausgepumpt.

Ihm war zwar bewusst, dass es mehr als ungehörig war, so gleichgültig zu bleiben, wenn man 1 352 000 Kronen angeboten bekam, doch es half nichts. Er schämte sich noch nicht einmal für seine Undankbarkeit.

– Ich habe solche Kopfschmerzen, sagte er.

Lundberg seufzte und stand auf.

– Bei welcher Bank bist du?

Eineinhalb Stunden später klingelte das Telefon. Peter lag immer noch im Bett. Er war in regelmäßigen Abständen eingenickt, aber als er das Geräusch hörte, wurde er hellwach und setzte sich kerzengerade im Bett auf. Der schlimmste Kopfschmerz war vorüber.

Durch die geschlossene Tür konnte er Lundbergs Stimme hören, verstand aber nicht, was er sagte.

Er stand auf und zog seine Hose an. Beschämt stellte er fest, dass er sich nicht mehr erinnern konnte, sie am vorangegangenen Abend ausgezogen zu haben. Olof musste es für ihn getan haben.

– Dann kommen wir um eins, hörte er ihn sagen, als er die Tür öffnete.

Er ging in die Küche und sah Olof gerade noch sein

schnurloses Telefon abschalten. Das große Panoramafenster, das die Reinigungsfirma notdürftig geputzt hatte, trug einen passenden dunklen Trauerrand entlang des Rahmens. Das Küchenfenster war immer noch rabenschwarz.

Wieder klingelte das Telefon. Lundberg drückte eine der Tasten auf dem Hörer.

– Olof Lundberg.

Es war einige Sekunden still. Lundberg zeigte auf den Hörer und sagte lautlos «Andersson». Es gelang ihm, erstaunt zu klingen.

– Das ist ja nicht zu fassen.

Peter setzte sich an den Küchentisch. Er hörte aufmerksam zu, konnte aber kein Wort von dem verstehen, was sie sagte. Sie hatte offenbar viel zu erzählen, denn Lundberg schwieg geraume Zeit. Zum Schluss verstummte sie aber, und Lundberg kam zu Wort:

– Nein, hier ist er nicht. Er hatte etwas zu erledigen. Wieso?

Wieder wurde es still. Er begriff, dass sie nach ihm gefragt hatte. Das war beinahe zu viel für ihn. Er wünschte sich inständig, die Verantwortung für alles Vorgefallene und die weitere Entwicklung der Ereignisse abgeben zu dürfen. Ihm wurde angst und bange, weil er sich so abhängig von Lundberg fühlte, der auf natürliche Weise selbstsicher und stark war. Peter war frei, hatte weder Schulden noch Verpflichtungen; er konnte überall hingehen und ganz von vorne anfangen. Aber dennoch wäre er am allerliebsten dort auf Lundbergs Stuhl sitzen geblieben und nie wieder aufgestanden.

– Wenn er sich meldet, werde ich ihn bitten, Sie anzurufen, sagte Lundberg. Es gibt nicht viel, wofür ich Ihnen danken müsste, und ich hoffe nicht, dass ich noch einmal Anlass haben werde, mich bei Ihnen zu melden. Adieu.

Er legte auf.

– Sie haben sie gefunden, sagte er und legte das Telefon auf die Arbeitsfläche. Sie hat von der Wohnung aus angerufen. Sie wollte, dass du dich meldest. Ich finde aber, du solltest damit warten, schließlich hast du keinen Grund, mit ihr zu sprechen.

Peter schloss die Augen. Lundberg fuhr fort:

– Ich schlage vor, dass wir zur Bank fahren. Ich habe telefonisch einen Termin für ein Uhr ausgemacht, und Lotta weiß, dass ich heute später komme.

Peter öffnete die Augen und sah Lundberg an. Schlagartig wurde ihm bewusst, wie falsch sein erster Eindruck gewesen war. Vor ihm stand ein äußerst erfolgreicher Mann, der während seiner vom Glück begünstigten Karriere allen Grund gehabt hätte, sich selbstzufrieden zurückzulehnen. Stattdessen hatte er aus Erfahrungen und Rückschlägen gelernt und sich sein Mitgefühl bewahrt. Er trug das Herz auf dem rechten Fleck. Während seines steilen Aufstiegs in die höchste Steuerklasse hatte er nie vergessen, dass er damals seinen besten Freund im Stich gelassen hatte. Nun versuchte er mit Leib und Seele, den Fehler wieder gutzumachen. Peter konnte von Glück sagen, dass er gerade ihn ausgewählt hatte, um seine Schuld zu begleichen. Auf einmal schämte er sich, weil er in den letzten Stunden so gleichgültig und undankbar gewesen war. Er sah ein, wie unfair es gewesen war, Olof an diesem Morgen die ganze Arbeit alleine machen zu lassen. Er versuchte sich zusammenzureißen.

– Es tut mir Leid, dass ich dir nicht helfen konnte, als es zur Sache ging, sagte er, und ich bin dir wirklich dankbar, dass du dich gestern um mich gekümmert hast. Man kann wirklich keinen Blumentopf mit mir gewinnen, wenn ich einen meiner Anfälle habe.

Olof sah ihn an und lächelte erschöpft. Er wirkte zehn Jahre älter als am Vortag. Zum ersten Mal wurde Peter bewusst, dass Olof sein Vater hätte sein können. Er fragte sich, ob Olof auch schon darüber nachgedacht hatte.

– Zieh dich jetzt an, und dann fahren wir in die Stadt, sagte Olof. Wir haben ja heute trotz allem etwas zu feiern.

23

Zwei Minuten nach eins betraten sie die SE-Bank in der Götgatan. Sie waren zwar schon zehn Minuten eher da gewesen, aber Olof hatte darauf gedrungen, dass sie im Geschäft nebenan abwarteten, um nicht zu pünktlich zu kommen.

– Man darf nicht übereifrig wirken, erklärte er Peter.

Obwohl Peter nicht wusste, was er zu verlieren gehabt hätte, fragte er nicht nach, sondern nahm die Information wie einen kaufmännischen Geheimtipp auf.

Lundberg hielt sich im Hintergrund und ließ Peter Kontakt mit dem Bankpersonal aufnehmen. Sie mussten eine Weile warten, aber zum Schluss erkannte er eine Bankangestellte wieder. Sie erschien mit herablassendem Blick hinter dem Schalter und bat ihn, ihr in einen der hinteren Räume zu folgen.

– Sie waren schwer zu erreichen, sagte sie und setzte sich an den Schreibtisch. Sie wies auf die Stühle ihr gegenüber, und beide ließen sich artig nieder.

– Dann wollen wir mal sehen, fuhr sie fort. Eine Million dreihundertzweiundfünfzigtausend Kronen plus Zinsen sind inzwischen …

Sie rechnete am Computer.

– … achtzehntausendsiebenhundertachtundneunzig Kronen plus Säumniszuschlag. Das sind insgesamt … eine Million dreihundertneunundsiebzigtausendfünfhundertneunzehn Kronen. Haben Sie einen Vorschlag, wie Sie den Betrag abbezahlen könnten?

Sie beherrschte die Situation und zeigte keinerlei Mitgefühl. Er war nicht mehr als eine geschäftliche Angelegenheit. Ein paar Zahlen auf dem Papier, die in Ordnung gebracht werden mussten. Eine missratene Laus, die nicht mit ihrem Geld umgehen konnte.

Er blickte zu Olof, der stumm wie ein Fisch war und ein Bild an der hinteren Wand betrachtete. Peter wusste nicht, was er sagen sollte.

– Dann schlage ich vor, dass wir einen Plan zur Schuldentilgung auf zwanzig Jahre aufstellen, und das ergibt dann …

Sie gab wieder etwas in den Computer ein.

– … achtzehntausenddreihundertachtundsechzig Kronen im Monat.

Nervös rutschte Peter auf seinem Stuhl hin und her.

Olof erwachte zum Leben und ergriff das Wort.

– Sie können die ganze Summe von diesem Konto bei der Handelsbank Karlavägen einziehen.

Er schrieb eine aus neun Ziffern bestehende Kontonummer auf einen Notizblock, der auf dem Schreibtisch lag.

– Die Geheimzahl lautet sechs eins null drei, glaube ich.

Die Frau sah ihn ebenso verblüfft wie misstrauisch an.

– Und wer sind Sie?, fragte sie.

– Olof Johan Bertil Lundberg. Die Nummer meines Personalausweises lautet neununddreißig null vierzehn sechsundzwanzig siebzehn.

– Könnten Sie sich vielleicht ausweisen?

Lundberg kramte in seiner Tasche und zog die Brieftasche heraus. Er reichte ihr seinen Führerschein, und sie ließ den Blick mehrmals zwischen seinem Gesicht und dem Stück Plastik hin und her wandern.

– Sie verstehen sicher, dass ich das überprüfen muss, sagte sie.

Lundberg zuckte die Achseln.

– Bitte sehr. Wenn ich mich recht erinnere, ist bedeutend mehr auf dem Konto. Sofern nichts schief gegangen ist, hat die Russenmafia gestern mindestens sieben Millionen überwiesen.

Peter errötete, und die Bankangestellte schaute betreten drein. Sie stand auf und verließ den Raum.

– Entschuldige, sagte Olof. Ich konnte nicht anders.

Fünf Minuten später kehrte sie mit einem Stoß von Formularen zurück, die Peter der Reihe nach unterschreiben musste. Als er fertig war, wandte sie sich an Lundberg.

– Ihr Konto scheint in Ordnung zu sein.

– Das hoffe ich, entgegnete er.

Sie lächelte verschämt und legte ihm ein Blatt Papier vor, das er unterschrieb.

– Dann wäre das geklärt, sagte sie und reichte Lundberg lächelnd die Hand.

Olof betrachtete ihre ausgestreckte Hand. Er steckte sein Portemonnaie in die Innentasche und warf ihr einen kurzen Blick zu.

– Soweit ich weiß, haben wir soeben Brolins Kredit zurückgezahlt. Sie sollten sich vielleicht bei ihm bedanken.

Peinlich berührt zog sie ihre Hand zurück und wurde vom Hals bis zum Haaransatz puterrot. Peter, der bereits an der Tür stand, winkte ihr noch einmal zu.

Dann verließ er als schuldenfreier Mensch den Raum.

Sie blieben vor der Bank auf der Götgatan stehen. Peter spürte, dass er gar nicht ausdrücken konnte, was er empfand.

– Danke, war das Einzige, was ihm einfiel.

– Ich bin derjenige, der sich bedanken muss. Hast du das schon vergessen?

Zum ersten Mal entstand zwischen ihnen so etwas wie peinliches Schweigen. Es gab nicht mehr viel zu sagen, das wussten sie beide.

– Tja, sagte Lundberg zum Schluss. Ich sollte wohl mal in der Agentur nachsehen, ob da ordentlich gearbeitet wird. Sie mussten lange genug ohne mich zurechtkommen. Wir hören doch voneinander?

– Klar, sagte Peter.

– Bis dann, verabschiedete sich Lundberg und winkte ein Taxi heran.

Im nächsten Augenblick war er fort.

Peter hob die Tasche mit seinen Habseligkeiten vom Besuch in Saltsjö-Duvnäs auf und spazierte in Richtung Åsögatan.

In der Wohnung roch es muffig. Die wenigen Topfpflanzen, die er besaß, ließen die Blätter hängen und zeigten ihm deutlich, dass wenigstens sie ihn vermisst und bemerkt hatten, dass er eine Weile nicht da gewesen war. Auf der Fußmatte im Flur stapelten sich Zeitungen und Briefe. Mehr als die Hälfte davon war von der Bank. Er warf sie in den Papierkorb, ohne sie zu öffnen. Unter dem Stapel lag ein Brief mit handgeschriebener Adresse. An der Schrift erkannte er, dass er von seiner Schwester war. Er legte ihn auf den Küchentisch, setzte sich auf einen Stuhl und sah sich um.

Er fürchtete sich nicht mehr, aber die Wohnung war

ihm fremd geworden. Zum ersten Mal fiel ihm auf, wie hässlich alles war.

Es musste dringend neu gestrichen und renoviert werden. An vielen Stellen waren die olivgrünen Wandbespannungen fadenscheinig, und dort, wo sie noch ganz waren, hatten die Bilder und Wanddekorationen früherer Mieter ihre Spuren hinterlassen. Olivgrün. Die Farbe seines Lebens. Es hätte ihn nicht gewundert, wenn er beim Anlehnen mit der Wand verschmolzen wäre. Verschluckt von einer Stofftapete.

Die meisten Möbel hatten ihre besten Zeiten längst hinter sich, und aus dem Sofa quoll sogar die Füllung, fiel ihm plötzlich auf. Das von der Straße hereinkommende Licht wurde durch seit Ewigkeiten nicht geputzte, schmutzig graue Fensterscheiben gefiltert, die den Sonnenstrahlen fast all ihre Leuchtkraft raubten. Alles war von einer gleichmäßigen Staubschicht und vereinzelten Haufen schmutziger Wäsche bedeckt.

Dies war sein Zuhause.

Noch vor wenigen Tagen war er bereit gewesen, es um jeden Preis zu verteidigen. Sein Zufluchtsort und seine Festung gegen die Außenwelt.

Er musste ehrlicherweise zugeben, dass das, was ihn hier umgab, seine ganze Welt war. Als er sich selbst inmitten der Scheußlichkeit sah, begriff er, was für ein Versager er doch war. Wieso hatte er, der mit seinem Leben nichts anzufangen wusste, weiterleben dürfen, während sein Vater, der für seine Mitmenschen so ungeheuer wichtig gewesen war, seines hatte lassen müssen?

Wozu?

Es war so ungerecht. Das ganze System hatte keine Ordnung. Es spielte überhaupt keine Rolle, wie die Menschen ihr Leben lebten. Massenmördern und Heiligen stand genau das gleiche Ende bevor. Schon vor langer Zeit hatte er den Glauben aufgegeben, dass es irgendwann einen Gerichtstag geben würde. Das hätte ja sowieso nicht ausgereicht. Nein, alle Menschen sollten schon zu Lebzeiten wissen, dass sie für alles Gute nach dem Tod umso reicher belohnt werden würden. Und die Übrigen, die den anderen Weg einschlugen, sollten wissen, was sie erwartete. Es war doch sinnlos, jemanden zu bestrafen, wenn der Schaden bereits entstanden und nichts mehr daran zu ändern war. Das Leben sollte gleich nach dem Tod bewertet und dementsprechend belohnt oder bestraft werden. Dann gäbe es wenigstens einen Sinn. Oder noch besser. Es müsste möglich sein, mehr Zeit zu bekommen. Mehr Körnchen in der Sanduhr. Gute Taten sollten sofort mit einigen Stunden Lebensverlängerung entgolten werden. Böse Menschen dagegen würden ihre Lebenszeit im Takt mit ihren Untaten zerrinnen sehen, sich auflösend, wie Schneemänner auf dem Mars.

Dann hätte es direkt erträglich sein können.

Als Kind hatte er sich seine eigene Ordnung erschaffen. Er bestimmte, dass alle Toten als Tauben auferstehen sollten. Man bekam weiße Federn, wenn man gut gewesen war. Je bösartiger man sich verhalten hatte, desto dunkler wurde das Gefieder. Auf diese Weise konnten alle, die es wirklich verdient hatten, im Jenseits mit ihrer Erhabenheit prahlen, und es gab keinen Zweifel an der Glaubwürdigkeit. Dies galt zwar nur für das Taubenreich, aber als er klein war, hatte ihm das gereicht.

Doch nun war er erwachsen.

Was ihn umgab, war sein ganzes Leben, und es widerte ihn an.

Zum ersten Mal, seitdem er erwachsen war, fühlte er

sich furchtbar einsam. Er spürte den Schmerz körperlich. Nachdem der Auftrag ausgeführt und die Schulden zurückgezahlt waren, gab es nun niemanden mehr, der nach ihm fragte. Hätte er sich in diesem Moment auf den Boden gelegt, um zu sterben, wäre er monatelang von niemandem vermisst worden. Er war der typische Fall, über den man ab und zu beklemmende Artikel in der Zeitung las. In seiner Wohnung gestorben und erst gefunden, als der Leichengeruch die Nachbarn störte.

All die Jahre hatte er sich erfolgreich eingeredet, dass er zufrieden damit war, alleine zu leben. Und nun hatte er sich innerhalb einer einzigen Woche daran gewöhnt, jeden Abend nach Hause zu kommen und einen anderen Menschen zum Reden zu haben, jemanden, der sich auch noch dafür interessierte, was er im Laufe des Tages erlebt hatte. Es war beängstigend, wie schnell er sich an so ein Leben gewöhnt hatte. Nun befürchtete er, dass er nicht in der Lage war, es sich wieder abzugewöhnen.

Er war wieder da.

Der alte gewöhnliche Peter Brolin saß dort am Küchentisch und hatte keine Schulden mehr, aber sein Leben war genauso trostlos und langweilig wie die Nachrichten der vergangenen Woche. Und das Allerschlimmste war, dass der neue Peter Brolin, der in der letzten Zeit zaghaft Gestalt angenommen hatte, sich unter keinen Umständen vorstellen konnte, mit dem alten zusammenzuleben.

Er hatte nicht die geringste Ahnung, wie er von nun an weitermachen und den Rest seines Lebens überstehen sollte.

24

Wie ein Kind hatte er sich auf sein Bett gelegt und geweint. Er hatte Heimweh nach seinen Eltern gehabt und sich nach einer Zufriedenheit gesehnt, die er erst durch die Begegnung mit Olof Lundberg kennen gelernt hatte.

Er wünschte sich von ganzem Herzen, geborgen zu sein.

Geborgen bei jemandem, der mehr in ihm sah als den Versager und ihn so nahm, wie er war. Jemand, dem er nicht ständig etwas beweisen musste. Für den er gut genug war.

Er hatte einen tiefen Einblick bekommen, was er im Leben versäumt hatte, und diese Erfahrung war so prägend gewesen, dass sie eine flammende Wunde hinterlassen hatte, die mit Sicherheit niemals heilen würde. Er war unfähig, das Rätsel seines Lebens zu lösen. Bestimmt hatte irgendjemand vergessen, ihm die Gebrauchsanweisung dafür zu geben.

Vergessen, ihm beizubringen, wie man das macht, leben.

Etwas Unvollendetes hatte dazu geführt, dass er wie ein Krüppel lebte. Hatte ihn daran gehindert, die Vergangenheit hinter sich zu lassen und nach vorne zu schauen.

Er sehnte sich nach jemandem, der seine Geschichte kannte, mit dem er seine Erinnerungen teilen konnte. Jemand, den er nur anzurufen brauchte und der ihn verstand.

Er sehnte sich danach, nicht bedeutungslos zu sein. Für jemanden so wichtig zu sein, dass dessen Welt zusammenbrechen würde, wenn er verschwand.

Es gab niemanden.

Die Leere war so greifbar, dass er fast keine Luft mehr bekam.

Er war allein; früher, jetzt und immer.

Das Beste im Leben war vorbei. Alles, was blieb, war Zeit.

25

Als er aufwachte, war es fast acht. In der Wohnung war es dunkel. Er blieb eine Weile im Bett liegen und sah sich um. Die Wohnung wirkte behaglicher, wenn nur das Licht einer Straßenlaterne von der Åsögatan durch das schmutzige Fenster hereinschien.

Das Telefon klingelte.

Es war so still in der Wohnung gewesen, dass er von dem plötzlichen Geräusch hochschreckte. Wie um niemanden durch einen einzigen weiteren Klingelton zu stören, streckte er rasch die Hand aus und nahm den Hörer ab.

Es war Eva.

– Wo bist du gewesen?

Sie klang beinahe zornig.

– Ich habe dich seit unserem letzten Telefonat tausendmal angerufen! Hast du dir nicht denken können, dass ich mir Sorgen mache?

Der Gedanke hatte ihn nicht einmal gestreift.

– Hallo. Doch, ich habe es ein paar Mal versucht, aber es war immer besetzt.

Er machte das Licht an. Im Dunkeln im Bett zu liegen und mit ihr zu reden, kam ihm nahezu unanständig vor.

– Wie ist es gelaufen?, fuhr sie fort. Ich bin so neugierig, dass ich schier platze. Seit unserem letzten Gespräch habe ich an nichts anderes gedacht. Hast du sie gefunden? Konntest du mit den Laborergebnissen etwas anfangen?

– Allerdings, das konnte ich. Gefunden habe ich sie auch. Leider zu spät. Sie hatte sich das Leben genommen.

Am anderen Ende der Leitung wurde es still.

– Oha, sagte sie dann. Ich kann allerdings nicht behaupten, dass mich das überrascht. Mit so weit fortgeschrittener Syphilis ist nicht zu spaßen. Sie kann tatsächlich schwere Hirnschäden verursachen. Ich habe mich im Nachhinein darüber gewundert, dass die Krankheit nicht schon früher festgestellt worden ist. Schließlich ist sie ja offensichtlich in ärztlicher Behandlung gewesen!

– Tja, das ist eine gute Frage.

Stille breitete sich aus. Es war das alte gewohnte Schweigen zwischen ihnen. Wie üblich unternahm er keinen Versuch, es zu brechen.

– Mir ist etwas eingefallen, Peter. In einem Monat ist Mamas Tod sechs Jahre her. Ich überlege, ob wir so eine Erinnerungs-Anzeige in die Jönköping Posten setzen sollten. Hast du Lust mitzumachen?

In seinem Herzen klumpte sich etwas zusammen. Am anderen Ende der Leitung saß seine Schwester, die seine Erinnerungen und seine Geschichte teilte. In all den Jahren hatte er sich noch nicht einmal zu dem Versuch aufraffen können, ein richtiges Gespräch mit ihr zu führen. Um sie hätte er sich bemühen sollen, ihr hätte er sich annähern müssen. Stattdessen hatte er sie abgelegt wie ein altes Kinderbett, aus dem man herausgewachsen ist. Wie kam er eigentlich dazu, mit seinen 39 Jahren hier unter der Decke zu liegen und über seine unendliche Einsamkeit zu weinen. Er hatte doch eine Angehörige vom gleichen Fleisch und Blut, die ebenfalls Vater und Mutter verloren hatte und ihr Leben trotzdem in den Griff bekam. Auf ihre Weise war auch sie allein, aber sie hatte es nicht die Hauptrolle in ihrem Leben spielen lassen. Anstatt zu resignieren, hatte sie sich etwas Eigenes aufgebaut. In all diesen Jahren hatte sie sich beharrlich bei ihm gemeldet und immer wieder versucht, ihn zu einem Besuch zu überreden.

Er dagegen hatte sie nicht einmal eingeladen.

Er schämte sich.

Als er versuchte, sie sich vorzustellen, sah er ein Bild, das zwanzig Jahre alt war.

Ein kleines bisschen Hoffnung keimte in ihm auf, als er bemerkte, dass es tatsächlich etwas gab, wozu er Lust hatte.

Er hatte große Lust, sie zu treffen.

Anstatt sich mit Rückschlägen abzufinden und sich nach ihnen zu richten, hatte sie immer weitergekämpft. Sie hatte sich nicht kaputtmachen lassen.

Er konnte viel von ihr lernen.

– Ich möchte sehr gern mit auf der Anzeige stehen.

– Gut, antwortete sie.

Sie klang froh.

– Dann kümmere ich mich darum, fuhr sie fort. Übrigens, hast du meinen Brief bekommen?

Peter blickte zum Küchentisch.

– Ich bin gerade nach Hause gekommen und habe es noch nicht geschafft, die Post durchzugehen.

Er spürte, dass er bei der Lüge rot wurde, und fragte sich, ob das ein Zeichen der Besserung war.

– Hoffentlich hören wir bald wieder voneinander, sagte sie. Es wäre toll, wenn wir uns mal treffen könnten.

Ihre Stimme klang, als meinte sie es ernst.
– Ja, das wäre es wirklich, antwortete er.
Er hatte den Eindruck, dass sie sich freute.

26

Als er wieder aufwachte, war schon Donnerstag. Draußen herrschte noch immer Dunkelheit. Er setzte sich an den Küchentisch. Ihm war etwas leichter ums Herz.

Nach dem Gespräch mit Eva war er zu 7-Eleven hinuntergegangen und hatte sich etwas zu essen für seinen leeren Kühlschrank gekauft, und nun holte er Butter und Brot hervor und setzte Wasser für eine Tasse Tee auf.

Er griff nach Evas Brief, der immer noch ungeöffnet auf der Tischplatte lag, und riss ihn an der Längsseite auf. Er bestand nur aus einer handschriftlichen Seite, auf der sie ihn bat, sich so bald wie möglich bei ihr zu melden, und schrieb, dass sie sich Sorgen machte.

Er legte den Brief zur Seite.

Um acht Uhr klingelte das Telefon.

– Hier ist Bodil Andersson. Ich habe Sie gesucht.

Ihm blieb das Herz stehen.

– Wie Sie sicherlich gehört haben, haben wir sie gestern gefunden. Ich muss Ihnen einige Fragen stellen. Wir haben eine Reihe von Fingerabdrücken gefunden, die nicht mit denen des Opfers identisch sind. Ich möchte mich nur vergewissern, ob Sie meine Anordnungen befolgt und die Wohnung nicht betreten haben. Es liegen Fingerabdrücke von zwei fremden Personen vor, und ich hoffe nicht, dass sie von Ihnen und Olof Lundberg stammen. Dies würde, wie Ihnen sicher einleuchtet, ziemlich merkwürdig aussehen, denn Elisabet Gustavsson hat sich nicht selbst erhängt. Es hat jemand nachgeholfen. Ich möchte jetzt ein für alle Mal wissen, ob Sie klug genug waren, ausnahmsweise auf mich zu hören, oder ob ich Anlass habe, sie zum Verhör auf die Wache vorzuladen.

Er bekam kein Wort heraus. Er konnte noch nicht einmal lügen.

– Hallo! Sind Sie noch da?, fuhr sie fort.

Ihre Frage brachte ihn auf die Idee, den Hörer aufzulegen. Danach zog er den Telefonstecker heraus, zog sich eilig an und fuhr mit der U-Bahn zum Karlaplan. Von dort ging er zu Fuß zum Karlavägen 56.

Er überlegte nur eine Sekunde, bevor er sich für den Aufzug entschied.

Olof war allein im Büro.

– Hallo, sagte er und lächelte. Wie geht es dir?

Er sah müde aus.

– Danke, besser, antwortete Peter, ohne genau zu wissen, was er damit meinte, aber alles war ja relativ.

– Bodil Andersson hat gerade angerufen. Ehrlich gesagt, hat sie mich etwas erschreckt. Ich wusste nicht, was ich sagen sollte. Sie hat erwähnt, dass Elisabet Gustavsson sich nicht selbst erhängt hat, und gefragt, ob wir in der Wohnung waren.

– Und was hast du geantwortet?, fragte Olof.

Peter trat ans Fenster und sah hinaus.

– Nichts, sagte er. Ich verdammter Idiot habe gar nichts gesagt. Mir fiel nichts ein. Ich dachte, sie hätte vielleicht mit dir gesprochen, und da fand ich es angebracht, dass unsere Aussagen übereinstimmen.

Olof sah ihn an.

– Sie hat sich nicht gemeldet. Weder hier noch zu Hause, sagte er.

Peter seufzte.

– Tja, dann war das wohl keine so glänzende Leistung, sagte er matt. Jetzt muss sie erst recht misstrauisch geworden sein.

Das Telefon klingelte. Olof ging nicht dran. Nach einigen Minuten klingelte es wieder.

Lundberg nahm den Hörer ab.

– Hallo, meldete er sich. Er klang gereizt.

Peter beobachtete ihn.

– Aha. Nein. Aha. Nein. Nein. Nein, ich war nicht in der Wohnung. Ja. Nein, das war er nicht, er war den ganzen Nachmittag mit mir zusammen. Nein, wir waren auch den ganzen Abend zusammen. Nein, ein anderes Alibi haben wir nicht. Aber ich kann ihnen gerne detailliert beschreiben, was wir an dem Abend gemacht haben, falls es ihr Zartgefühl nicht verletzt. Nein. Nein. Das glaube ich nicht. Ja. Nicht seit gestern. Tschüs.

Nachdem er aufgelegt hatte, sah Peter ihn ungeduldig an.

– Was hat sie gesagt?

Olof schien sich das gesamte Gespräch ins Gedächtnis zu rufen, bevor er zu berichten anfing.

– Zuerst sprach sie über einen Mordverdacht im Zusammenhang mit Elisabet Gustavsson und fragte dann, ob ich dort gewesen wäre, und dann, ob du da gewesen wärst, und dann, ob wir da gewesen wären und ob wir irgendwelche Zeugen dafür hätten, dass wir nicht da gewesen sind, und als ich dann sagte, wir seien die ganze Nacht zusammen gewesen, wurde ihr Ton sehr verächtlich und sie überlegte, ob du dich nicht in der Nacht hinausgeschlichen haben könntest, aber ich sagte, ich glaube das nicht, und dann hat sie gefragt, wann wir zuletzt miteinander gesprochen hätten, und da sagte ich gestern.

Er zuckte mit den Achseln.

– Ich glaube, wir vergessen die Sache jetzt einfach. Wir haben diese Person ja tatsächlich nicht ermordet. Also brauchen wir uns wohl keine großen Sorgen zu machen.

– Aber unsere vielen Fingerabdrücke in der Wohnung, warf Peter ängstlich ein. Die müssen überall sein. Vor allem meine, im Badezimmer.

– Tja, meine Fingerabdrücke sind bei der Polizei nicht registriert, mir können sie also nichts nachweisen.

Peter schloss die Augen, spürte aber trotzdem, dass Olof ihn anschaute.

– Ist es denn wirklich so schlimm?, fragte er schließlich.

Peter sah wieder aus dem Fenster.

– Als ich meine Firma anmeldete und dafür die Genehmigung der Polizei und der Versicherung brauchte, musste ich routinemäßig meine Fingerabdrücke bei der Polizei abgeben, damit sie im Falle eines Einbruchs sofort ausgeschlossen werden konnten, wenn sie sich auch auf den Sicherheitsgittern und der Alarmanlage befanden. Wer weiß, in welchem Register sie gelandet sind. Ich hätte nie gedacht, dass ich mir deswegen Sorgen machen müsste.

Er konnte Olof nicht anschauen, weil er sich schämte. Ohne ihn hätte Lundberg die ganze Geschichte seelenruhig hinter sich lassen können. Doch er hing ihm wie ein Mühlstein um den Hals. Aufgrund so dürftigen Beweismaterials würde Andersson wohl kaum Lundberg belästigen, aber ihn selbst würde sie liebend gern einbuchten, der geringste Anlass wäre ihr willkommen. Würde sie seine Fingerabdrücke in der Kartei finden und eine Übereinstimmung mit denen im Badezimmer der Dämonin feststellen können, wäre ihr Glück perfekt, das war ihm klar.

Somit würde Olof mit hineingezogen werden. Ihm war auch bewusst, wie schwierig es sein würde, die Zusammenhänge glaubwürdig zu erklären.

Die Wahrheit war zweifelsohne unbefriedigend.

Er fasste zwei Beschlüsse. Erstens wollte er nie im Leben zugeben, dass Olof mit ihm in der Wohnung gewesen war, und zweitens würde er zu Eva nach Göteborg fahren.

Er nahm sich zusammen.

– Das renkt sich bestimmt wieder ein, sagte er zu Olof, merkte aber selbst, wie wenig überzeugend es klang.

Er wollte Olof unbedingt entlasten, nicht alle seine Sorgen auf ihn abladen. Das hatte er mit Sicherheit nicht verdient. Er hatte bereits mehr für ihn getan, als man erwarten konnte.

– Wenn sie wieder anruft, sag ihr nur, dass wir keinen Kontakt gehabt haben und dass du nicht weißt, wo ich bin. Lass sie selbst suchen. Ich fahre nach Göteborg. Ich werde eine Weile bei meiner Schwester wohnen.

Peter drehte sich um und sah Olof an. Einige Minuten war es ganz still.

Olof stand auf.

– Pass auf dich auf, Peter, sagte er zum Schluss. Du kannst ja anrufen, wenn du zurückkommst.

Es klang auffordernd und hoffnungsvoll zugleich. Er sah irgendwie traurig aus. Die Einsicht, dass er nicht helfen konnte, schien ihn niederzuschmettern. Er machte ein paar Schritte auf Peter zu und nahm ihn in den Arm.

Dann sagte er nichts mehr.

Peter bekam einen Kloß im Hals.

Er verließ das Büro und schloss hinter sich die Tür.

27

Er ging das kurze Stück bis zum Humlegården zu Fuß und setzte sich auf eine Bank. Es lag kein Schnee mehr, und das Vogelzwitschern erinnerte daran, dass der Frühling im Anzug war. Der Frühling. In dieser Jahreszeit erwarteten alle Menschen, dass sie von Zuversicht und Zukunftsglaube erfüllt würden. Alle hatten nur noch den Endspurt bis zum Sommer und den Ferien vor sich, und niemand konnte das Radio oder den Fernseher einschalten, ohne erfreut zur Kenntnis zu nehmen, wie viele Menschen heute wieder draußen auf der Konzerthaustreppe gesessen und das erste Eis des Jahres gegessen hatten. In diesem Moment waren die Erwartungen am größten und der dunkle Winter am weitesten entfernt, obwohl sie alle gerade eben noch mittendrin gewesen waren.

Er hatte sich eine Bank in der Sonne ausgesucht. Nun lehnte er sich zurück und schloss die Augen. Das Licht war so stark, dass es sein Gesicht wärmte.

Er überdachte seine Lage.

Vor eineinhalb Wochen war alles anders gewesen. Seitdem war mehr passiert als in den letzten zehn Jahren. Vom verschuldeten, konkursbedrohten und handlungsunfähigen Langweiler hatte er sich zu einem schuldenfreien, mordverdächtigen, aber immer noch handlungsunfähigen Jemand entwickelt. Er bezweifelte, dass das eine wesentliche Verbesserung war.

Ein Geräusch ganz in seiner Nähe ließ ihn die Augen aufschlagen. Ein Hund hatte sich an ihn herangeschlichen und stand schwanzwedelnd direkt vor seinen Knien. Er streckte die Hand aus und streichelte ihm über den Kopf. Als ein Stück entfernt ein Pfiff ertönte, reagierte der Hund sofort und flitzte über die Rasenfläche. Er versuchte, ihm im Gegenlicht hinterherzuschauen, und schirmte die Augen mit der Hand gegen die Helligkeit ab, aber es half nicht viel.

Doch eine Sache sah er.

An der Ecke der Kungliga Bibliotek stand jemand und beobachtete ihn. Er konnte keine Details erkennen, da die Gestalt zu weit entfernt war, aber eine Bewegung der Hände, die sich langsam vom Gesicht senkten, deutete darauf hin, dass die Person durch ein Fernglas geschaut hatte.

Ihm wurde eiskalt. Die Person machte einige Schritte und verschwand hinter der Ecke. Er traute seinen Augen nicht.

Er hätte schwören können, dass es die Dämonin gewesen war.

Ohne zu zögern, stand er auf und rannte die etwa hundert Meter quer über den Rasen und um die Ecke, hinter der die Gestalt verschwunden war.

Dort war keine Menschenseele.

Er lief weiter zur Humlegårdsgatan und dann auf die Birger Jarlsgatan.

Sie war nicht mehr da.

Er kehrte um und ging quer über die Grünfläche auf den Haupteingang der Bibliothek zu, wurde aber von einem großen Schild gestoppt, auf dem stand, dass wegen Umbauarbeiten geschlossen war. Peter eilte zu einem Handwerker, der in der Nähe stand.

– Entschuldigung, sagte er atemlos, Sie haben nicht zufällig gerade eine schwarzhaarige Frau vorbeigehen sehen?

– Nein, mir ist nichts aufgefallen, antwortete er. Aber ich habe hier ja schließlich auch zu tun.

Peter machte kehrt.

Wieder stand er auf der Humlegårdsgatan. Voller dunkler Ahnungen versuchte er sich einzureden, dass das Licht und seine Nervosität ihm einen Streich gespielt hatten.

Zu Fuß ging er nach Hause in die Åsögatan. Mit jedem Schritt wuchs die Gewissheit in ihm, dass er sich geirrt hatte. Sie konnte es nicht gewesen sein. Er hatte sie ja selbst aus nächster Nähe tot von der Badezimmerdecke hängen sehen.

Er bemühte sich, das ungute Gefühl abzuschütteln.

Zu Hause angekommen, rief er bei der Schwedischen Bahn an und fragte nach den Abfahrtszeiten des Zuges nach Göteborg. Dann telefonierte er mit seiner Schwester.

– Ich würde gerne ein paar Tage kommen, wenn es euch passt.

– Wie schön, antwortete sie. Du bist herzlich willkommen, wann du willst! Die Kinder können sich kaum noch an dich erinnern. Ruf an, wenn du vom Bahnhof abgeholt werden willst.

Sie beendeten das Gespräch, und Peter holte seine Tasche, die immer noch ungeöffnet hinter der Wohnungstür stand, und begann umzupacken.

Die Gedanken an das Erlebnis im Humlegården ließen sich nicht verscheuchen. Schließlich setzte er sich auf das Bett und wählte Olofs Nummer. Lotta war am Apparat.

– Nein, er hatte etwas zu erledigen, zwitscherte sie. Diese Polizeitante hat angerufen und nach ihm gefragt, und kurz darauf ist er gegangen. Sie hat übrigens eine Nachricht für Sie hinterlassen.

Peter schluckte. Lotta sprach weiter.

– Ich soll Ihnen ausrichten, dass sie Ihnen das Geld für einen Silbertee schuldet.

Zuerst verstand Peter überhaupt nichts. Die Teile passten nicht zusammen. Dann blieb die Zeit stehen, und ein Blitz schlug in seinen Kopf ein. Er reagierte so heftig, dass ihm der Hörer aus der Hand fiel. Als es ihm endlich gelang, ihn aufzuheben, war das Gespräch abgebrochen.

Er begann, zwischen den Wänden der Wohnung auf und ab zu gehen. Sein Gehirn arbeitete auf Hochtouren, und die Ereignisse der letzten Tage ratterten wie ein Film an seinem inneren Auge vorbei.

Außer ihm und der Dämonin wusste niemand, dass sie in Nyléns Konditorei Silbertee bestellt hatte.

Er konnte nicht fassen, was sein Gehirn ihm sagte.

Sie war es.

Bodil Andersson.

Bodil Andersson war die Dämonin.

Sie hatte es von Anfang an auf ihn abgesehen. Zuerst hatte sie ihn zu Olof geschickt, der sofort anbiss, und dann hatte sie ihn wie ein Schoßhündchen den Stöckchen hinterherrennen lassen, die sie auswarf. Er war ihrer sorgfältig ausgelegten Spur wie ein leichtgläubiges Schaf gefolgt, und sobald er davon abwich, hatte er sie persönlich unterrichtet. Auf diese Weise hatte er ihr immer die Möglichkeit gegeben, ihre Pläne zu ändern. Die Augen, die ihn in Nyléns Konditorei für eine Sekunde angesehen hatte. Wie hatte es denn bloß geschehen können, dass er sie nicht wiedererkannte?

Er wählte Olofs Handynummer, aber der gewünschte Gesprächspartner war vorübergehend nicht erreichbar.

Dann rief er die Auskunft an und bat um die Nummer des Polizeidistrikts Norrmalm. Verzweifelt versuchte er, sich an den letzten Strohhalm zu klammern und sich zu vergewissern, dass er einem Irrtum aufsaß.

– Ich suche Kriminalinspektorin Bodil Andersson, sagte er.

Er hörte selbst, wie angespannt er klang.

– Einen Augenblick, antwortete die Stimme am anderen Ende der Leitung, dann wurde es still.

Er wartete atemlos.

– Soll sie hier in Norrmalm arbeiten?, fragte die Stimme.

– Ja, hoffentlich, antwortete Peter.

– Wir haben hier niemanden mit dem Namen, aber ich kann im Computer nachsehen, wo sie zu finden ist.

Es wurde wieder still.

– Ich bedaure, aber ich entdecke überhaupt niemanden mit dem Namen. Möchten Sie vielleicht jemand anderen sprechen?

Peter legte auf.

Sie hatte zweifellos hoch gepokert und ein unwahrscheinliches Glück gehabt. Keiner von beiden hatte ihre Telefonnummer überprüft, und Peter hatte sie nicht von Nyléns Konditorei wiedererkannt. Nur ein richtig kranker Mensch nahm solche Risiken in Kauf.

Jemand, der nichts zu verlieren hatte.

Er suchte die Telefonnummer heraus, die, wie er jetzt wusste, der Dämonin gehörte, aber es meldete sich niemand.

Er dachte darüber nach, wie oft die Umstände ihr direkt in die Hände gespielt hatten.

Nur ein Narr konnte so viel Glück haben.

Er musste Olof finden!

Er wählte noch einmal die Nummer zum Büro und fragte Lotta, ob Olof gesagt hatte, wohin er wollte. Das hatte er nicht. Im Gegenteil. Als er ging, hatte er einen gereizten Eindruck gemacht und sich noch nicht einmal verabschiedet.

Er setzte sich auf das Bett und grübelte. Sie musste einen Hinweis hinterlassen haben. Es war unmöglich, dass sie während der Durchführung ihres Plans nicht einen einzigen Fehler gemacht hatte.

Er ging in den Flur und suchte in seinen Jackentaschen nach der Liste des Labors. Schließlich fand er sie. Auf dem Rückweg fiel sein Blick auf den Briefschlitz, und eine Erinnerung schoss ihm durch den Kopf.

2930.

Er wählte die Nummer des Taxis.

– Mein Name ist Polizeiinspektor Per Wilander. Ich benötige Ihre Hilfe, um eine Fahrt zurückzuverfolgen.

Er überlegte, zählte an seinen Fingern ab und fuhr fort:

– Am vorigen Mittwoch, von der Götgatan Höhe Åsögatan, ungefähr viertel nach vier, morgens. Die Nummer des Taxis war 2930.

– Einen Augenblick bitte, ich sehe nach.

Nach wenigen Sekunden antwortete sie.

– Hier habe ich es. Womit kann ich Ihnen helfen?

– Wohin ging die Fahrt?, fragte er.

– In die Tyskbagargatan 7. Wenn Sie möchten, kann ich den Fahrer fragen, ob er sich an den Passagier erinnert. Er hat jetzt Dienst.

– Danke, das wäre freundlich, antwortete er.

Es wurde still, und er musste eine Weile warten.

– Hallo. Tut mir Leid, dass Sie warten mussten. Er sagt, er könne sich nicht mit Sicherheit an den Fahrgast erinnern. Es ist ja schon einige Schichten her.

– Danke für Ihre Hilfe, sagte Peter und legte den Hörer auf.

Er faltete die Liste auseinander.

Bingo.

Es war der letzte Name:

Anja Frid, geboren am 26. 07. 54. Adresse Tyskbagargatan 7.

28

Eine Viertelstunde später hielt das Taxi in der Tyskbagargatan. Er hatte gar nicht gewusst, wo sie lag, aber nun begriff er, dass sie nur wenige Straßen vom Karlavägen entfernt war.

War es so simpel? Hatte sie Lundberg einfach auf der Straße gesehen und sich in ihn verliebt?

Er drückte den Klingelknopf, auf dem Frid stand, und es summte, ohne dass jemand durch die Sprechanlage antwortete. Das Schloss war geöffnet worden.

Auf der Tafel mit dem Verzeichnis der Wohnungsinhaber fand er den Namen Frid in einem der Hinterhäuser.

Er durchquerte ohne Zögern das Treppenhaus und gelangte auf einen kleinen Innenhof. Die Gebäude ragten zu allen Seiten empor. Er fragte sich, hinter welchem Fenster sie sich versteckte. Er entdeckte die Tür zum Hinterhaus auf der linken Seite und hastete die Treppen hinauf. Als er ihren Namen auf einer Tür stehen sah, befand er sich im fünften Stock.

Ohne zu zögern klingelte er. Er hatte noch nicht einmal Angst.

Als sich die Tür öffnete, stand er Auge in Auge Bodil Andersson gegenüber. Ihr kurz geschnittenes blondes Haar war frisch gewaschen, auf ihren Schultern lag ein Handtuch. Sie wirkte nicht im Geringsten überrascht.

Sie musterten einander. Keiner rührte sich vom Fleck.

– Schneller, als ich dachte, sagte sie schließlich. Auch ein blindes Huhn...

Er fiel ihr ins Wort.

– Wo ist Lundberg?, fragte er scharf.

Sie wies mit der linken Hand ins Innere der Wohnung, und Peter drängte sich, ohne nachzudenken, an ihr vorbei in die Diele. Er blieb erst stehen, als er die Küche und die beiden Zimmer eilig durchsucht hatte.

Hier war niemand.

Zurück im Eingang, sah er gerade noch, wie sie den Schlüssel im Sicherheitsschloss umdrehte und abzog. Dann steckte sie ihn in ihre Hosentasche.

Er begann zu ahnen, dass er in Gefahr war.

– Wo ist er?, fragte er noch einmal.

– Wer?, antwortete sie mit einem Lächeln.

– Hör auf, sagte er.

Die Ahnung wuchs sich allmählich zu einem intensiven Gefühl aus, und er spürte, wie etwas seinen Brustkorb umklammerte und sein Herz zwang, unter Hochdruck zu arbeiten. Er hatte sich immer noch so weit unter Kontrolle, dass er sich vornahm, ihr seine Angst nicht zu zeigen. So leicht wollte er ihr den Sieg nicht machen.

Da sie offensichtlich nicht beabsichtigte, ihm eine Antwort zu geben, bevor er Lundbergs Namen wiederholte, fragte er noch einmal, wo er war.

– Ach so, der, sagte sie und grinste höhnisch.

Sie deutete auf eines der Fenster im Wohnzimmer, vor dem ein großes Fernrohr stand. Mit einer Handbewegung bot sie ihm an hineinzusehen. Ungeduldig trat er ans Fenster. Er legte das Auge an das Loch und sah in Großaufnahme, wie Olof sein Zimmer betrat. Er ging zum Schreibtisch, setzte sich mit dem Rücken zu ihnen hin.

Peter richtete sich auf und sah hinaus. Alle Fenster der

Wohnung zeigten auf die Sibyllegatan, und die Fassade von Lundberg & Co erhob sich an der Kreuzung mit dem Karlavägen. Mit Hilfe des Fernrohrs hatte sie in der ersten Reihe gesessen.

Er drehte sich zu ihr um. Alle Alarmglocken läuteten laut, aber er begriff nicht, was im Gange war. In seinem Kopf existierte nur ein einziger Gedanke: Er musste so schnell wie möglich die Wohnung verlassen.

– Tja, also dann, versuchte er es. Ich will nicht länger stören.

Er ging in Richtung Wohnungstür. Sie machte keine Anstalten, ihn aufzuhalten. Er drückte die Klinke hinunter und vergewisserte sich, dass die Tür verschlossen war.

Er drehte sich um und sah sie an. Sie lächelte. Es war ein unangenehmes Lächeln. Er schluckte.

– Sei so freundlich und schließ die Tür auf, sagte er.

Es klang eher wie eine Bitte als wie eine Aufforderung, das hörte er selbst.

Sie betrachtete ihn noch immer schweigend. Dann ging sie in die Küche. Für einige Sekunden verschwand sie aus seinem Blickfeld, zeigte sich dann aber in der Türöffnung.

In der rechten Hand hielt sie eine Spritze.

Peter drehte sich um und hämmerte auf die Tür ein. Er wollte um Hilfe schreien, aber es kam kein Laut über seine Lippen, wie in einem Albtraum. Aus den Augenwinkeln sah er sie näher kommen. Er stieß sie beiseite und lief in eines der Zimmer. Instinktiv sah er sich nach etwas um, womit er sich verteidigen konnte. Sein Blick blieb an einer vergrößerten Fotografie hängen, die an der gegenüberliegenden Wand hing.

Das war er.

Das war er selbst als erwachsener Mann, aber das Foto schien mindestens vierzig Jahre alt zu sein.

Er hörte, wie sie sich näherte, und spürte einen Stich im Rücken.

Das Zimmer drehte sich, und er fiel zu Boden. Er stürzte in eine unendliche Tiefe. Ganz weit oben konnte er durch einen Nebel ihr Gesicht sehen, das allmählich näher kam. Ihre Stimme echote im hintersten Winkel seines Kopfes.

– Na, mein kleiner Peter. Endlich habe ich dich!

Er registrierte, dass ihr Finnlandschwedisch wie weggeblasen war.

Dann fiel er noch ein Stückchen tiefer, und danach war er weg.

29

Als Erstes kehrte sein Gehör zurück. Er hörte Geräusche, die er nicht orten konnte. Die Augen zu öffnen war unmöglich. Er versuchte sich zu erinnern, was geschehen war.

In seine Nase drang ein scharfer Duft, auf den sein Körper unmittelbar reagierte. Er bekam die Augen auf, und im selben Moment erinnerte er sich an alles. Sie hatte sich über ihn gebeugt und hielt etwas gegen sein Gesicht. Er drehte den Kopf zur Seite, um dem unangenehmen Geruch auszuweichen.

Er begriff, dass er in einem Bett lag, und versuchte aufzustehen. Etwas hielt ihn zurück. Die Beine und die linke Hand saßen fest.

Er fühlte Panik nahen. Was wollte sie eigentlich von ihm?

Er sah sie an, brachte aber kein Wort heraus.

– Ganz ruhig, sagte sie. Das ist nur eine Vorsichtsmaßnahme, bis wir uns ein bisschen besser kennen gelernt haben. Wenn du schreist oder dich zu befreien versuchst, musst du dich in die enge Garderobe dort stellen. Und da drinnen ist es schon ziemlich eng, weißt du. Elisabet Gustavsson, die dicke Kuh, füllt den Raum fast aus.

Er blickte zu der geschlossenen Tür. War das wirklich möglich? Hatte sie es geschafft, die Leiche hierher zu transportieren, ohne ertappt zu werden? Das war unmöglich!

Als hätte sie seine Gedanken gelesen, fuhr sie fort:

– Möchtest du, dass sie herauskommt und dich begrüßt?

Ohne seine Reaktion abzuwarten, öffnete sie die Garderobentür.

– Sag Hallo zum Publikum, kicherte sie.

Sie streckte ihre Hand aus, zog einen leblosen Arm aus dem Türspalt und winkte ihm damit zu.

Er suchte etwas, worin er sich übergeben konnte. Da er nichts Geeignetes fand, lehnte er sich weit über die Bettkante hinaus und leerte seinen Magen.

– O je, ist dem kleinen Peter schlecht, sagte sie mit Babystimme. Das geschieht dir recht.

Er legte den Kopf zurück auf das Kissen und schloss die Augen. Er musste nachdenken. Er verstand überhaupt nichts. Die Umstände hatten sich so stark verändert, und es waren so viele Personen darin verwickelt, dass er in seinem benommenen Zustand unfähig war, die Situation zu überblicken. Er sah nur einen Ausweg: Er musste sie fragen. Wenn dies nun das Ende war, wollte er wenigstens wissen, warum.

Er öffnete die Augen und sah, wie sie sich über den Plattenspieler beugte. Gleich darauf wurde der Raum von

Musik erfüllt. Sie tanzte über den Fußboden und hielt die Hand wie ein Mikrofon vor den Mund. Er erkannte das Lied.

«Dancing Queen.»

Er ertrug es nicht, sie anzusehen, und drehte den Kopf zur Wand.

Plötzlich stellte er erstaunt fest, dass er keine Angst mehr hatte. Bei so viel Furcht, wie er in der letzten Zeit empfunden hatte, war es unfassbar, dass er angesichts seiner momentanen Lage ruhig blieb. Vielleicht waren seine Angstreserven erschöpft. Oder begriff er unbewusst, dass es sowieso nichts genützt hätte?

Nach dem Lied verstummte die Musik. Die Nadel blieb kratzend am Ende der Platte hängen.

Er schielte in ihre Richtung und sah, dass sie sich in einen der Sessel gesetzt hatte.

Das Zimmer war ziemlich groß. Außer dem Bett, auf dem er lag, befand sich darin ein braunes Cordsofa mit passendem Sessel, ein überladener Wohnzimmertisch und ein Bücherregal. Die Wände waren voller Bilder und Plakate, die ohne jegliche Rücksicht aufeinander aufgehängt waren und sich teilweise sogar gegenseitig verdeckten. Sie unterstrichen die Unordnung, die im Raum herrschte und sich mit dem Wort Chaos treffend beschreiben ließ. Die wenigen Flecken, wo keine Bilder hingen, schienen in einem früheren Leben pistaziengrün gewesen zu sein, aber nun lugte an vielen Stellen das nackte Mauerwerk hervor. Quer über die Decke verlief ein Riss, der den größten Optimisten nervös gemacht hätte. Er endete an der Wand, die zur Sibyllegatan zeigte. Dort hingen schmutzig graue Gardinen in Fetzen von den Stangen hinunter und verdeckten teilweise die Fenster. Auf dem Fußboden häuften sich Zeitungen und Gerümpel, alte Lebensmittelverpackungen und Stofffetzen. Keine einzige lebende Topfpflanze. Die Gegenstände in der Wohnung schienen einen geheimen Pakt abgeschlossen zu haben, dass kein Organismus zwischen diesen vier Wänden längere Zeit überleben sollte. Sogar die Luft roch ungesund.

Es war nicht zu übersehen, dass es der Person nicht gut ging, die in diesem Schweinestall wohnte. Er befand sich auf engstem Raum mit einer Verrückten.

Die Nadel kratze immer noch auf der Platte.

Er schaute zu dem Fernrohr am Fenster und überlegte, ob Olof in diesem Moment darin zu sehen war. Allein die Möglichkeit gab ihm ein Gefühl von Sicherheit, und er hoffte sehnlichst, dass das Fernrohr noch in derselben Position stand. Von dem Okular schien seine unerklärliche Ruhe auszugehen.

Als sie seinem Blick folgte, sah er rasch in eine andere Richtung. Sie durfte ihm nicht diesen letzten Kontakt zur Außenwelt rauben. Einen Moment lang glaubte er, sie habe seine Gedanken gelesen, denn sie stand auf. Dann verschwand sie aber im Flur, und er beruhigte sich wieder.

Er zerrte an seinen Fesseln und setzte sich im Bett auf. Links trug er eine Handschelle, die mit einem dicken Haken an der Wand befestigt war, und seine Füße waren mit kräftigen Seilen gefesselt. Wie sie an der Unterlage befestigt waren, konnte er nicht erkennen.

Er legte sich schnell wieder hin, bevor sie wieder auftauchte.

Blitzartig breitete sich die Abneigung in seinem Körper aus.

Bodil Andersson und Anja Frid fand er fast erträglich, aber mit der Dämonin hielt er es nicht aus, dazu fehlte ihm die Beherrschung.

Nun stand sie in der Zimmertür.

Sie trug keinen Mantel, aber Perücke und Brille und das rote Kleid, das vor einigen Tagen auf Olofs Bürostuhl geschnürt gewesen war. Oder waren es Jahre?

Sie grinste ihn breit an.

Sein Herz pochte.

Mit einer Verbeugung stellte sie die Platte wieder an.

Er wandte das Gesicht zur Wand. Innerhalb von Sekunden war sie bei ihm und zerrte seinen Kopf an den Haaren in die vorige Position, sodass er ins Zimmer schaute.

– Du sollst zugucken! Kapierst du das, du verdammtes Arschloch?

Sie sah vollkommen verrückt aus. Er begriff, dass er sie mit dem Abwenden des Blicks beleidigt hatte. Er hatte nicht zusehen wollen, wie sie sich lächerlich machte. Offenbar war es aber ihre Absicht, vor ihm aufzutreten. Er musste sich zusammenreißen, um sich nicht wieder wegzudrehen. Was er sah, war ihm peinlich. Er schämte sich für sie. Dass er sich einzureden versuchte, es geschehe ihr recht, machte die Sache nicht erträglicher. Dies war ein wirklich kranker Mensch, so viel stand fest. Er fragte sich nur, was er damit zu tun hatte. Sie tanzte teils aufreizend, teils vollkommen planlos durch das Zimmer. Ab und zu kroch sie auf allen vieren oder legte sich auf den Rücken und streckte die Arme in die Luft, während sie die ganze Zeit wortgetreu den richtigen Text mit den Lippen formte.

Mitten im Lied richtete sie sich plötzlich auf und stand ganz still. Sie sah verwirrt aus, in ihrer rechten Gesichtshälfte zuckte es. Dann drehte sie sich um und verließ den Raum.

Einige Minuten später kam sie zurück. Ohne Kleid und

Perücke. Sie trug dieselbe Hose und denselben Pullover wie bei seiner Ankunft.

Der Unterschied war dennoch frappierend. Das herzliche Lächeln war wie weggeblasen, und auf ihrem Gesicht breitete sich ein boshaftes Grinsen aus. Peter wurde schlagartig klar, was er in ihren Augen sah.

Brennenden Hass.

– Was willst du von mir?, fragten seine Lippen.

Sie antwortete nicht, sondern ging zum Plattenspieler und hob die Nadel an.

– Was habe ich mit dieser Sache zu tun?, fuhr er fort. Ich wollte mich nicht zwischen dich und Lundberg stellen. Im Gegenteil! Er hat mich doch gebeten, dich für ihn zu finden.

Sie lachte laut.

– Du hältst dich für schlau, du kleine Null, sagte sie leise. Aber du hast überhaupt nichts begriffen. Nichts schert mich weniger als Olof Lundberg. Er war nur mein kleines Spielzeug und ein netter Zeitvertreib.

Sie zeigte zum Fenster.

– Er saß dort, erfolgreich und aufgeblasen, in seinem kleinen Glaskäfig, direkt vor meinen Augen, und lechzte danach, ein bisschen aufgemischt zu werden. Ich habe ihm ein paar Briefe geschickt, und er hat amüsanter reagiert, als ich erwartet hätte. Während ich hier saß und ihn beobachtete, raufte er sich die Haare über meine kleinen Überraschungen. An ihm ließ sich hervorragend üben.

Sie schnaubte abfällig.

– Aber dann kam mir die Idee, das Nützliche mit dem Angenehmen zu verbinden, und da habe ich euch miteinander bekannt gemacht. Zwei Nullen im Spiel.

Sie lächelte ihn an, aber es war kein freundliches Lächeln.

– Du. Du hast gar nichts begriffen. Auf Olof Lundberg scheiße ich. Ich habe es nicht auf ihn abgesehen, sondern auf dich, kleiner Peter. Du bist derjenige, der mir etwas schuldet. Und du wirst mir alles zurückzahlen. Ich habe es nicht eilig. Zweiundvierzig Jahre Hölle lassen sich nicht auf einen Schlag büßen. Da wohl niemand nach dir suchen wird, haben wir alle Zeit der Welt.

Peter begann zu frieren. Angst konnte er immer noch nicht empfinden, aber sein Körper suchte nach anderen Ausdrucksmöglichkeiten.

– Was habe ich getan?, fragte er vorsichtig.

– Nichts, kleiner Peter. Nichts. Das ist es ja gerade.

30

Mehr hatte sie nicht gesagt. Sie hatte sich wieder auf dem Sessel niedergelassen und starrte ihn an. In ihrem Gesicht war keine Spur eines Lächelns mehr.

Weitere Fragen wagte er nicht zu stellen.

Er überlegte, wie spät es war. Seitdem er aufgewacht war, hatte er jegliches Zeitgefühl verloren. Außerdem musste er dringend aufs Klo.

Immer noch war er unvorstellbar ruhig. Er wusste, dass sie sich nichts mehr wünschte, als ihn zusammenbrechen zu sehen. Doch zum ersten Mal seit langer Zeit waren sein Körper und seine Seele auf seiner Seite.

Draußen war es finster. Olof war sicher nicht mehr im Büro. Dunkelheit hatte sich über die Wohnung gelegt, und sie machte keine Anstalten, eine Lampe einzuschalten. Sie war in ihrem Sessel nur mehr eine Silhouette im von der Sibyllegatan hereinscheinenden Gegenlicht.

Seit mehreren Stunden hatte keiner von ihnen ein Wort gesagt.

Er überdachte seine Lage, aber ihm kam keine einzige Idee.

Das Foto, das im anderen Zimmer an der Wand hing, fiel ihm ein und verwirrte ihn noch mehr. Er musste sich geirrt haben. Doch dann dachte er an die Erscheinung im Humlegården. Nun war es ja offensichtlich, dass es sich nicht um eine optische Täuschung gehandelt hatte.

Das Gesicht auf dem Foto war in seine Netzhaut geätzt, und im Grunde wusste er, was er gesehen hatte. Er hatte sich selbst gesehen. Einige Jahre älter, das Haar mit Wasser zurückgekämmt. Mit Hemd und Schlips. Und im Pullover.

Er hatte nie einen Pullover besessen. Geschweige denn einen Schlips. Der Mann auf dem Foto musste ein anderer sein.

Ein Doppelgänger.

Ein Doppelgänger, den Anja Frid anscheinend hasste.

Er begriff, dass es zunächst das Wichtigste war, sie davon zu überzeugen, dass er nicht derjenige war, für den sie ihn hielt.

– Wer ist der Mann auf dem Foto?, fragte er.

– Erik Frid, entgegnete sie wie aus der Pistole geschossen.

Die Antwort verwirrte ihn. Seine Vermutung war falsch gewesen.

– Bist du mit ihm verwandt?

Sie schwieg.

– Dürfte ich mal auf die Toilette?

– Nein, antwortete sie. Aber du darfst in die Hose machen.

Sie lachte laut und höhnisch.

Er beschloss, noch ein Weilchen auszuhalten.

Wieder herrschte lange Zeit Schweigen. Ihr Umriss saß unbeweglich im Sessel.

Seine Position wurde langsam unbequem. Die Decke hatte sich unter ihm zusammengeknüllt, und er versuchte, sie mit der rechten Hand glatt zu ziehen. Die Bewegung ließ ihn noch deutlicher spüren, dass er zur Toilette musste.

Sie begann zu singen. Zuerst leise, dann immer lauter.

– «Brüderchen, komm tanz mit mir, beide Hände reich ich dir.»

Beim ersten «einmal hin, einmal her» ging ihr Gesang in ein Brüllen über. Schreiend brachte sie das Lied zu Ende.

Aus der Wohnung unter ihnen kam ein Klopfen.

Das Geräusch tröstete ihn, aber sie krakeelte weiter:

– FAHRT ZUR HÖLLE, IHR ARSCHLÖCHER!

Sie schaltete die Deckenlampe ein. Er blinzelte in die plötzliche Helligkeit.

– Ich muss aufs Klo, flehte er.

– Du musst gar nichts, du kleines Stück Scheiße, antwortete sie.

Er drehte sich zur Wand.

– Aber wenn du ganz lieb bittest, lass ich dich vielleicht gehen, flüsterte sie.

– Liebe Anja, lass mich bitte zur Toilette, versuchte er es.

– Das kannst du besser! Sag liebe süße Anja.

– Liebe süße Anja, wiederholte er.

Not kennt kein Gebot.

– Sag liebe süße phantastische Anja, sagte sie.

Er schloss die Augen und wiederholte ihre Worte.

– Sieh mal, wie gut du das kannst, sagte sie und verschwand in der Küche.

Sie kam mit einem neuen Paar Handschellen zurück und forderte ihn auf, die rechte Hand auszustrecken. Dann beugte sie sich über ihn und befestigte das lose Ende an seinem linken Handgelenk. Er konnte direkt in ihre Nasenlöcher hineinsehen und wandte den Blick ab. Ihr Geruch legte sich wie eine Decke über ihn. Sie roch intensiv nach altem Schweiß und Parfüm, und er versuchte, den Atem anzuhalten. Sie machte ihn von der Wand los, und er setzte sich auf. Einen Augenblick lang hatte er Lust, sie zu schlagen, aber er sah ein, dass er wenig zu gewinnen hatte. Außerdem musste er zu dringend aufs Klo. Sie öffnete ein Vorhängeschloss, mit dem seine Füße offenbar am Bettgestell befestigt gewesen waren, und er schwang die Beine über die Bettkante. Da die Seile immer noch festgeschnürt waren, musste er über den Fußboden hüpfen. Im Flur erhaschte er einen Blick in das angrenzende Zimmer und sah das Foto. Die Ähnlichkeit war verblüffend.

Sie öffnete die Klotür und ließ ihn hineinhopsen.

– Das große oder das kleine Geschäft, fragte sie grinsend.

Er hoppelte bis an den Rand des Toilettenbeckens und öffnete mit Mühe und Not seinen Hosenschlitz. Er musste so dringend, dass er sich nicht einmal schämte. Als würde er in Gegenwart eines Hundes urinieren. Dass sie eine Frau war, hatte er fast vergessen.

– Wenn ich nicht auf den Boden pinkeln soll, musst du mir wohl halten helfen, hörte er sich sagen.

Er traute seinen Ohren nicht. Er drehte sich um und sah sie an.

Sie hatte unmittelbar reagiert, rückwärts die Toilette verlassen und sich mit dem Rücken an die gegenüberliegende Wand im Flurs gedrückt. Mit weit aufgerissenen Augen starrte sie ihn an und atmete heftig.

Er drehte sich wieder um und zielte so gut er konnte. Das meiste lief am Beckenrand vorbei und rann auf den Fußboden. Er bemühte sich, seine Füße und seine Hose sauber zu halten.

Mit großer Anstrengung drehte er den Wasserhahn auf. Er hatte ein starkes Bedürfnis, sich die Hände zu waschen.

Aus den Augenwinkeln sah er sie in der Türöffnung auftauchen, und ehe er reagieren konnte, brannte die Nadel in seinem Rücken.

Als Letztes registrierte er den Geruch von Urin.

31

Er lag im Krankenhaus in Jönköping. Als er aufwachte, saß seine Mama neben ihm auf einem Stuhl. Er hatte Bauchschmerzen und fing an zu weinen. Seine Mutter strich ihm unbeholfen über die Wange.

– Es wird bald wieder gut, sagte sie beruhigend.

In dem Bett neben ihm lag ein älterer Mann, der schlief.

Das Zimmer war weiß und roch sauber.

Er war neun Jahre alt und hatte gerade eine Blinddarmoperation hinter sich.

Er hörte auf zu weinen und schloss die Augen. Überrascht genoss er die Zärtlichkeiten seiner Mama und hoffte, dass er nie wieder gesund werden würde. Nach einer Weile fühlte er ihre Hand verschwinden. Er blickte zu ihr hoch.

Sie weinte. Große Tränen liefen ihre Wangen hinunter, und er überlegte besorgt, was er angestellt hatte.

– Es ist nichts, antwortete sie schniefend und griff nach ihrem Taschentuch. Versuch jetzt zu schlafen.

Sie streichelte wieder seine Wange, und er versuchte zu tun, worum sie ihn gebeten hatte.

Er wurde wach. Sie liebkoste immer noch sein Gesicht. Er schlug die Augen auf.

Seine Mama saß nicht mehr an seinem Bett. Es war Anja Frid. Instinktiv wandte er sich ab. Ihre Zärtlichkeiten fühlten sich an wie ein Übergriff. Sie zog ihre Hand zurück.

Er war so hungrig, dass sein Magen schrie.

– Ich brauche etwas zu essen, sagte er.

Sie sah ihn eine Weile an, als müsse sie darüber nachdenken, und verschwand dann in der Küche. Im Zimmer war es hell. Er rechnete aus, dass heute Freitag sein musste. Es war höchst unwahrscheinlich, dass Olof im Fernglas zu sehen war, und das nahm ihm den Mut. Ihm wurde klar, dass er nun ernsthaft versuchen musste, sich zu befreien. Er wusste nur nicht wie. Eva war sicher schon wahnsinnig vor Angst. Er hoffte, dass sie diesmal zur Tat schreiten und ihn bei der Polizei als vermisst melden würde. Aber was würde es nützen. Außenstehende konnten weder zwischen ihm und Olof noch zwischen ihm und Anja Frid einen Zusammenhang erkennen. Es war unmöglich, ihn zu finden.

Seine einzige Chance war der Taxifahrer, der ihn dorthin gebracht hatte, aber er wusste, dass er auf Fremde selten einen unvergesslichen Eindruck machte, und bezweifelte, dass er es ausgerechnet während dieser Fahrt getan hatte.

Wie hatte er so dumm sein können, nirgendwo eine Nachricht zu hinterlassen? Er musste sich total überschätzt haben, als er hierher gerast war wie Superman.

Sein Versagen war offensichtlich. Wenn dies aber nun das Ende war, so wollte er wenigstens herauszufinden, warum.

Vielleicht war er deshalb so ruhig. Tief in seinem Inneren glaubte er, seine letzte Stunde habe geschlagen, und im Grunde war es ihm gleichgültig.

Er dachte an seinen Traum, der so wirklich gewesen war. Nie zuvor hatte er von seiner Mutter geträumt, aber das Gefühl von ihrer Nähe trug er immer noch in sich. An das Erlebnis in dem Krankenzimmer hatte er sich lange nicht mehr erinnert.

Sie brachte ihm zwei belegte Brote und ein Glas Milch.

– Hier, sagte sie mürrisch und hielt ihm das Tablett entgegen.

Er setzte sich aufrecht hin, und sie stellte es auf seine Knie. Dann machte sie kehrt und verschwand in der Küche.

Angewidert betrachtete er die Butterbrote. Auf einer der Käsescheiben hatte sie ihren schmutzigen Daumenabdruck hinterlassen. Er ekelte sich allein bei dem Gedanken, dass sie sie berührt hatte, aber der Hunger gewann die Oberhand. Er biss von einem Brot ab und musste es wieder zurücklegen, um nach dem Milchglas zu greifen.

Er besah sich den Haken an der Wand und versuchte, ihn herauszuziehen. Er gab nicht einen Millimeter nach. Dann nahm er ihn zwischen die Finger und probierte, ihn zu lockern.

Eine Erinnerung schoss ihm durch den Kopf. Vor vielen Jahren war er einmal mit Johan, einem Kumpel aus der Busfahrerclique, durch die Västerlånggatan gebummelt, als alle Geschäfte weihnachtlich dekoriert waren. In dem Schaufenster eines Süßwarenladens fiel ihnen ein mechanischer Weihnachtsmann auf, der wie ein Idiot mit seiner Rute unablässig gegen die Scheibe klopfte. Die Rute traf jedes Mal exakt dieselbe Stelle. Johan, der einen Abendkurs in Physik besuchte, war verwundert stehen geblieben und hatte den Weihnachtsmann betrachtet. Er erklärte, dass die Scheibe nach einer gewissen Anzahl von Stößen aufgrund von Materialermüdung zerbrechen würde, obwohl die Schläge so leicht waren. Vielleicht hätte der Weihnachtsmann jahrelang rund um die Uhr dort stehen und auf genau dieselbe Stelle klopfen müssen. Mit einer komplizierten Berechnung ließe sich exakt ermitteln, wie viele Stöße die Scheibe aushalten würde. Am Ende würde sie in jedem Fall der Belastung erliegen.

Peter überlegte und hoffte, dass es auch für Steinmauern galt.

Er aß weiter und bearbeitete währenddessen mit der linken Hand zielstrebig den Haken.

Sie kam zurück ins Zimmer und setzte sich in den Sessel. Mit einer Handbewegung fegte sie den Krempel hinunter, der auf dem Wohnzimmertisch lag, und stellte eine Flasche Silvaner und ein Glas darauf ab. Das Tablett nahm sie von seinen Knien und stellte es auf den Boden, wo immer noch sein Erbrochenes lag.

Er zog die Decke über seine linke Hand und rüttelte weiter an dem Haken.

Sie nahm Platz, schenkte sich ein Glas Wein ein und trank es, ohne mit der Wimper zu zucken, in einem Zug aus.

Keiner von ihnen sagte ein Wort.

Sie trank zügig weiter, und er überlegte, ob das gut oder schlecht war.

Schließlich fasste er sich ein Herz und fragte:

– Darf ich das Foto von Erik Frid sehen?

Sie stand wortlos auf und verschwand leicht schwankend aus dem Zimmer. Kurz darauf kam sie mit dem Foto zwischen Daumen und Zeigefinger zurück. Er musste daran denken, wie Olof die getrocknete Rose von dem Päckchen entfernt hatte.

Sie ließ das Bild auf seine Brust segeln. Er hob es vorsichtig auf und schaute es an.

– Du weißt also, dass ich nicht derjenige auf dem Foto bin?, fragte er.

Sie rümpfte die Nase.

– Hältst du mich für dumm, du kleines Arschloch?, entgegnete sie prompt.

Ja, ein bisschen, dachte Peter.

– Wer ist es dann, fuhr er fort.

Sie löste ihren Blick von dem Weinglas und sah ihn mit zusammengekniffenen Augen an.

– Das, kleiner Peter, ist mein Vater.

Sie stand auf und riss ihm die Fotografie aus der Hand. Dann hob sie einen Stift auf und hackte damit auf dem Bild herum.

– Du Schwein, du Schwein, du Schwein …, heulte sie dazu im Takt.

Er beobachtete sie. Dies war kein gesunder Mensch, so viel stand fest. Am Ende fiel sie heftig schluchzend rückwärts in den Sessel. Sie zitterte am ganzen Leib. Als sie sich noch mehr Wein einzuschenken versuchte, verfehlte sie das Glas und nahm einen Schluck direkt aus der Flasche.

Ihre plötzliche Schwäche machte ihn mutig.

– Wie war er?, fragte er vorsichtig.

Sie fasste sich und sah ihn an. Er hörte auf, unter der Decke an dem Haken zu rütteln.

– Das würdest du wohl zu gerne wissen, zischte sie. Du

bist ganz heiß darauf zu erfahren, wie es ist, einen Vater zu haben, der sich jahraus, jahrein, seitdem du denken kannst, abends in dein Zimmer schleicht und verbotene Sachen mit dir macht. Das hätte dir gefallen, oder?

Er wurde rot.

Sie nahm noch einen Schluck aus der Flasche. Wein lief an ihrem Kinn hinunter. Allmählich wurde sie richtig betrunken.

– Und wenn er dann endlich stirbt, merkst du, dass er dir ein Souvenir hinterlassen hat. Eines, das man nicht abwaschen kann, das in dir festklebt wie eine lebenslange Strafe. Es verursacht große offene blutende Wunden auf deinem Körper, die niemals heilen werden. Alle können deine Schande sehen, als würde sich der Teufel persönlich durch deine Haut fressen. Du würdest zu gerne wissen, wie das ist, nicht wahr?

Er war stumm. Der Mann auf dem Foto hatte sie mit Syphilis infiziert. Ihr eigener Vater.

– Wieso bist du nicht zum Arzt gegangen?, fragte er leise.

– HALT DIE SCHNAUZE, schrie sie. Sie stand auf, trank die letzten Tropfen aus der Flasche und schleuderte sie auf den Fußboden. Sie torkelte unschlüssig umher und setzte sich schließlich wieder hin. Peter begriff, dass er am besten schwieg.

Sie versank in Gedanken. Er fürchtete, dass sie die Lust am Reden verlieren würde, und hustete, um ihr Schweigen zu unterbrechen. Sie stierte ihn mit glasigen Augen an. Es hatte funktioniert.

– Und du kleines Arschloch, du bist um alles herumgekommen. Bist einfach abgehauen und hast mich in der Hölle allein gelassen. Zuerst hast du mir meine Mama weggenommen, und dann durfte ich dich noch nicht einmal sehen. Ich war ganz allein mit dem Ungeheuer. Bis ich kapiert habe, dass du nie zurückkommen würdest, um mich zu retten, war ich fast erwachsen.

Er verstand nicht. Mit wem verwechselte sie ihn?

– Dann starb er endlich, und ich war frei. Dachte ich. Aber er war unter meine Haut gekrochen und hatte mich vergiftet. Ich wurde niemals frei.

Sie lehnte sich zurück und schloss die Augen.

– Dann bekam ich den Brief, und eines Tages habe ich angefangen, dich zu suchen. Da habe ich gesehen, dass du er bist. Ich habe vier Jahre auf diesen Tag gewartet. Jetzt sollst du mir büßen, dass du mich im Stich gelassen hast. Es hat sich wahrhaftig gelohnt, darauf zu warten!

Sie stand auf, holte etwas aus dem Bücherregal und setzte sich wieder in den Sessel.

– Diesen Brief, kleiner Peter, habe ich mindestens tausendmal gelesen. Er ist an dich.

Sie lachte.

– Weißt du, was so lustig daran ist? Weißt du das? Du wirst ihn niemals lesen!

Sie wankte auf ihn zu und hielt ihm das Kuvert hin, sodass er die Adresse lesen konnte. Er sah, dass der Brief an sie adressiert war, aber die Handschrift ließ ihm fast den Atem stocken. Blitzartig streckte er die freie Hand danach aus. Flink wie ein Wiesel wich sie zurück.

Sein Herz hämmerte ihm in der Brust, und das Atmen fiel ihm schwerer.

Hier stimmte etwas nicht.

– Nein, lieber Bruder, sagte sie mit hasserfülltem Blick. Es ist mein letztes Ziel im Leben, dass du niemals diesen Brief lesen wirst!

Er schloss die Augen und versuchte sich einzureden,

dass er sich getäuscht hatte, aber er wusste, dass es wahr war.

Auf dem Umschlag war die Handschrift seiner Mutter gewesen.

32

Schließlich war sie im Sessel eingeschlafen. In Peter hatten sich die üblichen Warnzeichen einer bevorstehenden Panikattacke ausgebreitet.

Er versuchte ruhig zu atmen und wehrte sich mit aller Kraft, die seinem Körper zur Verfügung stand.

Bis jetzt hatte er sie für verrückt gehalten.

Eine Verrückte, die ihn grundlos in diese Geschichte hineingezogen hatte. Es hatte ihn beruhigt und ihm gleichsam jegliche Verantwortung abgenommen. Doch seitdem sie ihm den Brief mit der Handschrift seiner Mutter gezeigt hatte, verstand er, dass mehr dahinter steckte.

Etwas, wovon er keine Ahnung hatte.

Der Brief war ihr aus der Hand geglitten und auf den Boden gefallen. Er hatte erfolglos Ausschau nach einem langen Gegenstand gehalten, um danach zu angeln.

Bevor sie ihm den Brief gezeigt hatte, war er seiner Situation gegenüber erstaunlich gleichgültig gewesen, als wäre ihm im Grunde alles einerlei. Doch nun erschrak er bei dem Gedanken, niemals zu erfahren, was seine Mutter ihm hatte sagen wollen. Die Frau hatte exakt seinen schwächsten Punkt getroffen. Von diesem Moment an war er in ihrer Gewalt. Zuvor hatte sie lediglich damit gedroht, ihn umzubringen. Jetzt bedrohte sie seine gesamte Existenz.

Was hatte sie gemeint, als sie ihn ihren Bruder nannte? War das nur eine weitere Variante ihres verwickelten Spiels? Wollte sie ihn noch mehr verwirren?

Er begriff, dass es absolut lebensgefährlich war, ihr seine neu erwachten Gefühle zu zeigen. Damit hätte sie ihr Ziel erreicht. Nicht auszudenken, was sie danach mit ihm vorhatte.

Er hatte den Eindruck, dass es allmählich aus der Garderobe zu stinken begann, aber es konnte auch Einbildung sein, denn der Geruch war immer noch schwach. Sicher gab es genügend anderen Kram in der Wohnung, der schlecht roch.

Nicht zuletzt er selbst.

Er hatte beharrlich an dem Haken geruckelt, der sich jedoch noch immer nicht bewegte. Langsam taten ihm die Finger weh. Was sollte er überhaupt tun, falls er loskäme? Ohne Schlüssel konnte er die Wohnungstür nicht öffnen. Auf dem Fußboden standen zwei Telefone, aber er hatte bereits registriert, dass die Kabel durchtrennt waren. Vielleicht konnte er durch den Briefschlitz um Hilfe schreien, doch dafür musste er sie erst unschädlich machen, und das würde ihm vermutlich nicht gelingen.

Ihm musste etwas einfallen, womit er in kürzester Zeit möglichst viel Aufmerksamkeit auf sich ziehen konnte. Außerdem durfte niemand auch nur auf den Gedanken kommen, es nicht zu beachten.

Er versuchte sich zu konzentrieren, um die Angst auf Distanz zu halten. Wenn er jetzt einen richtigen Anfall bekäme, würde sie in der Zwischenzeit alles Mögliche mit ihm anstellen können.

Es dämmerte schon, als sie erwachte. Verschlafen schaute sie sich um. Er sah, dass die Rippen des Cordsofas lange

Spuren auf ihrer rechten Wange hinterlassen hatten. Sie warf ihm einen wütenden Blick zu und verschwand in der Küche. Er hörte sie den Wasserhahn aufdrehen.

Aus einer Wohnung in der Nähe war leise Musik zu vernehmen.

Alles, was ihn daran erinnerte, dass die Welt sich außerhalb weiterdrehte, tröstete ihn. Doch gleichzeitig erfasste ihn Unruhe.

Suchte da draußen jemand nach ihm? Vermisste ihn irgendjemand?

Der Abend verging. Zum Glück war sie nicht noch einmal aufgetaucht. Der Brief lag immer noch auf dem Fußboden. Sobald sein Blick darauf fiel, bekam er Herzklopfen.

Als es im Zimmer dunkel wurde, wickelte er den Haken in ein Stückchen Bettdecke, um seine schmerzenden Finger zu schonen. Auf diese Weise konnte er mit der Faust arbeiten. Der Haken machte immer noch keine Anstalten, sich aus seiner Befestigung zu lösen.

In kurzen Abständen döste er ein, wurde aber beim geringsten Geräusch hellwach. Er hatte nicht vor, sich überrumpeln zu lassen.

Es musste Nacht geworden sein. Im Haus war es still, und von der Treppe hatte er schon lange keine Geräusche mehr gehört.

Er fragte sich, was sie tat. Vermutlich kurierte sie ihren Rausch aus.

Die Deckenlampe ging an.

Er schloss die Augen, um sich schlafend zu stellen, und hörte ihre rastlosen Schritte auf dem Fußboden. Vorsichtig blinzelte er und sah, wie sie mit verschränkten Armen im Zimmer auf und ab ging.

Er tat, als habe sie ihn geweckt, und öffnete die Augen. Unter der Decke fuhr er mit gleichmäßigen Bewegungen fort, auf den Haken zu drücken.

Wütend sah sie ihn an. Sie wirkte gereizt. Vielleicht war es nicht so unterhaltsam, wie sie gedacht hatte. Hatte das Jagen und Einkreisen der Beute etwa mehr Spaß gemacht als der eigentliche Sieg?

– Du magst diesen Lundberg, oder?, fragte sie schließlich.

Er gab keine Antwort.

– Im Fernrohr habe ich gesehen, wie ihr euch im Büro immer umarmt habt. Und was ihr nachts treibt, kann man sich ja leicht ausmalen. Pfui Teufel. Das ist zum Kotzen.

Sie sprach stoßartig, als hätte sie Schmerzen.

Er wurde rot.

– Ich muss ihm wohl irgendetwas antun, damit ein bisschen Fahrt in dich kommt. Du kannst ja schlecht hier liegen und mir in aller Ruhe die Haare vom Kopf fressen.

Sie setzte sich in den Sessel.

– Vielleicht sollte ich ihm den Hals abschneiden, grinste sie.

Ihm wurde eiskalt.

– Oder einfach sein Haus anzünden, wenn er schläft. Und ich stehe draußen und warte, dass er herausrennt. Was meinst du, Peter. Was würde dich endgültig zur Verzweiflung treiben?

Er schluckte.

Lieber lieber Gott, hilf mir, mich zu beherrschen!

Er schnaubte laut und fühlte, dass Rotz auf seine Oberlippe spritzte.

– Stell dir vor, sagte er mit einem Lächeln, nichts auf der Welt schert mich weniger als Olof Lundberg!

Automatisch hatte er die Finger der linken Hand gekreuzt.

Als sie merkte, dass er ihre Worte gebrauchte, verengten sich ihre Augen zu schmalen Schlitzen.

– Was glaubst du eigentlich, wer du bist? Schau dich doch an! Liegst da wie ein verschnürtes Paket und kannst dich nicht rühren. Ich mache mit dir, was ich will. Ob du diese Nacht überlebst, bestimme ich!

Ihre linke Gesichtshälfte begann zu zucken. Am Ende wackelte der ganze Kopf. Es schien sie zu stören, denn sie versuchte, ihr Gesicht in den Händen zu verbergen, und wandte sich ab.

Ihr linker Fuß stand auf dem Brief.

Als hätte sie seinen Blick gespürt, beugte sie sich hinunter und hob ihn auf. Das Zittern nahm ab. Sie drehte sich wieder zu ihm um und hielt mit einem furchteinflößenden Grinsen den Brief in die Höhe.

– Nun, kleiner Peter, wollen wir mal sehen, ob dich auf dieser Welt nicht doch noch etwas kümmert!

Sein Herz pochte wie wild.

Sie verschwand in der Küche, und er hörte, wie ein Streichholz entzündet wurde. Er umfasste den Haken und versuchte ihn mit aller Kraft herauszuziehen. Im selben Augenblick erschien sie mit einer brennenden Kerze, die in einem roten Weihnachtskerzenständer steckte. Sie schaltete das Deckenlicht aus.

– Mal sehen, wie gut die Abschiedsrede der Alten brennt, flüsterte sie.

Wie eine Lucia schritt sie zum Wohnzimmertisch, den Kerzenständer mit ausgestreckten Armen vor sich her tragend. Auf dem Tisch stellte sie ihn ab. Sein Herz klopfte heftig. Sie durfte mit ihm anstellen, was sie wollte, solange sie nicht den Brief verbrannte.

Und das wusste sie genau.

Sie hatte gewonnen.

Bedächtig näherte sie den Brief der Flamme.

Er schrie. Wie von Sinnen. All seine Gefühle konzentrierten sich in seiner Kehle, und er brachte einen unwahrscheinlichen Ton zustande. Das Grauen der letzten Tage hatte sich im Geheimen zu einem brüllenden Tiger entwickelt, der sich nun gegen den brutalen Angriff verteidigte. Adrenalin strömte durch seinen Körper und spannte seine Muskeln zu Stahlseilen. Ohne Erstaunen nahm er zur Kenntnis, dass der Haken sich aus der Wand löste.

Er setzte sich auf und wandte sich ihr zu. Sie stand wie versteinert da, die Hand immer noch zur Kerze hingestreckt. Er brauchte sein Gehirn nicht einzuschalten, als er mit dem Kopfkissen auf die Flamme zielte. Die Kerze fiel um und erlosch.

Sein Kopf war abgeschaltet, der Körper handelte auf eigene Faust. Er packte das Seil an seinen Füßen und trat gegen das Bettgestell. Aus den Augenwinkeln sah er, dass sie sich vom ersten Schock erholt hatte und in die Küche raste.

Durch das Rauschen in seinen Ohren dröhnten die Alarmglocken und sagten ihm, dass er wenig Zeit hatte. Er trampelte weiter. Mit einem Krachen gab das Fußende des Bettes nach, und das Seil löste sich.

Er war frei.

Sie stand im Türrahmen. Sein ganzer Körper rüstete sich zum Kampf. In diesem Augenblick war er unbesiegbar.

Sie schaltete die Deckenlampe ein. Sein Anblick musste sie erschreckt haben, denn sie blieb zögernd stehen. Er wandte den Blick nicht von ihr ab.

Sie sah sich unschlüssig um.

Hastig machte er einen Schritt auf sie zu.

Sie fuhr zusammen. Aus der Nadel, die sie zwischen Zeige- und Mittelfinger hielt, spritzte ein dünner Strahl hervor und landete auf dem Fußboden.

– Gib die Wohnungsschlüssel her, zischte er heiser.

In seinem Hals war etwas kaputtgegangen.

Ihr Gesichtsausdruck veränderte sich, als sie begriff, dass sie immer noch einen kleinen Vorsprung hatte.

– Komm und hol ihn dir, grinste sie.

Er machte noch einen Schritt auf sie zu. Sie rührte sich nicht vom Fleck. Sein Herz pumpte Adrenalin durch den Körper. Er spürte seinen Puls in jedem Körperteil.

– Ich habe sie nicht, sagte sie schließlich. Ich habe sie die Toilette runtergespült. Du wirst diese Wohnung sowieso niemals wieder verlassen. Hast du das immer noch nicht verstanden? Wir beide werden hier wohnen, du und ich zusammen. Wie eine glückliche Familie. Das sind wir doch, oder nicht, kleiner Bruder?

Er warf sich über sie, und sie fiel rücklings in den Flur. Er bekam ihr Handgelenk zu fassen und verdrehte ihre Hand, die immer noch die Spritze hielt. Sie war stark, aber in diesem Moment war er stärker. Sie musste loslassen. Immer noch von seinen Instinkten gesteuert, zerbrach er die Spritze mit einem kräftigen Fausthieb. Sie gab keinen Ton von sich, aber aus ihren Augen funkelte der Hass.

Er schlug ihr kräftig ins Gesicht.

Als ihm ihr Geruch entgegenschlug, wurde er noch rasender. Er zerrte an ihren Haaren und schlug ihren Kopf auf den Boden. Ihr Blick bohrte sich in seinen. Erst als ihr Körper erschlaffte und die Lider sich schlossen, konnte er von ihr ablassen.

Laut schluchzend stand er auf. Das Adrenalin wirkte immer noch. Er fand den Brief auf dem Wohnzimmertisch, faltete ihn ordentlich zusammen und steckte ihn in die Hosentasche.

Dann stürzte er in den Flur und hämmerte auf die Wohnungstür ein.

Er schrie um Hilfe, doch er war nicht ruhig genug, um auf eine Antwort zu warten. Stattdessen hastete er zum Fenster und versuchte es zu öffnen.

In Olofs Büro brannte kein Licht.

Fenstergriffe fehlten. Ihm wurde klar, dass die Fenster versiegelt waren. Suchend sah er sich um. Er nahm eines der Telefone, die auf dem Boden standen, und warf es durch die Glasscheibe. Die innere Scheibe zerbrach vollständig, aber in der äußeren war lediglich ein Loch, so groß wie ein Telefon. Er riss einen Vorhang herunter und wickelte ihn sich um die Hand, um die Glasscherben aus dem Fensterrahmen zu schlagen.

Aus dem Flur war ihr Stöhnen zu hören.

Als er sich hinausbeugte, lag die Straße tief unter ihm. Er konnte unmöglich hinunterklettern. Es war dunkel und die Straßenlaternen brannten. Auf der Sibyllegatan fuhren Autos auf und ab, als glaubten sie, dass alles so wäre wie immer.

Er sah das zerbrochene Telefon auf dem Gehsteig.

Zwei Leute spazierten unter ihm vorbei. Er versuchte zu rufen.

Es kam kein Ton heraus.

Bei dem Telefon blieben sie stehen. Einer der beiden stieß mit dem Fuß daran und schaute nach oben. Peter lehnte sich aus dem Fenster und winkte ihnen mit beiden Armen zu. Die Handschelle baumelte an seiner linken Hand.

Sie winkten zurück und gingen weiter.

Er begann, am ganzen Körper zu zittern.

Sie stöhnte im Flur.

Seine Arme bluteten.

Er dachte nicht nach, sein Körper arbeitete immer noch wie ferngesteuert.

Nun bewegte er sich zur Garderobe und öffnete die Tür. Elisabet Gustavssons geschwollenes Gesicht starrte ihn an, aber sein Körper enthielt sich jeglicher Reaktion. Zielstrebig lösten seine Finger den Gurt, mit dem sie an der Rückwand befestigt war, und ihr lebloser Körper fiel auf den Fußboden. Er fasste sie unter den Achseln und schleppte sie zum Fenster. Mit einer letzten Kraftanstrengung gelang es ihm, sie auf das Fensterbrett zu hieven und durch die zerbrochene Fensterscheibe zu wälzen.

Erschöpft setzte er sich auf den Boden.

Seine Kraft ließ langsam nach, und sein Gehirn meldete sich wieder.

Er kam mit Mühe hoch und sah hinaus. Die Leiche lag in unnatürlicher Haltung auf dem Gehweg unter ihm. Zwei Autos hatten bereits gehalten. Er winkte ihnen mit der rechten Hand zu und stolperte dann völlig entkräftet rückwärts ins Zimmer. Mit dem letzten Rest von Geistesgegenwart schaltete er das Radio ein und drehte die Lautstärke bis zum Maximum auf. Danach taumelte er in den Flur, stieg über Anja Frid und suchte Zuflucht in der Toilette.

Er verschloss die Tür und zog den Schlüssel ab.

33

Er hatte sich auf den Klodeckel gesetzt. Der kleine Raum drehte sich, sodass er sich zurücklehnte und die Augen schloss. Er fiel in einen traumlosen Dämmerschlaf.

Jemand hämmerte an die Tür. Er setzte sich kerzengerade auf. Sein ganzer Körper tat weh, und der kleine Raum drehte sich immer noch.

– Hallo, ist da jemand?, fragte eine Männerstimme.

Er wollte auf sich aufmerksam machen, aber er hatte immer noch keine Stimme. Aufstehen konnte er auch nicht. Er beugte sich vor und schlug gegen die Tür.

– Machen Sie auf, schrie die Stimme. Hier ist die Polizei! Kommen Sie mit erhobenen Händen heraus!

Peter sah verschwommen, dass der Schlüssel neben dem Klo lag, und streckte die Hand danach aus. Sein Körper zitterte. In dem Moment, als er ihn zu fassen bekam, fiel er vornüber und knallte mit dem Kopf gegen das Waschbecken. Er blieb auf dem Boden legen.

– Ich zähle bis drei, rief die Stimme. Wenn Sie nicht herauskommen, schlagen wir die Tür ein!

Eins, zwei, drei.

Ein Krachen war zu hören, und Holzsplitter regneten auf ihn herab. Weil er versuchte, seinen Kopf zu schützen, bekam er die Schneide der Axt nicht zu sehen, die durch die Holztür drang.

Er merkte, dass es im Raum hell wurde, und drehte den Kopf mühsam zur Lichtquelle. Zwei Gesichter sahen ihn an, eins davon kam näher.

– Rufen Sie Olof Lundberg in Saltsjö-Duvnäs an, keuchte Peter.

Sein Hals fühlte sich wie eine offene Wunde an.

Dann wurde alles schwarz.

Den Geruch erkannte er wieder, aber er konnte die Geräusche nicht orten, die in sein Bewusstsein drangen. Er hatte Halsschmerzen, und rings um die linke Hand spürte er immer noch die Handschelle. Er hörte Atemzüge und begriff, dass jemand neben ihm saß.

Erschrocken öffnete er die Augen.

Es war Olof.

Als er sah, dass Peter die Augen aufschlug, erhob er sich und trat an sein Bett. Das Zimmer war dunkel, bis auf die Leselampe über dem leeren Bett neben ihm.

– Wie spät ist es?, flüsterte Peter.

Olof hob den linken Arm.

– Halb zwei, antwortete er und lächelte.

Peter versuchte zu schlucken. Es brannte im Hals.

– Welcher Tag ist heute?, fuhr er fort.

– Sonntag. Nein, Montag natürlich. Es ist Nacht. Möchtest du etwas trinken?

Er nickte.

Olof nahm ein Glas mit rotem Saft vom Nachttisch und führte den Strohhalm an seinen Mund. Das Brennen in seinem Hals war so stark, als wenn es reiner Alkohol gewesen wäre.

Er hustete.

– Wo bin ich?

Vor Schmerzen konnte er kaum sprechen.

– Im Karolinska-Krankenhaus.

Olof stellte das Glas ab und sah ihn sorgenvoll an.

Peter wusste nicht, was er sagen sollte. Er war einfach nur froh, dass Olof hier neben ihm saß. Für eine Weile genügte ihm das. Er reichte Olof seine Hand, die dieser nahm und streichelte.

Die Tür ging auf, und eine Krankenschwester trat ein.

– Sind Sie jetzt wach?, fragte sie freundlich. Wie fühlen Sie sich?

Sie kontrollierte den Beutel mit dem Tropf und der Kanüle, die in seiner linken Hand steckte.

– Ich habe solche Halsschmerzen, flüsterte Peter unter Anstrengung.

Er versuchte sich zu räuspern, aber das machte die Sache nur noch schlimmer.

– Ich werde sehen, ob Sie etwas gegen Ihre Schmerzen bekommen können, sagte sie und lächelte. Drücken Sie auf den Knopf dort, wenn Sie etwas brauchen.

Sie verschwand aus dem Zimmer.

– Kannst du sprechen?, fragte Olof.

Peter zeigte auf seinen Hals und schüttelte den Kopf.

Sie saßen eine Weile schweigend da. Schließlich kam die Krankenschwester zurück und gab ihm eine Spritze.

– Es wird Ihnen bald besser gehen, lächelte sie. Versuchen Sie, so viel wie möglich zu trinken. Sie waren ganz ausgetrocknet, als Sie eingeliefert wurden.

Sie verließ das Zimmer, und Peter sah den Schatten eines Polizistenrückens durch die geöffnete Tür. Er lehnte sich zurück und fühlte sich vollkommen sicher.

Das Mittel wirkte nahezu sofort.

– Sie war es, sagte er, als er merkte, dass seine Stimme wieder trug.

– Wer?

– Bodil Andersson.

– Was?

– Sie war es die ganze Zeit. Ich habe in der Agentur angerufen und nach dir gefragt, aber du warst weggegangen, um dich mit ihr zu treffen. Sie hatte bei Lotta eine Nachricht für mich hinterlassen, der ich entnehmen konnte, dass sie es war.

– Aber …

– Mit Hilfe der Liste vom Labor der Klinik Beckomberga habe ich herausgefunden, wer sie war. Ich habe gleich ein Taxi genommen. Ich dachte, sie wollte dir etwas antun. Deshalb habe ich nicht so genau nachgedacht, bevor ich in die Wohnung gerast bin. Sie hatte mir eine Falle gestellt. Wo ist sie jetzt? Habe ich sie umgebracht?

Die Schmerzen waren beinahe verflogen, aber er spürte, wie das Sprechen seinen Hals in Stücke riss. Er musste sich auf das Wichtigste konzentrieren, bevor die Medizin zu wirken aufhörte.

– Sie war nicht in der Wohnung, sagte Olof. Sie haben nur dich gefunden.

Peter sah sich um.

– Sie müssen sie fassen! Sie ist vollkommen verrückt. Ich war die ganze Zeit am Bett festgebunden und …

Seine Stimme ließ ihn im Stich.

– Die Polizei?, wisperte er und deutete mit einem Kopfnicken auf die Tür.

Olof senkte den Blick.

– Sie sind hier, um dich zu verhören … Ich verstand ja auch nicht, was geschehen war, und hatte daher keine Ahnung, was ich sagen sollte. Der Name Anja Frid sagte mir nichts. Aber deine Schwester hat mich gestern angerufen. Da begriff ich, dass etwas passiert sein musste. Also habe ich dich bei der Polizei als vermisst gemeldet. Ich konnte Bodil Andersson nicht erreichen. Jetzt ist mir klar, warum.

Er schüttelte ungläubig den Kopf.

– Was für eine verdammte Irre! War sie es wirklich? Aber sie …

Sein Redefluss wurde von seinen eigenen Gedanken unterbrochen. Sie hatten sie nur über ihre Durchwahl oder auf dem Handy angerufen. Die Informationen, die sie angeblich von der Polizeidirektion Nacka hatte, waren ihr bekannt. Und den Kollegen, der sich immer verspätete, hatten sie nie zu Gesicht bekommen. Olof schüttelte noch einmal den Kopf, als er einsah, dass es zwar möglich, aber unbegreiflich war.

– Was hat sie vor?, fragte er.

Zwei Polizisten kamen zur Tür herein. Sie grüßten im Vorbeigehen Olof, den sie bereits kannten, und rückten mit ihren Stühlen an Peters Bett.

– Bosse Eriksson von der Mordkommission, sagte der eine und reichte ihm die Hand.

Er zeigte auf seinen Kollegen.

– Das ist Magnus Dahlberg.

Dahlberg nickte ihm zu und zog ein kleines Notizbuch und einen Stift aus der Innentasche.

– Zuerst sollten wir Sie vielleicht hiervon befreien, fuhr er fort und deutete auf den Ring an seinem linken Handgelenk.

Er holte einen Schlüssel hervor, der tatsächlich passte. Peter guckte verblüfft.

– Universalmodell, erklärte Eriksson.

Peter wandte sich Olof zu.

– Ich nehme an, sie haben sich ausgewiesen?

Olof lächelte und nickte. Eriksson und Dahlberg sahen verwirrt zuerst einander und dann Peter an.

– Olof, könntest du anfangen zu erzählen?, bat er.

Er zeigte auf seinen Hals und schluckte schwer.

Olof berichtete von Beginn an. Die Polizisten hörten ihm aufmerksam zu. An einigen Stellen unterbrachen sie ihn mit einer Frage, und zweimal hob Peter die Hand, weil er ein Detail vergessen hatte. Als Olof bei Bodil Anderssons letztem Anruf angekommen war, zuckte er die Achseln und sagte, dies sei alles, was er wisse. Den Rest habe Peter seit dem letzten Donnerstag am eigenen Leibe erfahren. Zum Schluss erzählte er von ihrem letzten Anruf in seinem Büro.

– Sie sagte, ich solle schnellstens in die Wohnung in der Falugatan kommen. Doch dort war keine Menschenseele und nicht das geringste Anzeichen einer polizeilichen Ermittlung.

Er seufzte.

– Da hätte ich natürlich misstrauisch werden müssen, aber sie hat uns wirklich komplett zum Narren gehalten. Sie hat damit gerechnet, dass wir Elisabet Gustavsson verdächtigen würden, nachdem sie den Brief auf meiner Treppe mit deren Initialen unterzeichnet hatte. Danach fuhr sie zu ihr, brachte sie um und hinterließ dort alle Beweisstücke. Die Umschläge, das Foto von mir und die Tüte mit den Spraydosen.

Zum ersten Mal schien ihm bewusst zu werden, was seine Worte bedeuteten, denn er setzte hinzu:

– Das ist doch nicht normal! Diese Person muss vollkommen verrückt sein!

Olof verstummte.

– Und Sie haben sie also seitdem nicht gesehen?, fragte Eriksson.

Olof schüttelte den Kopf. Er dachte offenbar immer noch über das nach, was er soeben berichtet hatte.

Eriksson wandte sich an Peter.

– Aber Sie haben sie gesehen?

Er nickte und begann zu sprechen, vorsichtig und mit leiser Stimme. Jede Silbe schnitt tief in seinen Hals.

– Als Olof in die Falugatan gefahren war, rief ich in seinem Büro an. Bodil Andersson, oder vielleicht sollten wir sie jetzt besser Anja Frid nennen, hatte eine Nachricht für mich hinterlassen, die mir klar machte, dass sie die Dämonin war.

– Die Dämonin, fragte Dahlberg verwirrt.

– Eine Art Arbeitstitel.

Er schlug den Blick nieder.

– Mit den wenigen Hinweisen, die mir zur Verfügung standen, fand ich heraus, dass sie Anja Frid sein musste. Ich warf mich in ein Taxi. Ich glaubte, sie wolle Olof etwas antun. Sie öffnete die Tür und ließ mich herein. Das war wohl etwas unüberlegt von mir. Sie verriegelte die Tür mit einem Sicherheitsschloss und gab mir eine Spritze, sodass ich bewusstlos wurde. Als ich aufwachte, lag ich gefesselt auf dem Bett. Dort habe ich von da an gelegen.

Eriksson und Dahlberg sahen sich an.

– Aber wir haben Sie auf der Toilette entdeckt, erinnerte Eriksson. Und zuvor fanden wir auf dem Gehsteig unterhalb der Wohnung eine Leiche, bei der es sich nach unseren jetzigen Vermutungen um Elisabet Gustavsson handelt. Wie ist es übrigens dazu gekommen?

– Ich konnte mich befreien und begriff, dass ich so schnell wie möglich Aufmerksamkeit erregen musste. Anja Frid hatte mir gezeigt, dass sie die Leiche in der Garderobe aufbewahrte. Ich habe keine Ahnung, wie sie sie dorthin geschafft hat.

Peter schüttelte den Kopf. Die Männer warfen einander wieder Blicke zu.

Olof schaute Peter mit großen Augen an.

Die Halsschmerzen waren zurückgekehrt. Er konnte nicht weitersprechen, was ihm ganz recht war. Er hatte den Teil mit dem Brief absichtlich ausgelassen. Bis auf weiteres wollte er dieses Kapitel für sich behalten.

– Aha, sagte Eriksson. Wenn Ihre Geschichte wahr ist, muss ich zugeben, dass ich Ihre Ruhe und Geistesgegenwart bewundere. Die Leiche hat zweifellos eine gewisse Aufmerksamkeit erregt.

Olof grinste und sah beinahe stolz aus.

Peter nahm Anlauf, um ein letztes Mal seine Halsschmerzen zu überwinden.

– Wissen Sie, wo sie ist?, fragte er. Sie ist sowohl hinter mir als auch hinter Olof her.

Die beiden Polizisten blickten sich noch einmal an.

– Nein. Die Wohnung war leer.

Schweigen breitete sich aus.

– Eine Frage zum Schluss. Wieso haben Sie solche Halsschmerzen?, fragte Dahlberg.

Peter zuckte mit den Schultern.

Eriksson und Dahlberg standen auf und verabschiedeten sich.

– Wir werden uns sicher mit weiteren Fragen an Sie wenden. Das Klinikpersonal ist beauftragt, uns zu benachrichtigen, falls Sie entlassen werden.

Plötzlich bekam er wieder Angst. Ohne Rücksicht auf seine Schmerzen brach es aus ihm heraus:

– Aber Sie werden doch wohl nicht gehen? Sie kann doch hierher kommen!

Die Polizisten sahen sich an.

– Machen Sie sich keine Sorgen. Wir sagen dem Pförtner, dass er die Augen offen halten soll. Adieu.

Sie verließen das Zimmer.

Peter begriff, dass sie ihm nicht glaubten.

Er wandte sich an Olof.

– Es ist wahr, flüsterte er.

– Ich weiß, sagte er und nickte beruhigend.

Peter drehte den Kopf zur Seite und schloss die Augen.

Bald würde er die ganze Wahrheit erzählen.

Er wollte sie nur erst selbst herausfinden.

34

Nachdem Olof gegangen war, blieb er allein im Zimmer. Seine Arme taten weh, weil er sich an der Fensterscheibe tiefe Schnittwunden zugezogen hatte. Sein Körper war vollkommen entkräftet, aber das Gehirn arbeitete auf Hochtouren. Bei der Mischung aus Verwirrung und Angst war an Schlaf nicht zu denken. Seine Grübeleien kreisten um den Brief in seiner Hosentasche. Mehrmals hatte er die Krankenschwester bitten wollen, ihn zu holen, hatte jedoch gezögert. Er war noch nicht bereit. Was immer in diesem Brief stand, es würde ihm mit größter Wahrscheinlichkeit etwas eröffnen, was er vorher nicht gewusst hatte, und er fürchtete sich vor seiner Reaktion. Er stand direkt an einem steilen Abgrund. Wenn er den Brief las, würde er vielleicht den Halt verlieren und ins Nichts fallen.

Wer war sie?

Was hatte seine Mutter mit ihr zu tun?

Er klingelte nach der Nachtschwester. Nach einigen Minuten trat sie in das Krankenzimmer.

– Entschuldigen Sie, dass ich störe, aber könnten Sie so freundlich sein, mir meine Hose zu geben? In der Tasche liegt etwas, was ich haben möchte.

Sie öffnete einen der Schränke links von der Tür und wühlte zwischen seinen Kleidern. Sie fand die Hose und nahm sie aus dem Schrank.

– Die muss gewaschen werden, sagte sie naserümpfend.

Er wurde rot.

– In der Tasche ist nichts. Welche Tasche war es?

Eiseskälte breitete sich in ihm aus. Er setzte sich auf.

– Lassen Sie mal sehen!

Sie kam zu ihm und gab ihm die Hose, die stark nach Schmutz und Urin roch. Er kramte in der rechten Tasche, in der der Brief liegen musste.

Sie war leer.

Die Krankenschwester hockte vor dem Schrank und suchte auf dem Boden.

– Was war es denn, fragte sie. War es wichtig?

Er konnte nicht antworten. Sein Atem ging schnell und flach. Sie trat wieder zu ihm.

– Ist Ihnen nicht gut? Versuchen Sie bitte, sich hinzulegen. Ich werde Ihnen etwas zum Einschlafen holen.

Sie eilte aus dem Zimmer.

Er zögerte keine Sekunde. Mit einem kurzen Ruck löste er das Klebeband, mit dem die Kanüle an seiner Hand befestigt war, und zog vorsichtig die Nadel heraus. Er schwang die Beine über die Bettkante und probierte, ob sie ihn trugen. Sie taten es kaum, aber es musste ausreichen. Er streifte seine Hose über und stopfte das weiße Krankenhaushemd in den Bund. Die Schuhe und die Jacke befanden sich nicht im Schrank, sie mussten noch in der Wohnung sein.

Barfuß tappte er auf den Flur und sah sich um. Durch eine offene Tür auf der linken Seite drangen Geräusche. Er hastete in die andere Richtung.

Der Flur endete an einer Glastür. Dahinter lag das Treppenhaus. Er öffnete lautlos die Tür und lief hinunter. Zwei Stockwerke tiefer passierte er eine identische Glastür und gelangte in eine andere Abteilung. Die weiße Uhr an der Decke zeigte fast halb fünf.

Rechter Hand lag das Zimmer 8. Auf leisen Sohlen trat er ein.

Er hatte Glück. In dem Krankenzimmer lagen fünf Männer und schnarchten. Die Schränke standen an der gleichen Stelle wie in seinem Zimmer. Behutsam öffnete er sie. Die ersten Schuhe, auf die er stieß, hatten Größe 45. Er ließ sie stehen. Im nächsten Schrank fand sich ein altes Paar Turnschuhe, das vermutlich noch nicht einmal der Besitzer besonders vermissen würde. Er nahm es an sich und verließ das Zimmer. Er hatte mit den Gedanken gespielt, auch eine Jacke mitzunehmen, war aber wieder davon abgekommen. Bis jetzt hatte er sich keiner kriminellen Handlung schuldig gemacht, und er war fest entschlossen, von diesem Pfad nicht abzuweichen.

Die Treppe endete im Keller. Vor ihm erstreckte sich ein unterirdischer Gang von gut 150 Metern, dessen Decke bedrohlich niedrig war. Er nahm all seinen Mut zusammen. Bestimmt wurde er bereits vermisst. Er musste so schnell wie möglich das Gebäude verlassen. An jeder Tür in dem engen Korridor rüttelte er, doch sie waren alle verschlossen. Dann sah er einen Fahrstuhl. Obwohl seine Selbstkontrolle allmählich zur Neige ging, öffnete er die Tür und trat ein. Er drückte EG. Nichts geschah. Er drückte auf alle Knöpfe, aber der Aufzug war vollkommen tot. Ratlos hieb er mit der Faust gegen die Wand und lehnte seine Stirn an die kühle Verkleidung.

Die Aufzugtür ging auf. Er zuckte zusammen, als hätte ihm jemand einen Schlag versetzt. Zaghaft drehte er sich um.

Ein weiß gekleideter Mann um die fünfundzwanzig kam mit einem großen Schlüsselbund herein.

– Hallo. Wo wollen Sie hin?

– Hinaus, antwortete Peter so beherrscht er konnte.

Der Mann steckte einen seiner Schlüssel in ein Loch in der Wandverkleidung und drehte ihn um. Dann betätigte er die Tasten, und der Fahrstuhl setzte sich in Gang. Peter wandte ihm den Rücken zu, aber er spürte die Blicke des anderen im Nacken.

– Sind Sie auf der UH 3?, fragte er.

Peter nickte, und der Aufzug blieb stehen. Der Mann taxierte ihn. Peter schickte ein Stoßgebet zum Himmel, damit die Fahrstuhltür sich öffnete. Augenblicklich wurde er erhört. Doch in dem Moment, als er einen Schritt hinaus machte, fühlte er die Hand des Mannes auf seiner Schulter.

– Hör mal. Wir haben hier keine Abteilung UH 3. Ich glaube, du bleibst am besten bei mir.

Peter versuchte zu denken. Nur das jetzt nicht, wo er so weit gekommen war. Plötzlich begannen die Türen sich wieder zu schließen. Peter drehte sich blitzschnell um und stieß den Mann in den Aufzug. Er sah seinen verblüfften Gesichtsausdruck im Spalt zwischen den Türen verschwinden und rannte zum Ausgang.

Das Glück stand also doch auf seiner Seite.

Wenige Augenblicke später befand er sich draußen auf dem Parkplatz.

Ohne Jacke war es kühl. Nach zehn Minuten fluchte er über seine Ehrlichkeit.

Er zitterte vor Kälte.

Zu Fuß brauchte er eine gute halbe Stunde bis zur Tyskbagargatan. Das Ziel, das er vor Augen hatte, überlagerte alle anderen Empfindungen und Gedanken. Dass er ihr womöglich begegnen würde, kam ihm nicht in den Sinn.

Er musste den Brief in die Hände bekommen.

Das war das Wichtigste. Ohne ihn wäre alles andere sinnlos.

Er läutete an allen Klingelknöpfen. Durch die Gegensprechanlage fragte eine Stimme, wer da war, aber er gab keine Antwort. Schließlich summte das Schloss.

Halbwegs drinnen.

Diesmal war es genau umgekehrt. Sein Gehirn führte das Kommando und gestattete dem Körper nicht, der Erschöpfung nachzugeben. Seine Beine waren zittrig, aber er ließ sich nicht aufhalten. Schwer atmend stieg er zielstrebig die Treppen hinauf.

Im vierten Stock blieb er stehen und lauschte. Da außer seinen Atemzügen kein Laut zu hören war, klomm er die letzten Stufen empor.

Anja Frids Tür war offensichtlich aufgebrochen worden. Die Polizei hatte sie provisorisch verriegelt und einen Hinweis angebracht, dass die Wohnung wegen polizeilicher Ermittlungen abgesperrt sei.

Er horchte in die Wohnung. Drinnen war es ruhig, und durch das Loch in der Tür konnte er sehen, dass keine Lampe brannte. Draußen wurde es langsam hell. Als die Beleuchtung erlosch, verzichtete er darauf, sie wieder einzuschalten. Stattdessen begnügte er sich mit dem Licht, das durch die großen Fenster ins Treppenhaus fiel. Er betastete den Riegel. Er saß fest, aber nicht fest genug, um seiner Entschlossenheit standzuhalten. Krachend löste er sich aus seiner Verankerung. Peter erstarrte und lauschte auf Reaktionen der Hausbewohner.

Nichts passierte.

Er hatte die Wohnung vor höchstens zwanzig Stunden verlassen. Dass er es so eilig haben würde zurückzukommen, hätte er niemals geahnt.

Die Tür ging auf, und Peter trat wie beim ersten Mal ohne zu zögern ein. In der Wohnung war es still. Er schaltete die Deckenlampe ein, kniete sich in dem Zimmer auf den Boden, wo er gefesselt gelegen hatte, und durchwühlte den herumliegenden Krempel. In der Küche und im zweiten Zimmer suchte er weiter, obwohl er wusste, dass er ihn dort nicht verloren haben konnte. Sein Mut begann zu sinken. Der Brief musste ihm auf dem Weg ins Krankenhaus aus der Tasche geglitten sein. Er sank zu Boden, zog die Knie an und schlang die Arme um seinen Kopf.

Das durfte nicht wahr sein.

Die Hose roch widerlich.

Die Toilette!

Er raste in den Flur und öffnete die Klotür. Wie eine Mauer schlug ihm der Uringeruch entgegen, aber er zögerte nicht und warf sich auf den Fußboden, um zu suchen.

Hinter der Kloschüssel fand er ihn. In seiner Seele breitete sich ein Gefühl von Befreiung aus, das so intensiv wirkte wie eine schmerzlindernde Spritze. Er griff nach dem Brief und las noch einmal die Adresse.

Er hatte richtig gesehen.

Im Flur hing seine Jacke, das Portemonnaie war immer noch in der Tasche. Ohne einen Blick zurückzuwerfen, marschierte er aus der Wohnung. Die Tür ließ er sperrangelweit offen stehen.

Auf dem Weg nach unten steckte er den Umschlag sorgsam in seine Brieftasche. Dabei sah er, dass all sein Geld unberührt darin lag.

Draußen auf der Straße hielt er das erstbeste Taxi an.

35

Sobald er auf der Rückbank saß, machte sich sein Körper bemerkbar. Der Spaziergang durch die Kälte hatte auch seine letzten Reserven verbraucht, und nun schrien seine Glieder nach Ruhe und Erholung.

Er bat den Taxifahrer, ihn nach Saltsjö-Duvnäs zu fahren. Olof musste um diese Tageszeit zu Hause sein, und falls er aus irgendeinem Grund nicht da sein sollte, hatte er immer noch Lottas Extraschlüssel in der Innentasche.

Auf der Treppe hielt er inne. Die Uhr am Taxameter hatte zehn vor sechs angezeigt. Sollte er klingeln oder einfach mit seinem eigenen Schlüssel öffnen? Er wählte einen Mittelweg und schloss die Tür auf. Gleichzeitig rief er so laut, wie seine Stimme es erlaubte:

– Ich bin's.

Das rote Lämpchen der Alarmanlage blinkte zornig hinter seiner kleinen Scheibe und signalisierte, dass es in Kürze Alarm auszulösen gedachte, wenn niemand den richtigen Code eingab. Er kannte ihn immer noch auswendig. Das Blinken hörte auf.

Er hatte sich kaum die Schuhe ausgezogen, als Olof mit offenem Bademantel in die Diele kam. So müde wie er aussah, grenzte es an ein Wunder, dass er sich noch auf den Beinen hielt.

– Was machst du hier? Liegst du nicht im Krankenhaus?

Er wirkte ärgerlich und verwundert zugleich.

– Ich habe es nicht ausgehalten. Darf ich hereinkommen?

Peter schlug den Blick nieder, als ihm auffiel, dass er sich bereits Zutritt verschafft hatte. Das ließ Olof wenig Spielraum, selbst zu entscheiden.

– Komm rein und setz dich! Du siehst mehr tot als lebendig aus.

Peter hätte dasselbe sagen können, verkniff es sich aber. Olof brachte ihn zum Sofa und holte eine Wolldecke, die er ihm über die Schultern legte.

– Mein Gott, du zitterst ja am ganzen Leib. Möchtest du etwas trinken?

Peter nickte.

– Tee wäre gut.

Olof ging in die Küche. Peter lehnte sich mit geschlossenen Augen zurück und wunderte sich darüber, wie viel man seinem Körper abverlangen konnte, bevor dieser beschloss, sich hinzulegen und zu sterben.

Olof kam mit einer Teetasse zurück und half ihm, sie an den Mund zu führen. Er war immer noch bei klarem Verstand, aber sein Körper war völlig zerschlagen.

– Du musst versuchen, viel zu trinken, haben sie im Karolinska gesagt. Weiß jemand, dass du hier bist?

Peter schüttelte den Kopf.

– Wir sollten vielleicht anrufen und Bescheid sagen, damit sie keine Großfahndung einleiten.

Es war scherzhaft gemeint, doch Peter konnte sich kein Lachen abringen. Olof holte das Telefon und rief die Auskunft an. Er wurde mit der Zentrale des Karolinska verbunden.

– Könnte ich bitte jemanden aus der Abteilung dreiundfünfzig sprechen? Danke.

Peter schloss wieder die Augen.

– Mein Name ist Olof Lundberg. Ich möchte nur mitteilen, dass Ihr Patient Peter Brolin, der heute Nacht verschwunden ist, hier bei mir zu Hause ist.

Schweigen.

– Ja, er ist sehr müde, und ich versuche ihn zum Trinken zu bewegen. Muss ich sonst etwas tun?

Wieder Schweigen.

– Okay. Nein, er bleibt hier. Er verträgt keine Krankenhäuser. Wäre es vielleicht möglich, jemanden hierher zu schicken, der sich tagsüber um ihn kümmert?

Olof hinterließ seine Adresse und beendete das Gespräch.

– Danke, flüsterte Peter.

– Ruh dich erst einmal aus, du fühlst dich sicher besser, wenn du ordentlich ausgeschlafen hast. Du sollst viel trinken, sagte sie. Aber vor allem brauchst du Ruhe. Sie behauptete, du seist überanstrengt. Ist das wahr?

Peter sah ihn an. Olof grinste, und diesmal lächelte er matt zurück.

– Was ist eigentlich in der Wohnung passiert?, fragte Olof ernst. Bist du imstande, davon zu erzählen?

– Morgen, antwortete er.

Olof nickte.

– Möchtest du dich hinlegen, oder sollen wir eine Weile hier sitzen? Dein Bett ist immer noch bezogen.

Peter wollte nicht allein sein. Da es draußen jetzt hell war, schien es zwar weniger bedrohlich, doch er wusste, dass er aufrecht im Bett sitzen würde, sobald er im Gästezimmer sich selbst überlassen wäre.

– Kannst du noch ein bisschen bleiben?, fragte er Olof. Du hast heute Nacht wohl auch nicht besonders viel geschlafen?

– Na ja, zwei, drei Stunden waren es bestimmt.

Olof hatte sich ihm gegenüber gesetzt und lehnte sich nun in seinen Sessel.

– Außerdem werde ich künftig umso mehr Zeit zum Schlafen haben.

Peter sah ihn fragend an. Olof ließ seine Fingerspitzen über die Armlehnen tippeln.

– Ich habe in den letzten Tagen eine große Entscheidung gefällt.

Er nahm einen Schluck von seinem Tee.

– Der Gedanke nimmt schon seit einiger Zeit Formen an, aber in der letzten Woche habe ich mich endlich entschlossen. Ich werde das Büro verkaufen.

Es herrschte Schweigen.

– Ich dachte, es bedeutet dir etwas, sagte Peter schließlich.

Olof ließ die Finger ruhen.

– Das hat es auch, aber die Zeiten ändern sich. Vor einem Monat bin ich siebenundfünfzig geworden, und die Uhr tickt nicht langsamer. Siebenunddreißig Jahre lang habe ich nichts anderes getan, als zu arbeiten, in den letzten zehn lag meine Firma an der Spitze. Sag mir einen Grund, weshalb ich weitermachen sollte. Ich habe bereits so viel Geld verdient, dass ich beide Hände voll zu tun haben werde, um es bis zu meinem Tod auszugeben. Deswegen habe ich mir vorgenommen, jetzt damit anzufangen.

Plötzlich wirkte er hellwach. Er beugte sich vor und sprach weiter, als müsse er sowohl sich selbst als auch Peter überzeugen.

– Ich habe weder Kinder noch Verwandtschaft, nicht einmal Geschwister. Lieber soll mich der Teufel holen, als dass mein sauer verdientes Geld in die Staatskasse fließt. Es gibt tausend Dinge, die ich mir erträumt habe. Im Himalaya wandern, am Großen Barriere-Riff in Australien tauchen, in Afrika auf Safari gehen. Stellt sich die Frage, wieso ich es nicht tue. Tja, weil ich Tag für Tag ins Büro gehe, dort sitze und mir das Hirn zermartere, wie man die Leute davon überzeugt, Waschmittel A statt Waschmittel B zu kaufen. Wie man ihnen weismacht, dass sie den morgigen Tag nicht überleben, wenn sie sich nicht auf der Stelle eine Satellitenschüssel besorgen, mit der man vierhundertachtzehn Kanäle empfangen kann.

Er seufzte und lehnte sich wieder zurück.

– Für so etwas bin ich einfach zu alt. Ich finde keinen

Ansporn mehr. Das Einzige, was ich mir wünsche, ist ein bisschen Ruhe und Frieden.

Es wurde ganz still. Am Panoramafenster flog ein Schwarm Sturmmöwen vorbei.

– Aber ich habe begriffen und mir endlich auch eingestanden, dass mich bis jetzt allein die Angst vor der Einsamkeit daran gehindert hat zu verkaufen.

Er sah Peter an, der mit großen Augen zuhörte.

Olof breitete die Arme aus.

– Wenn ich wollte, bräuchte ich nur ein paar Anrufe zu tätigen, um dieses Haus bis heute Abend mit hundert Gästen zu füllen. Aber wer wäre das? Tja, neunzig nette Menschen aus der Werbebranche, die wissen, dass man sich mit Olof Lundberg gut stellen sollte. Und ungefähr zehn Personen, die ich vielleicht meine Freunde nennen kann, mit denen ich aber definitiv nicht im Himalaya wandern möchte. Sie alle haben genug mit ihrer Welt und ihren eigenen Familien zu tun.

Er senkte den Blick, als schäme er sich plötzlich. In Peter stieg eine Welle von Zärtlichkeit auf.

– Die Leute vergessen ganz gern, dass auch ein erfolgreicher Mensch einsam sein kann. Ich hatte es beinahe selbst vergessen. Aber es ist so. Wenn ich wirklich in mich gehe, so bin ich vollkommen allein, und das Büro dient mir als eine Art Ersatzfreund. Jeden Tag fahre ich dorthin, um mir zu beweisen, dass ich immer noch gebraucht werde. Aber eigentlich habe ich keine Ahnung, wer ich außerhalb meiner beruflichen Rolle bin. Ich habe beschlossen, es herauszufinden.

Nachdem er eine Weile geschwiegen hatte, hob er den Blick und sah Peter in die Augen.

– Aber gleichzeitig habe ich Angst davor und fühle mich unsicher. Da kommst du ins Bild, Peter.

Beide saßen schweigend da.

– Ich mache dir ein Angebot, fuhr Olof fort. Reg dich bitte nicht auf! Wie wäre es, wenn du bei mir wohnen würdest? Wir teilen das Haus in der Mitte und nutzen die Küche und das Wohnzimmer gemeinsam. Wenn man seine Ruhe haben will, braucht man sich nur in seinen Bereich zurückzuziehen, ebenso wenn man Besuch bekommt.

Peter konnte nicht glauben, was er da hörte. Irgendjemandem musste nach 32 Jahren in Olivgrün aufgefallen sein, dass er an der Reihe war.

Er blickte lächelnd zu Olof, der ungeduldig auf seine Reaktion zu warten schien.

– Hältst du um meine Hand an?, fragte er grinsend.

Olof begann zu lachen.

– Ja, so könnte man es auch ausdrücken. Aber, sagte er und streckte dabei den Zeigefinger in die Luft, ich muss klarstellen, dass eheliche Verpflichtungen nicht inbegriffen sind. Ich hoffe, da sind wir uns einig. Die musst du dir auf eigene Faust organisieren. Falls du mich begleiten willst, ich fahre in drei Wochen nach Nepal. Vielleicht lernst du dort jemanden kennen.

Peter fühlte Wärme durch seinen Körper strömen. Eine seltsame, lang ersehnte Ruhe drang bis in sein Innerstes. Er wurde gebraucht, vielleicht sogar mehr als je zuvor.

– Es ist vielleicht unnötig zu erwähnen, dass ich mir das nicht leisten kann.

Olof lächelte.

– Doch, das kannst du.

36

Peter lag im Bett, das Portemonnaie in der rechten Hand. Es war acht Uhr. Ein stiller Frieden hatte sich über ihn gesenkt.

Er fühlte, dass er bereit war.

Schnell faltete er den Brief auseinander, solange sein Mut ihm noch beistand.

Kaum hatte er die ersten Worte gelesen, wuchs ein schmerzender Klumpen in seinem Hals, der sich wenige Sätze später löste und in eine Flut von befreienden Tränen verwandelte, die ihm über die Wangen liefen. Viermal las er den Brief. Er gab sich Mühe, leise zu weinen. Im Moment wollte er keine Gesellschaft.

Benommen steckte er den Brief wieder in sein Portemonnaie.

Gedanken und Erinnerungen liefen in seinem Kopf kreuz und quer durcheinander und versuchten sich zu ordnen. Er hatte den Schritt über den Abgrund gewagt und wusste immer noch nicht, ob er fliegen oder fallen sollte.

Sein ganzes Leben war auf einer Lüge aufgebaut, oder zumindest auf einer ungesagten Wahrheit. Nun hatte er endlich das ersehnte Lösungswort gefunden. Er hatte den Schlüssel zu dem Gewicht erhalten, das ihn immer daran gehindert hatte, sich zu bewegen und die Vergangenheit loszulassen. Doch er konnte die Erklärung nicht akzeptieren. Er empfand weder Trauer noch Wut, aber auch keine Freude oder Erleichterung.

Er war vollkommen leer.

Er dachte an seine Mutter.

Als sie starb, war die gesamte Wohnung bereits geputzt und ausgeräumt gewesen. Sie hatte ihren Fortgang bis ins kleinste Detail vorbereitet. Die Kleider waren in Müllsäcke gepackt und der größte Teil des Hausrates in Kartons. Sie hatte den Lions Club angerufen und gebeten, dass sie alles abholten.

Ein ganzes Menschenleben, reduziert auf Pappkartons und schwarze Müllsäcke.

Auf vier Kisten standen Peters und Evas Namen. Darin hatte sie die Wertsachen und Fotografien gerecht zwischen ihnen aufgeteilt. Ganz unten in einem von Peters Kartons lag der Stapel mit den Jahrbüchern der Feuerwehr. Sie hatte jedoch keinen einzigen persönlichen Gruß hinterlassen, sondern nur eine förmliche Auflistung auf dem Küchentisch. Darin erklärte sie ihnen, wie sie am geschicktesten die Möbel loswürden. Neben die Liste hatte sie den Schlüssel zu ihrem Bankfach gelegt, in dem ihr Vermögen, gerecht aufgeteilt, in zwei grußlosen weißen Umschlägen deponiert war. Er hatte angenommen, dass sie all das in dem gescheiterten Versuch unternommen hatte, sie mit eventuellen Problemen zu verschonen. Dabei hätte er nur allzu gern einige Tage damit verbracht, sein Elternhaus sauber zu machen und aufzuräumen. Er hatte sich gewaltsam der Gelegenheit beraubt gefühlt, allein und in aller Ruhe zwischen den Dingen aus der Zeit Davor umherzugehen und seine Trauer verarbeiten zu dürfen.

Nun verstand er, dass sie Angst gehabt hatte. Angst, er könnte Papiere und andere Spuren finden, die sie zeit seines Lebens vor ihm verbergen wollte.

Als sie alles gesäubert und ihr Leben sorgfältig sortiert hatte, hatte sie sich auf ihr Bett gelegt, um sich endlich mit ihrem Liebsten zu vereinen.

Bei der Obduktion hatten sie keine Anzeichen von Schlaftabletten oder andere Hinweise auf einen Selbstmord gefunden. Sie hatte sich einfach hingelegt und zu atmen aufgehört.

37

Einige Stunden später schluckte er die Tablette, die Olof ihm gegeben hatte, und fiel in einen befreienden Schlaf.

Als er aufwachte, war es in seinem Zimmer fast dunkel. Es dauerte eine Weile, bis sich alle neuen Erkenntnisse an der richtigen Stelle einfanden. Er blieb mit geschlossenen Augen liegen und versuchte, die Fakten aus seinem Gefühlschaos auszusortieren. Er wünschte, er wäre nicht so erschöpft, denn seine Aufnahmefähigkeit wurde dadurch natürlich nicht gerade gesteigert. Ein Gehirn, das so durcheinander und umnebelt war wie das seine, und ein Körper, der sich kaum vom Bett erheben konnte, waren in dieser Situation keine zuverlässige Kombination. Er musste sein ganzes Leben neu bewerten. Dafür benötigte er all seine Kraft und sein seelisches Gleichgewicht. Er durfte nicht aufgeben und in Sentimentalität und Selbstmitleid versinken.

Es wäre so einfach gewesen, diesen lockenden Ausweg zu wählen, den Weg des geringsten Widerstandes aus seiner Verwirrung. Denn die Wahrheit hatte ihn erreicht, als er ohnehin am Tiefpunkt war.

Doch jetzt gab es Olof.

Er stand vor einem Wendepunkt in seinem Leben. Olof hatte den Pfad bereits geebnet und markiert. Er brauchte jetzt nur noch weiterzuatmen. Sich zum ersten Mal in seinem Leben der Zukunft stellen, anstatt ständig zurückzublicken und sich zu vergewissern, dass ihm möglichst viele Geister aus der Vergangenheit auf den Fersen waren.

Er musste sie gehen lassen.

Er musste sie an diesem Punkt verlassen und endlich anfangen, sein eigenes Leben zu leben.

Wenn er nur nicht so müde gewesen wäre.

Durst hatte er auch. Sein Hals fühlte sich ausgetrocknet an. Er wandte den Kopf und lächelte, als er eine Karaffe mit Wasser und ein Glas entdeckte, die Olof ihm neben sein Bett gestellt hatte.

Nun war er wirklich geborgen. Jemand hatte sein Gebet erhört.

Er stützte sich mühsam auf den Ellenbogen und streckte den Arm nach dem Glas aus.

Auf halbem Wege hielt er mit ausgestrecktem Arm inne.

Er hörte ein Geräusch.

Es war ganz in seiner Nähe. Als er begriff, was es war, zog er blitzartig seine Hand zurück und schaltete die Nachttischlampe ein.

Im Zimmer atmete jemand.

Er setzte sich aufrecht hin und presste seinen Rücken an die Wand. All seine Gedanken und Gefühle der letzten Stunden waren wie weggeblasen. Es existierte allein die ungeheure Bedrohung, der er ausgesetzt war. Die Welt um ihn herum verschwand, und das Zimmer schrumpfte zu einer kleinen Schachtel zusammen.

Vorsichtig drehte er den Kopf und schielte zu Boden. Der Schreibtischstuhl war herausgezogen, und unter dem Tisch lugten zwei bloße Füße hervor.

Nackte Füße mit rot lackierten Nägeln an allen neun Zehen.

38

Starr vor Schreck blieb er im Bett sitzen. Er konnte sich nicht rühren.

Leib und Seele machten ihm unmissverständlich klar, dass die Berg-und-Talfahrt der letzten Tage mehr war, als sie vertragen konnten. Nun reichte es.

Seine Atemzüge wurden kurz und tief. Er wusste, dass er hyperventilieren würde, wenn er es nicht bald schaffte, sich zu konzentrieren und ruhiger zu atmen. Er spürte schon das Stechen in seinen Händen.

Sein Blick war an den Füßen festgenagelt. Nachdem eine Ewigkeit vergangen sein musste, bewegten sie sich. Unter der Schreibtischkante linste ein Auge hervor.

Kein Zweifel, wessen Auge es war.

Ihr blondes Haar war rostbraun von getrocknetem Blut, ihr Auge rot gesprenkelt und eingebettet in ein dunkelviolettes Veilchen.

Sie wagte sich ein Stück ins Zimmer vor, und ihr ganzes Gesicht kam zum Vorschein.

Ihr Atem ging schwer und mühevoll. Sie ließ ihn nicht aus den Augen, die sich immerzu langsam schlossen und öffneten. Einen Moment lang musste er an eine batteriebetriebene Puppe denken, der langsam der Saft ausging.

Ihr Gesicht trug deutliche Spuren der Misshandlung, die er ihr zugefügt hatte, und wurde regelmäßig von starken Zuckungen verzerrt.

Sie sagte kein Wort, starrte ihn aber weiterhin mit leerem Blick an.

Die Hyperventilation ließ sich nicht stoppen. Der erhöhte Sauerstoffgehalt war jetzt in jeden Körperteil vorgedrungen, und Arme und Beine hatten sich im Krampf versteift. Die eine Gesichtshälfte fühlte sich seltsam an.

Als hätte ihn eine plötzliche Hirnblutung befallen, hingen Wange und Mund auf dieser Seite herunter und ließen den Speichel über sein Kinn tropfen. Seine Arme waren an den Brustkorb gedrückt und in dieser Haltung erstarrt, die Finger spreizten sich wie eine Vogelkralle. Er hatte jegliche Kontrolle verloren und keinerlei Möglichkeit, seine Atmung zu beeinflussen. Er sah bereits Sterne, aber irgendwo hinter dem grauen Vorhang konnte er erkennen, wie sie sich aufrappelte und näher kam.

Er schlug mit dem Kopf gegen die Wand, um Aufmerksamkeit zu erregen, aber die Mauer war aus Stein, und das Geräusch wurde schon im Zimmer verschluckt.

– Keiner hört dich, lallte sie. Ich habe ihm den Hals durchgeschnitten.

Er sah sie ganz tief im Tunnel. Er spürte, dass er allmählich das Bewusstsein verlor. Dann wäre er verloren.

– Es wäre dir um ein Haar gelungen, mich totzuschlagen, fuhr sie nuschelnd fort. Aber zuerst werde ich dir etwas zurückgeben, was ich von dir habe.

Er sah undeutlich, dass sie schwankte.

Sie bewegte sich auf den Schreibtisch zu und nahm etwas aus dem Federkästchen. Mit großer Mühe machte sie die zwei Schritte zu seinem Bett und ließ sich mehr fallen, als dass sie sich hinsetzte.

Sein ganzes Gesicht war jetzt im Krampf erstarrt, und die Arme und Beine schmerzten vor Anstrengung.

– Endlich, Papa, keuchte sie. Nun bekommst du zurück, was du mir gegeben hast.

Sie hob einen Brieföffner in die Höhe. Er schloss die Augen.

Als er sie stöhnen hörte, öffnete er sie wieder.

Der Brieföffner steckte in ihrer linken Hand, das Blut lief am Gelenk auf den Teppich hinunter.

Sie sah ihm in die Augen. Mit einer offenbar ungeheuren Kraftanstrengung streckte sie die Hand aus und ließ das Blut über sein Gesicht rinnen. Sein Körper bestand nur noch aus einer einzigen Verkrampfung, und er konnte den Mund nicht schließen. Auf der Zunge schmeckte er Blut.

Sie ließ die Hand wieder sinken und zog sich mühevoll das Messer aus dem Fleisch. Ihr Gesicht war schmerzverzerrt. Langsam führte sie den Brieföffner an sein Gesicht.

– Am besten ritzen wir eine kleine Wunde auf, damit der Gruß auch wirklich ankommt. Es wäre schade, wenn ich dein Geschenk nicht zurückgeben könnte.

Er fühlte die stumpfe Klinge an seiner Wange.

Plötzlich explodierte das Zimmer.

Glasscherben prasselten auf sie herab, und im selben Augenblick ging die Tür auf.

Als er aufblickte, befand sie sich auf der anderen Seite des Raumes, umrahmt von zwei uniformierten Polizisten. Ein dritter stieg gerade durch das zerschlagene Fenster ein.

Sie schrie.

Der gellende Schrei füllte den Raum. Für eine Sekunde verlor er die Sehkraft.

– Wo sind sie verletzt?, brüllte ihn einer der Polizisten an, aber er konnte nicht antworten.

Das Zimmer füllte sich mit Männern in Uniform. Kurz darauf war Olof bei ihm.

– Ganz ruhig, ganz ruhig, es ist vorbei. Versuch ruhig zu atmen.

Er drehte sich um und fuhr die Polizisten an.

– Schafft sie raus, verdammt nochmal!

Er wandte sich wieder Peter zu.

– Bist du verwundet? Sag uns bitte, wo du verwundet bist!

Peter schwebte oben an der Decke. Er sah die Polizei, Olof und sich selbst da unten. Olof war es geglückt, ihn auf das Bett zu legen, aber seine Arme und Beine waren noch immer in der Embryonalstellung verkrümmt. Zwei weiß gekleidete Figuren kamen ins Zimmer geeilt. Die eine hörte sein Herz ab, und die andere maß den Blutdruck. Aufgeregt redeten sie miteinander. Olof war kreidebleich im Gesicht und strich ihm über die Stirn. Das ganze Bett war voller Blut.

– Wir müssen den Schock behandeln, sagte der eine Mann in Weiß. Gib null fünf Atropin.

Eine Sauerstoffmaske wurde ihm an den Mund gesetzt.

– Hol den Schlauch. Ich muss intubieren! Entschuldigung, könnten Sie bitte etwas beiseite rücken?

Olof stand auf und entfernte sich einen Schritt vom Bett, um den Sanitätern Platz zu machen.

Peter spürte den Tubus durch seinen Hals dringen und konnte sehen, wie sich sein Brustkorb hob und senkte.

Er fiel wieder auf das Bett hinunter und wurde eins mit dem Körper, der da lag. Undeutlich nahm er wahr, dass jemand ihn aufhob und aus dem Zimmer trug.

39

Er stand direkt am Abgrund. Einen Schritt mehr, und er würde mehrere Kilometer fallen. Niemand würde ihn jemals finden. Es war unmöglich, bis zum Grund zu sehen.

Er nahm einen tiefen Atemzug. Die Luft hier schmeckte anders als an jedem anderen Ort, an dem er bis jetzt gewesen war. Obwohl die Sonne schien, war es kühl. Er knöpfte seine Jacke zu.

Sie war eingesperrt worden.

Noch einmal.

Als er wieder zu Kräften kam, hatte er beschlossen, sie zu besuchen. Das Personal in Beckomberga hatte ihm erklärt, sie hätte zwar zum Schluss auf die Medikamente reagiert, es seien aber so hohe Dosen vonnöten gewesen, dass sie mehr oder weniger abgestumpft sei. Der langwierige Krankheitsverlauf der Syphilis hatte unheilbare Schäden im Rückenmark und eine Gehirnblutung verursacht, die an so unzugänglicher Stelle saß, dass man nicht operieren konnte.

Es war unerklärlich, wie man die Krankheit all die Jahre hatte übersehen können; niemand konnte sagen, wie viel Zeit ihr noch blieb.

Er war vor ihrer Tür stehen geblieben und hatte sie durch das kleine Fenster beobachtet. Sie saß vollkommen still auf einer fest installierten Pritsche und starrte die Wand an. Der Raum war mit angeschraubten Möbeln eingerichtet und erinnerte mehr an eine Zelle als an ein Krankenzimmer. Es gab keinen einzigen losen Gegenstand. Die Angestellten erläuterten ihm, sie hätten es versucht. Sie bekam jedoch in regelmäßigen Abständen furchtbare Anfälle von Raserei, und man befürchtete, sie würde sich verletzen.

Sie hatte keine Ahnung, dass er hier stand und sie ansah. Er ließ sich viel Zeit.

Sie war abgemagert. Wie sie da hockte, wirkte sie wie ein kleines aus dem Nest gefallenes Vogeljunges. Jämmerlich und verloren. Er hatte damit gerechnet, Angst vor ihr zu empfinden, doch das Gefühl verwandelte sich in Wehmut. In Zorn über die Unbegreiflichkeit des Lebens.

Was für ein Leben war ihr beschieden gewesen. Er, der sich immer für den größten Verlierer gehalten hatte, war derjenige, der eine besondere Chance bekommen hatte. Sie dagegen hatte eine richtige Niete gezogen. Ihr war die Möglichkeit genommen worden, ein menschenwürdiges Leben zu führen, kaum dass es begonnen hatte.

Das Personal erzählte ihm ihre entsetzliche Lebensgeschichte. Die Zustände bei ihr zu Hause in ihrer Kindheit waren grauenvoll gewesen. Der Vater war ein schwerer Alkoholiker, und die Mutter musste mehrmals nach schweren Misshandlungen ärztliche Hilfe in Anspruch nehmen. Aber sie wollte nie Anzeige erstatten, was es den Außenstehenden unmöglich machte, die Situation zu beeinflussen. In Anja Frids dicker Akte war alles niedergeschrieben.

Die Mutter stirbt 1958, und die Patientin bleibt beim Vater.

Im Alter von elf Jahren treten die ersten Anzeichen psychischer Störungen auf. Wiederholt wird die Patientin in verschiedene medizinische Einrichtungen eingeliefert, immer mit gutem Ergebnis. Eine Diagnose kann nicht gestellt werden.

Wieder zu Hause, wird sie schnell rückfällig. Es kommt zur Einweisung in eine Pflegefamilie.

Die Ärzte konstatieren «abnorme sexuelle Frühreife», als die Patientin sich ihrem Pflegevater zweimal sexuell nähert. Der Aufenthalt in der Pflegefamilie endet, und die Patientin wird zur Untersuchung vorläufig in die Nervenklinik überstellt. Die Patientin wird als emotional gestört bezeichnet. Sie habe große Schwierigkeiten, die körperlichen Grenzen von sich und anderen zu erkennen.

Als die Patientin dreizehn ist, willigt der Vater in die Empfehlung der Ärzte ein, sie zwangssterilisieren zu lassen, um ungewollte Schwangerschaften zu verhindern. Der Eingriff wird durchgeführt, und die Patientin kehrt nach Hause zurück.

Danach gibt es lediglich Aufzeichnungen über routinemäßige Nachkontrollen, in denen die Patientin als «zurückgezogen» und «sozial angepasst» bezeichnet wird. Vor Januar 1988, als der Vater stirbt, werden keine Rückfälle notiert. In den folgenden drei Jahren wird die Patientin wegen tiefer Depressionen behandelt, größtenteils in geschlossenen Abteilungen.

1991 bezieht die Patientin eine eigene Wohnung und soll sich selbst versorgen. Die Frühpension wird ausbezahlt.

Den letzten Kontakt mit der Medizin hat die Patientin im März 1996. Freiwillig sucht sie die psychiatrische Klinik Beckomberga auf, nachdem sie mehrmals schwere Zwangsvorstellungen gehabt hat. Der Patientin wird ein geeignetes Medikament verschrieben und ein Termin zur Nachkontrolle gegeben. Der letzte Eintrag stammt aus dem Oktober 1996. Es wird konstatiert, dass die Patientin den Termin zur Nachkontrolle nicht eingehalten hat und dass Maßnahmen ergriffen werden sollten.

Vorsichtig klopfte er an die Tür.

Sie wandte langsam den Kopf.

Als sie ihn durch die Glasscheibe sah, schien ihr ganzes Gesicht zu einem tief empfundenen strahlenden Lächeln aufzublühen. Eine Pflegerin schloss die Tür auf, und er trat ein.

Sie erhob sich und kam auf ihn zu.

– Papa, sagte sie und schmiegte sich in seine Arme.

Er umarmte sie linkisch.

– Endlich kommst du, ich habe so gewartet.

Sie bat ihn, sich hinzusetzen. Er ließ sich auf der Pritsche nieder und suchte nach den passenden Worten. Er hätte gern Blumen mitgebracht, aber das Personal hatte es ihm verboten.

Schweigend saßen sie da. Sie sah ihn ergeben an, und ihr ganzes Gesicht leuchtete. Er öffnete den Mund, aber als er gerade zu sprechen anfangen wollte, war ihm entfallen, was er hatte sagen wollen.

– Was hast du gesagt, Papa?, fragte sie ausgelassen und mit einem kleinen Lachen.

Er spürte den Kloß im Hals wachsen. Er schluckte und sah zu Boden.

– Verzeih mir, flüsterte er.

Schweigen breitete sich aus. Er räusperte sich und sah sie an.

– Verzeih mir, wiederholte er deutlicher.

Ganz langsam verwandelte sich ihr Strahlen in eine gequälte Grimasse. Große Tränen kullerten ihre Wangen hinunter. Sie schluchzte laut.

Er nahm ihre Hand und streichelte sie sanft.

– Verzeih mir, sagte er noch einmal.

Er legte den Arm um sie und drückte sie an sich. Ihr knochiger Körper zitterte in seinen Armen. Er spürte, dass auch ihm die Tränen kamen und über sein Gesicht liefen.

Ein verlorenes Leben.

So blieben sie lange sitzen. Der Schatten des vergitterten Fensters wanderte langsam über die Wand.

Schließlich klopfte es an der Tür. Ein Mann trat ein und sagte, dass Essenszeit sei.

Sie standen auf.

Sie ergriff seine Hand und lächelte ihn an.

– Bis dann, sagte sie und ging zur Tür.

Im Türrahmen blieb sie stehen. Er betrachtete ihren Rücken. Im ganzen Raum war die Veränderung zu spüren, die mit ihr vorging. Langsam drehte sie sich um und blickte ihn an.

Ihre Augen waren zu schmalen Schlitzen geworden.

Ein heftiger Schreck überkam ihn.

– Bis dann, kleiner Peter, flüsterte sie. Wir sehen uns bald wieder.

Er stand auf dem Dach der Welt.

Die Erde lag ihm buchstäblich zu Füßen. Er war noch nicht einmal in der Nähe des Gipfels, aber hoch genug, dass ihm von der Aussicht schwindlig wurde.

Den Brief trug er bei sich. Er zog ihn aus der Tasche und faltete daraus einen Flieger. Seine Finger konnten die Handgriffe auswendig. Sein Vater hatte ihm das beigebracht, so viel wusste er mit Sicherheit.

Er hatte es nie vergessen.

Er hob den Arm, und in einem perfekten Bogen entfernte sich das Papier von seiner Hand und flog den Abhang hinab.

Er hatte ihnen erlaubt zu gehen.

EPILOG

Lieber Peter,

es fällt mir nicht leicht, diesen Brief zu schreiben. Trotzdem wünschte ich, ich hätte es schon vor langer Zeit getan. Ich hatte nicht den Mut, mit dir zu sprechen. Jetzt kann ich nicht verlangen, dass du mir jemals vergibst. All die Jahre der Lügen haben den Abstand zwischen uns unüberbrückbar werden lassen. Aber du darfst dir niemals die Schuld dafür geben, dass es so gekommen ist. Ich weiß, dass du mir zuliebe gelogen hast. Diese Last muss schwer zu tragen gewesen sein. Doch auch ich habe mir zuliebe gelogen, und das ist unverzeihlich. Ich empfinde tiefe Reue, weil ich nicht in der Lage war, es anders zu machen. Weil ich von Anfang an falsch gehandelt habe und dann nicht mehr zurück zum richtigen Weg finden konnte. Nun werde ich sterben. Aber vorher sollst du die Wahrheit erfahren.

Ich habe Lennart über alles in der Welt geliebt. Er war mein Leben. Wir waren glücklich. Dann wurde Eva geboren. Die Entbindung war sehr schwer, und kurz darauf musste ich mir die Gebärmutter entfernen lassen. Lennart war außer sich vor Enttäuschung, denn er wünschte sich nichts mehr als einen Jungen. Ich selbst war erschöpft und traurig, und dennoch war es meine Aufgabe, uns beide aufrecht zu halten. Eva wuchs heran, doch Lennart kümmerte sich nur halbherzig um sie. Zum Schluss sah ich ein, dass wir etwas unternehmen mussten, damit unsere Ehe nicht in die Brüche ging. Ich war bitter enttäuscht über sein Verhalten, aber schließlich schlug ich vor, einen Jungen zu adoptieren. Wir nahmen Kontakt zu einer Adoptionsstelle auf, und ein halbes Jahr später erfuhren wir, dass es im Krankenhaus Sundsvoll einen neugeborenen Jungen gab. Das warst du. Deine Mutter war bei der Geburt gestorben, und dein Vater wollte nichts von dir wissen. Also kamst du hierher zu uns. Lennart wurde ein anderer Mensch. Er liebte dich vom ersten Moment an, und seine Liebe war so groß, dass sie auch für Eva reichte. Aber du warst sein Augenstern. Wenn er nach Hause kam, fragte er immer zuerst nach dir, mit dir verbrachte er seine freie Zeit. Damit Eva nicht zu kurz kam, widmete ich mich ihr so intensiv wie möglich. Ich gebe zu, dass es Momente gab, in denen ich eifersüchtig war. Seine Liebe zu dir war grenzenlos.

Als er starb, brach meine Welt zusammen. Vielleicht ist es für dich schwer zu verstehen, dass ich nur für dich und Eva weiterlebte. Ich weiß, ich habe dich im Stich gelassen, Peter, und mein Gewissen plagt mich deswegen. Du musstest immer allein zurechtkommen, und ich habe gesehen, wie du mit Händen und Füßen um meine Liebe gerungen hast. Du sollst wissen, dass ich dich immer geliebt habe, aber meine Eifersucht starb nicht mit Lennart. Du warst der lebendige Beweis für seine Liebe zu dir, niemanden hatte er mehr geliebt als dich. Du warst in seinen Gedanken, als er merkte, dass er sterben würde. «Kümmere dich um Peter», sagte er. Ich konnte die Worte nie vor dir wiederholen. Verzeih mir. Ich weiß, dass es dir viel bedeutet hätte, sie zu hören.

Ich wünschte, es gäbe eine Möglichkeit für mich, meine Schuld wieder gutzumachen. Deswegen habe ich deine richtige Familie ausfindig gemacht. Dein biologischer Vater ist 1988 verstorben, aber deine Schwester habe ich gefunden. Vielleicht täte es dir gut, sie zu treffen. Sie heißt

Anja Frid und wohnt in Stockholm, genau wie du. Ich adressiere diesen Brief an sie, in der Hoffnung, dass sie dich aufsucht. Vielleicht könnt ihr euch gegenseitig Kraft geben.

Ich hoffe, du verstehst, dass du geliebt worden bist.

Verzeih mir.

Deine Mutter

Himalaya, Katmandu, 17. März 1997

Hallo Eva!

Ich hoffe, dass bei euch daheim alles in Ordnung ist. Uns geht es gut hier. Nepal ist wunderschön. Gestern sind wir von einer dreitägigen Wanderung am Xixabangma-Feng-Pass auf der Südseite des Himalaya zurückgekehrt. Die Aussicht war phantastisch. Mein Magen hat leichte Schwierigkeiten gemacht, aber ansonsten fühle ich mich wohl. In einer Woche kommen wir wieder zurück nach Schweden, und ich hoffe, dass ihr, wie verabredet, am ersten Mai zu Besuch kommt. Ich freue mich wahnsinnig auf unser Treffen.

Gruß an alle!

Alles Liebe

Peter

PS Du brauchst vor der Frau keine Angst mehr zu haben. Am Tag vor unserer Abreise hat das Krankenhaus angerufen und mitgeteilt, dass sie gestorben ist.

Foto: Carsten Minkwitz

Eiskalte Morde: Die ganze Welt der skandinavischen Kriminalliteratur bei rororo

Liza Marklund
Studio 6
Roman 3-499-22875-0
Auf einem Friedhof hat man eine Frauenleiche gefunden. Das Opfer war eine Tänzerin im Stripteaseclub «Studio 6». Die Journalistin Annika Bengtzon stellt wieder eigenmächtig Nachforschungen an ...
«Schweden hat einen neuen Export-Schlager: Liza Marklund.» Brigitte

Liza Marklund
Olympisches Feuer
Roman 3-499-22733-9

Karin Alvtegen
Die Flüchtige
Roman 3-499-23251-0
Mit ihrem ersten Roman «Schuld» (rororo 22946) rückte die Großnichte Astrid Lindgrens in die Top-Riege schwedischer Krimiautoren.

Willy Josefsson
Denn ihrer ist das Himmelreich
Roman 3-499-23320-7
Josefssons neuer Erfolgsroman mit neuer Heldin: Eva Ström – der erste Fall der Pastorin von Ängelholm.

Leena Lehtolainen
Alle singen im Chor
Roman 3-499-23090-9
Maria Kallio muss sich bewähren. Ein heikler Fall für die finnische Ermittlerin.

Leena Lehtolainen
Zeit zu sterben
Roman

3-499-23100-X

B 5/1

Foto: Hergen Schimpf

Petra Hammesfahr

«Spannung bis zum bitteren Ende» Stern
«Es gehört zu den raffinierten Konstruktionen von Petra Hammesfahr, dass dann doch alles ganz anders sein könnte» Marie Claire

Das Geheimnis der Puppe
Roman 3-499-22884-X

Der gläserne Himmel
Roman 3-499-22878-5

Der Puppengräber
Roman 3-499-22528-X

Der stille Herr Genardy
Roman 3-499-23030-X

Die Chefin
Roman 3-499-23132-8

Die Mutter
Roman 3-499-22992-7

Die Sünderin
Roman 3-499-22755-X

Lukkas Erbe
Roman 3-499-22742-8

Meineid
Roman 3-499-22941-2

Roberts Schwester
Roman 3-499-23156-5

Merkels Tochter
Roman
Merkel war Kriminalbeamter, als er den Liebhaber seiner Frau erschoss. Als er nach 15 Jahren Haft zu seiner Tochter Irene zieht, hat er seine eigenen Vorstellungen von Gerechtigkeit...

3-499-23225-1

Laurie R. King

«Wenn es eine neue P. D. James gibt, dann ist es Laurie R. King.» The Boston Globe

Ein Fall für Sherlock Holmes und Kate Russell:

Die Apostelin
Roman 3-499-22182-9

Die Gehilfin des Bienenzüchters
Roman 3-499-13885-9

Das Moor von Baskerville
Roman 3-499-22416-X

Ein Fall für Kate Martinelli und Al Hawkin:

Die Farbe des Todes
Roman 3-499-22204-3

Die Maske des Narren
Roman 3-499-22205-1

Geh mit keinem Fremden
Roman 3-499-22206-X

Wer Rache schwört
Roman 3-499-22926-X

Die Feuerprobe
Roman
Anne Weaverly, Professorin für Theologie, führt ein Doppelleben. Das FBI schleust sie als Undercover-Agentin in verdächtige Sekten ein. Denn sie scheut kein Risiko – sie fürchtet den Tod nicht, sondern fordert ihn geradezu heraus …

3-499-23130-1

B 17/1